古典文獻研究輯刊

十一編
曾 永 義 主編

第19冊

和邦額《夜譚隨錄》研究

黃 佳 穎 著

國家圖書館出版品預行編目資料

和邦額《夜譚隨錄》研究／黃佳穎 著 -- 初版 -- 新北市：花木
蘭文化出版社，2015〔民 104〕
目 4+194 面；19×26 公分
（古典文學研究輯刊 十一編；第 19 冊）
ISBN 978-986-404-125-1（精裝）
1.（清）霽園主人 2.志怪小說 3.文學評論
820.8   103027551

ISBN-978-986-404-125-1

9 789864 041251

古典文學研究輯刊
十一編　第十九冊   ISBN：978-986-404-125-1

和邦額《夜譚隨錄》研究

作　　　者　黃佳穎
主　　　編　曾永義
總 編 輯　杜潔祥
副總編輯　楊嘉樂
編　　　輯　許郁翎
出　　　版　花木蘭文化出版社
社　　　長　高小娟
聯絡地址　235 新北市中和區中安街七二號十三樓
　　　　　　電話：02-2923-1455／傳真：02-2923-1452
網　　　址　http://www.huamulan.tw 信箱 hml 810518@gmail.com
印　　　刷　普羅文化出版廣告事業
初　　　版　2015 年 3 月
定　　　價　十一編 29 冊（精裝）台幣 52,000 元

和邦額《夜譚隨錄》研究

黃佳穎　著

作者簡介

黃佳穎，1984 年生於高雄市，成長於臺北，目前為國中國文科教師。自幼對神話、志怪、鄉野奇談有濃厚興趣，2006 年畢業於國立嘉義大學中文系，隨即考取國立中正大學中文所。在尋找研究題目時，偶然發現《夜譚隨錄》，其性質與體裁近似《聊齋》，與《新齊諧》、《續子不語》有著顯著的借鑑關係，又作者為滿清皇室，身分特殊，內容也曾提及台灣、澎湖，故以此書作為研究，期能具體展現所蘊含之時代意義及滿漢文化相融現象之獨創價值。

提　　要

　　《夜譚隨錄》為滿人和邦額所撰之小說，和邦額，字愉園、閒齋，號蛾術齋主人、霽園主人，隸屬滿州鑲黃旗，真實姓氏無考，世系可能為葉赫人。目前多數學者認為生於乾隆元年（1736），但實際可能推前至康熙末年，卒年不可考。人生分為隨宦南北、在京學習、入仕為官、晚年閑居四個階段，在京學習時完成傳奇《湘山月一江風》，演鄭梓和高靜女之事。和邦額是清朝北京滿族作家群之一，有較密切交游的是永忠、恭泰（蘭岩）、雨窗（阿林保）三位，後兩位均曾替《夜譚隨錄》進行評點。當代的政治、學術風氣等都間接促成滿族文人創作小說原因。《夜譚隨錄》的素材來源有「前代文學作品」、「模擬及改寫前人小說」、「改編或抄錄同代作品」及「親友」提供四種。

　　本論文採用了新發現的乾隆五十六年（1791）辛亥年鐫刻的本衙藏板，藏於日本早稻田大學文學部，目前並無學者對此版本進行探究，本論文中比較了己亥、己酉、辛亥本兩種，發現辛亥衙藏板刻本最接近《霽園雜記》，並囊括了各種版本的特點。而《夜譚隨錄》的版本又可分足本與非足本兩種，差異在篇數、眉批、與潤飾內容與否這三個方面。關於原版本問題，筆者頗為贊同薛洪勣先生對於「自序署年並不等同初刊年」之觀點，故傾向於認同《夜譚隨錄》最接近原版本者應為乾隆己酉（1789）本。

　　《夜譚隨錄》全書有篇名者計 141 則，若不論篇名之有無，則多達 160 則，題材略顯龐雜，但若以故事最主要的敘述為分類基準，可分為：狐鬼精怪之屬、仙道術士之屬、異聞軼事之屬、勸善懲惡之屬、朔方市井紀實之屬五大類。異類角色大部分帶有人類的思維、性格及情感，富有和邦額用來伸張正義、寄託理想與馳騁想像的色彩；幻術符籙本為中性，善念者可助人，惡念者若假借宗教名義為非作歹，最後將會慘遭果報的反噬；時以現實事件為創作基礎，帶有批判當代世風意味，符合「當求其理而不必求其怪」的創作態度；時以營造事物奇異氛圍為主，恰巧印證喜談鬼說狐的興趣；因果報應觀的呈現賦予社會教化功能，並具有宣洩、警策等功用。本書明顯帶有滿族特色、異域風情，具有民俗、歷史、地理等方面的參考價值，其中最值得注意的是「載有台灣、澎湖的地理景觀、風土人情」，並且在記錄的同時也能注意到文學性，替當代各地民情與滿漢文化交融的過程留下極為珍貴的史料。

《夜譚隨錄》的敘事時序以正敘為主，以超現實題材為大宗，敘述人稱多樣化，屢屢使用全知敘事為主，限制敘事為輔的技巧，來營造各類奇幻事物的神祕感。形象塑造特色分別是「具有鮮明特色的概括性角色」與「人性、物性兼具的異類形象」，塑造技巧使用動、靜態的正筆描寫兼視點轉移及背景襯托的側筆，間接豐富角色內涵。情節特色秉持「以奇為美」的審美觀；章法結構以三分法運用最為廣泛，多依循「開端」、「發展」、「結尾」的模式，比較特殊的是包孕式結構，極盡情節曲折之能事。和邦額個人特質與所運用的創作語言相互滲透，以文言文進行小說創作外，其中又夾雜各種文體，可見「史傳」筆法，雜以對句或駢散相間，另有清詞麗句、古奧駢儷文字營造蕭條幽邃的景致；人物語言以「語言風格地域化」為特色，並常藉人物語言顯其才識，詩詞、戲曲、小說、典故各種文體出現於故事中，達到貫串情節，收言簡意賅之效，不過也有徒增堆砌、逞才之缺點。

　　《夜譚隨錄》的評點有著古典小說評點中少見的作者、評者及評者之間相互對話交流的情形，可以從這樣的評點類型更加貼近的瞭解故事意涵，使得評點不只是一個評者自我獨立的闡釋系統。本書評點類型有作者自評及親友恭泰、恩茂先、李伯瑟、李齋魚、福霽堂等人評，文人性強。各家評點從不同的角度提出自己所詮釋的意涵，並寄託自己的情感及心志，而後世讀者也從這些評語中看見當代文人對《夜譚隨錄》的看法，頗富時代價值。

第一章 緒 論

第一節 研究緣起

　　「鬼神」在中國人傳統觀念裡占有相當重要的地位，即使「子不語：怪、力、亂、神」，但在實際生活中仍無法忽視一些無法解釋的現象，因此談玄論怪性質的作品，始終在中國小說界始終占有一席之地。

　　清代是小說創作的黃金時代，《聊齋誌異》的出現，標誌著志怪小說振衰起弊的里程碑，也成就了文言小說的高峰。這　波高峰使得見賢思齊的仿效者紛起，擬作性質從書名、內容、形式、寫作技巧等均有，而《夜譚隨錄》算是擬作作品中較受關注之一。清‧悔堂老人曾將本書與《聊齋誌異》並舉（註1），寧稼雨先生也認為在模仿《聊齋誌異》諸作中，不失為上乘之作（註2），又《夜譚隨錄》作者和邦額為滿州旗人，與一般同期漢人作家身份、視野不同，且本書內容提及台灣、澎湖，在評點方面也出現了作者、評者以及評者之間相互對話交流的現象，這些在清代小說都是非常罕見的情形。和邦額是如何學習《聊齋》以創出自己的作品？又如何借助《聊齋》所給予的啓迪並融合滿人視野來表現出當代的社會風氣？乾隆盛世在和邦額以滿人立場下所撰寫的小說中又是如何呈現？同時，在《聊齋》風潮影響下，如何突破並賦予個人巧思，以求樹立個人風格？

〔註 1〕轉引自寧稼雨：《中國文言小說總目提要》，濟南：齊魯書社出版社，1996 年12 月，頁 335。

〔註 2〕同前註。

歷來學者將《夜譚隨錄》視之爲《聊齋》的仿擬之作，實因二書作者都所記同屬傳奇、志怪之範疇，且有大量不同類型的「狐」之題材，其中並蘊含高程度因果報應色彩外，又能廣泛現實的反映了各作者所處時代的社會生活，題材雖類近《聊齋》，但《夜譚隨錄》也具有獨創性，能創造出不同的角色、新鮮的情節，跳脫《聊齋》的寫作模式與架構情節，語言時而清新浪漫，時而帶有帶有地域性風格；另外故事後的評點體例異於《聊齋》「異史氏曰」的單一評點方式，採作者自評與好友群評，是清代文言小說批評中較早起步者，具有承先啓後的意義，開創特有風格。雖然《夜譚隨錄》有上述特點，卻難以超脫《聊齋》的豐富內涵與精湛藝術，故後人將歸爲《聊齋》仿擬之作，誠爲可惜。

一般學者對於「擬作」的作品的研究，因成就不及原作而多半輕描淡寫帶過，但《夜譚隨錄》是滿族文言小說的雙璧之一〔註3〕，又與袁枚《新齊諧》多處篇目、內容相同，二者是否存在著借鑑關係？新發現的辛亥年本衙藏板目前尚未有學者討論，故因此筆者選擇了《夜譚隨錄》作爲研究對象，希望從《夜譚隨錄》的作者、版本、成書年代，全書的內容及藝術技巧各方面探究，以期能夠較深入的呈現《夜譚隨錄》的內涵及風貌，並助於瞭解滿人小說創作的獨特風格，使小說流變史有著更多元、完整的脈絡。

第二節　前人研究概述

在初期撰寫本論文時，國內並無任何研究《夜譚隨錄》之專篇論文及學位論文，但在 2010 年時出現了洪佳愉《和邦額夜譚隨錄研究》〔註4〕，並於 2012 年由花木蘭出版社出版之〔註5〕，該本論文從作者、內容、思想、寫作特色各方面進行討論，與本論文面向雖然大同小異，但切入點及論述方式並不相同，以下略述之。

〔註3〕學者張菊玲於《清代滿族作家文學概論》一書中，將第八章命名爲「滿族文言小說的雙璧」，內容分爲：一、和邦額的《夜譚隨錄》，二、慶蘭的《螢窗異草》，見張菊玲：《清代滿族作家文學概論》，北京：中央民族學院出版社，1990 年 11 月，頁 117。

〔註4〕洪佳愉：《和邦額夜譚隨錄研究》，指導教授：游秀雲，台北：銘傳應用中文所碩士論文，2010 年，約 300000 字。

〔註5〕書名爲《和邦額夜譚隨錄研究》，與論文名稱相同，並收錄於《古典文學研究輯刊中》，第四編第 8 冊。

　　第二章關於和邦額的家世生平部分，本論文補充了「氏字辨勘」，由史籍資料檢視發現和邦額實際上真實姓氏應為鈕祜祿氏，生年或許可以從目前大部分學者認為的乾隆元年推前至康熙末年；和邦額「交游」部分，洪氏僅列出永忠、蘭岩兩位好友，並做概略性介紹，本論文除了增加了阿林保外，並對《夜譚隨錄》中明白揭示對該書有提供素材、評論的親友們做一地毯式網羅、分類，佐以其他資料以辨明身份、與和邦額的關係；和邦額「其他著作」中，洪氏有提出《一江風傳奇》，並有節錄該書的凡例一條，本論文列舉完整的凡例，更囊括了《一江風傳奇》的故事概要與辨明版本差異，也補上和邦額尚有繪畫《文姬歸漢圖》乙幅的資料一筆，以期能對和邦額的作品有更周全的瞭解。《夜譚隨錄》的「版本介紹」，洪氏列舉目前的各種版刻本、鉛印本及出版情形，本論文亦同，但新增「原版本」的問題探討，並將《夜譚隨錄》的前身《霽園雜記》置於此處，闢一小節專論，並針對自序、篇目、評點、內容各方面進行比較，希望《夜譚隨錄》的版本系統能更加明確。

　　第三章關於故事內容，洪氏將動物跟鬼魂分為兩類，動物類下以物種區分，鬼魂類下則以動機、作為區分，本論文將之合併，統整為「狐鬼精怪之屬」，先以主角的身份為綱，下以主角的動機、行為區分，較為整齊畫一；洪氏的風俗景物、奇人與其他兩類，本論文分別仙道術士之屬、異聞軼事之屬、勸善懲惡之屬、朔方市井紀實之屬，其中朔方市井紀實之屬中統整全書中所有標明地名的風土人情及當代社會風氣；和邦額為滿人，故本書闢增滿族特色一點做專門討論。第三章篇幅龐大，乃因直接內容解析併入，等同於洪氏第四章的思想內涵。

　　第五章是關於寫作技巧及特色的部分，洪氏分為人物、情節、語言修辭三大類，本論文從敘事特色、形象塑造、情節結構、語言風格、評論梗概五方面著手，補充了敘事時序、敘事角度、章法結構、敘述語言、人物語言、評論概況等，從另一個角度檢視《夜譚隨錄》的藝術技巧。

　　附錄部分增加了《夜譚隨錄》清代辛亥本衙藏板刻本書影，並將和邦額及其父祖均列入年表，以求周詳，也把《夜譚隨錄》之故事類屬及評點分布歸納成表格，使研究所得更為簡明。

　　除了上述切入點與論述面向不同外，彼此所宗文本也各異〔註6〕。洪氏採用的版本爲陳志強、董文昌編《耳食錄·夜譚隨錄》之黑龍江人民出版社鉛印本〔註7〕，由該版本所收錄的自序落款年推測此鉛印本之底本爲乾隆四十四年（1779）年己亥本，但實際上編者並未說明所依據的底本及參考版本爲何，只能知道洪氏所採用的版本是個經過現代人整理的本子。該書僅有自序、故事及故事末的評，並沒有任何圈點、眉批。雖在版本考證、各家評註方面有訛錄現象〔註8〕，但仍可和本論文收互補之效。另外在陳麗宇《清中葉志怪類筆記小說研究》〔註9〕之學位論文有專節提及和邦額的小說觀〔註10〕，並有零星探討《夜譚隨錄》中的男性、女性群像，但不深入，僅爲歸納概述。蔣宜芳〈清代短篇小說中舉子遭鬼報故事內容探析〉〔註11〕中也有《夜譚隨錄·

〔註6〕洪佳愉所使用的文本以黑龍江人民出版社《夜譚隨錄、耳食錄》十二卷爲主，該版本僅說明據初刻本點校，並且對於篇數有誤植（按：應爲141篇，而非136篇），卻未明言初刻本爲哪一版。本論文採辛亥刻本。扉頁左署「霽園主人著」，扉頁右下署「本衙藏板」，扉頁上標明「乾隆辛亥年鎸」，中間書名「夜譚隨錄」序中落款爲「乾隆辛亥夏六月霽園主人書於蛾術齋之南牕」，後有「霽園」、「闡齋」各印一方，每卷卷首題「霽園主人闡齋氏著 葵園主人蘭岩氏評閱」，共12卷141篇，有大量不署名的眉批、行批，還有圈點、墨點，目前藏於早稻田大學文學部。採此版本是因己酉版本未見，僅得知曾由韓錫峰、黃岩柏兩位學者曾於遼寧省圖書館找到，學者薛洪勣《夜譚隨錄》並沒有「己亥本」〕一文指出辛亥本大體同己酉本，且爲解放前其他各種繁簡本的祖本，然本論文所使用之版本，又異於薛洪勣所言之辛亥刻本，僅爲自序落款年這一點相符，目前並沒有學者以此版本進行相關的研究，而該版本又是最接近《霽園雜記》並具備各版本特點，故本論文採用之，相關版本問題詳見第二章第四節版本問題部分。詳參韓錫鋒、黃岩柏：〈阿林保與《夜譚隨錄》〉，收錄於《滿族研究》，1987年01期，頁61～64；薛洪勣：〈《夜譚隨錄》並沒有「己亥本」〉，收錄於《文學遺產》，1991年04期，頁133～134。

〔註7〕清·樂鈞、清·和邦額著，陳志強、董文昌編：《耳食錄·夜譚隨錄》，哈爾濱：黑龍江人民出版社，1997年6月。

〔註8〕頁31處，有（三）乾隆己亥（五十六年）本之小標，但乾隆五十六年年號乃爲「辛亥」；內容「乙亥刻本今不多見」應作「辛亥刻本今不多見」才是。《夜譚隨錄》只有乙酉、己亥、辛亥等刻本，並無乙亥刻本，詳參本論文第二章第四節《夜譚隨錄》的版本問題一節。各家評註部分於該論文頁37列舉11則無人評註，但實際上爲12則，缺了〈龍化〉；該論文頁46，有補述其他故事一點，所舉之例爲〈棘闈誌異八則之五〉無誤，內容卻誤植爲第八則，第八則爲故事正文，並非評註。

〔註9〕陳麗宇：《清中葉志怪類筆記小說研究》，指導教授：李豐楙，台北：師大國文所博士論文，1998年10月，約250000字。

〔註10〕同前註，第四章第二節：和邦額、浩歌子的小說觀。

〔註11〕蔣宜芳：〈清代短篇小說中舉子遭鬼報故事內容探析〉，收錄於《靜宜人文社會學報》，第二卷第1期，2008年1月，頁53～80。

棘闈誌異》的零星論述，針對舉子遭鬼報的內容及意涵進行分析，以上為國內研究《夜譚隨錄》的資料，可以發現國內研究資料之薄弱，僅有一本學位論文是為專著。

　　大陸專篇期刊論文以和邦額或《夜譚隨錄》為探討對象的截至目前計有15 篇之多，主要對於和邦額生平進行探討的有戴力芳〈和邦額評傳〉〔註 12〕、吉朋輝〈和邦額生平新考〉〔註 13〕兩篇，對於和邦額及其他作品進行探討的有李芳〈和邦額《一江風傳奇》述略〉〔註 14〕，對於版本、成書年代進行考辨的有方正耀〈和邦額《夜譚隨錄》考析〉〔註 15〕、薛洪勣〈《夜譚隨錄》並沒有「己亥本」〉〔註 16〕、蕭相愷〈和邦額文言小說《霽園雜記》考論〉〔註 17〕、〈由《霽園雜記》到《夜譚隨錄》──論和邦額對作品的修改〉〔註 18〕、韓錫鋒與黃岩柏〈阿林保與《夜譚隨錄》〉〔註 19〕等五篇，研究成果中以《霽園雜記》與己酉本衙刊本的發現對於《夜譚隨錄》的成書年代及傳鈔情形研究有著相當大的進展。內容、思想、藝術方面，有三篇，分別是姚本玉〈略論《夜譚隨錄》的思想價值與藝術〉〔註 20〕，論述較為籠統，而從滿人觀點著手的有管嚴謹〈《夜譚隨錄》對清中期京旗生活的描畫〉〔註 21〕，以比較法給

〔註12〕　戴力芳：〈和邦額評傳〉，收錄於《廈門教育學報》，第 6 卷第 1 期，2004 年 3 月，頁 28～30。

〔註13〕　吉朋輝：〈和邦額生平新考〉，收錄於《遼寧經濟職業技術學院學報》，2007 年第 2 期，頁 114～115。

〔註14〕　李芳〈和邦額一江風傳奇述略〉，收錄於《文學遺產‧論文首刊》網絡版，2010 年第 4 期，網址：http://wxyc.literature.org.cn/journals_articlc.aspx?id=1975。本篇文章僅見於《文學遺產》之網絡版，特此說明。

〔註15〕　方正耀：〈和邦額《夜譚隨錄》考析〉，收錄於《文學遺產》，1988 年第 3 期，頁 103～109。

〔註16〕　薛洪勣：《夜譚隨錄》並沒有「己亥本」〉，收錄於《文學遺產》，1991 年第 4 期，頁 133。

〔註17〕　蕭相愷：〈和邦額文言小說《霽園雜記》考論〉，收錄於《文學遺產》，2004 年第 3 期，頁 101～160。

〔註18〕　蕭相愷：〈由《霽園雜記》到《夜譚隨錄》──論和邦額對作品的修改〉，收錄於《廈門教育學院學報》第 8 卷，2006 年第 3 期，頁 1～5。

〔註19〕　韓錫鋒、黃岩柏：〈阿林保與《夜譚隨錄》〉，收錄於《滿族研究》，1987 年 01 期，頁 61～64。

〔註20〕　姚本玉：〈略《夜譚隨錄》的思想價值與藝術〉，收錄於《十堰大學學報》，1990 年第 2 期，頁 16～18。

〔註21〕　管嚴謹：〈《夜譚隨錄》對清中期京旗生活生活的描畫〉，收錄於《民族文學研究》，2008 年 3 期，頁 132～136。

予評價的有王同書〈在頌揚和陶醉中滑坡——就《夜譚隨錄》三談《聊齋》和《閱微草堂筆記》的優劣〉〔註22〕指出《夜譚隨錄》的限制與缺失,但仍有商榷之處。其餘期刊論文則是全面性的綜合類型,內容包括作者、版本、內容、思想、藝術各方面皆有提及,層面雖廣,但卻僅爲概述,內容同質性高,只是作者論述方式不同,計4篇,有李紅雨〈清代滿族作家和邦額與《夜譚隨錄》〉〔註23〕、張佳訊〈論《夜譚隨錄》〉〔註24〕、關紀新〈杖底吼西風,秋林黃葉墜——清代滿州小說家和邦額與他的《夜譚隨錄》〉〔註25〕、笳聲〈和邦額與《夜譚隨錄》〉〔註26〕一文相當簡短,但清楚歸納出四點《夜譚隨錄》的特色與主要成就。大陸之期刊論文數量豐碩,雖有同質性高的現象,但能提供不同角度的思考,仍極具參考價值。

　　大陸學位論文有較多的產量,分別是王文華:《和邦額及其夜譚隨錄研究》〔註27〕、楊士欽:《聊齋誌異與其後的傳奇小說比較研究——以夜譚隨錄、諧鐸、螢窗異草、夜雨秋燈錄、夜雨秋燈續錄爲例》〔註28〕、紀芳:《夜譚隨錄、螢窗異草報恩主題作品的文化闡釋》〔註29〕、吉朋輝:《和邦額及其夜譚隨錄考論》〔註30〕、梁慧:《夜譚隨錄研究》〔註31〕。其中三本專著論文與大陸學者發表的期刊論文內容甚多重複,少有新意,而另外兩本論文是與其他作品

〔註22〕 王同書:〈在頌揚和陶醉中滑坡——就《夜譚隨錄》三談《聊齋》和《閱微草堂筆記》的優劣〉,收錄於《明清小說研究》,1990年第3～4期,頁294～303。

〔註23〕 李紅雨:〈清代滿族作家和邦額與夜談隨錄〉,收錄於《滿族研究》,1986年第1期,頁43～47。

〔註24〕 張佳訊:〈論夜譚隨錄〉,收錄於《滿族研究》,1997年第4期,頁70～76。

〔註25〕 關紀新:〈杖底吼西風,秋林黃葉墜——清代滿州小說家和邦額與他的《夜譚隨錄》〉,收錄於《海南師範大學學報(社會科學版)》,2011年第5期第24卷,頁6～13。

〔註26〕 笳聲:〈和邦額與《夜譚隨錄》〉,收錄於《滿族研究》,2008年第2期,頁70。

〔註27〕 王文華:《和邦額及其夜譚隨錄研究》,指導教授:馬冀,內蒙古大學,中國古典文學研究所碩士論文,2005年5月,約40000字。

〔註28〕 楊文欽:《聊齋誌異與其後的傳奇小說比較研究——以夜譚隨錄、諧鐸、螢窗異草、夜雨秋燈錄、夜雨秋燈續錄爲例》,指導教授:張稔穰,曲阜師範大學,中國古典文學研究所碩士論文,2006年4月,約43000字。

〔註29〕 紀芳:《夜譚隨錄、螢窗異草報恩主題作品的文化闡釋》,指導教授:王立,遼寧師範大學,中國古典文學研究所碩士論文,2006年5月,約25000字。

〔註30〕 吉朋輝:《和邦額及其夜譚隨錄考論》,指導教授:陳桂聲,蘇州大學,中國文學系碩士論文,2007年7月,約70000字。

〔註31〕 梁慧:《夜譚隨錄研究》,指導教授:王進駒,廣州:暨南大學,中國語言文學所碩士論文,2008年7月,約45000字。

進行比較，內容並不全面、深入，唯一較特別的是梁慧《夜譚隨錄研究》中有專節討論滿族文化特色，甚有參考價值。

　　雜見各書籍中的簡短介紹有張菊玲《清代滿族作家文學概論》〔註32〕、陳文新《文言小說審美發展史》〔註33〕、魯迅《中國小說史略》〔註34〕、寧稼雨《中國文言小說總目提要》〔註35〕、歐陽健《中國神怪小說通史》〔註36〕、何滿子與李時人主編《明清小說鑑賞辭典》〔註37〕、占驍勇《清代志怪傳奇小說集研究》〔註38〕，以上這些書籍多半只是注錄，並對《夜譚隨錄》一書作者、內容、評價作簡單介紹，且多半將之附庸於《聊齋》擬作之屬討論之。

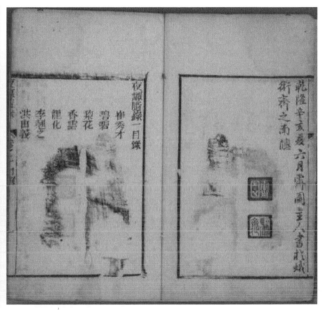

▲圖1：本論文採用乾隆五十六年辛亥鐫刻本衙藏板之《夜譚隨錄》書影。

〔註32〕　張菊玲：《清代滿族作家文學概論》，北京：中央民族學院出版社，1990年11月。

〔註33〕　陳文新：《文言小說審美發展史》，2002年10月，武漢：武漢大學出版社，頁587～589。

〔註34〕　魯迅：《中國小說史略》，上海：上海古籍出版社，2004年2月，頁146～151。

〔註35〕　寧稼雨：《中國文言小說總目提要》，濟南：齊魯書社，1996年12月，頁334～335。

〔註36〕　歐陽健：《中國神怪小說通史》，江蘇：江蘇教育出版社，1997年8月，頁536～538。

〔註37〕　何滿子、李時人主編：《明清小說鑑賞辭典》，浙江：浙江古籍出版社，1992年，頁1293～1299。

〔註38〕　占驍勇：《清代志怪小說集研究》，武漢：華中科技大學出版社，2003年6月，頁126～184。

　　由上述研究成果分析討可發現除了版本問題早有較深刻的探討外，專著研究之論文則多密集於近十年間，大陸學界雖不斷有相關單篇論文發表，但成果零散或過於籠統，故本筆者以前人研究成果爲出發點，先將和邦額之生平、交游、版本等資料作一完整耙梳整理，再奠基於此基礎上，針對《夜譚隨錄》的內容與藝術兩方面作文本內部細讀並進行分類歸納，以求對《夜譚隨錄》作一較周全之研究討論。

第三節　研究範圍與步驟

　　本論文以「和邦額」及其《夜譚隨錄》爲研究重心，探討和邦額之生平、交游、著作，《夜譚隨錄》之文本以辛亥年本衙藏板爲依據〔註39〕，茲分爲六章敘述：

　　第一章緒論：分成三小節，第一節研究緣起，第二節研究範圍與步驟，第三節前人研究概述。

　　第二章《夜譚隨錄》之作者與版本，分成四小節：第一節和邦額的生平與交游，第二節和邦額的其他著述作品，第三節《夜譚隨錄》的成書背景，第四節《夜譚隨錄》的版本問題。第一節運用的是歷史考證法，先蒐集前人對和邦額之研究成果，與相關文獻資料進行比對，進而耙梳並整理出和邦額的世系家族、氏字、生平行蹟等相關資料，接著對於清代北京的滿族作家群及《夜譚隨錄》中出現之友人及點評者等資料，運用歸納法，整理出與和邦額往來互動頻繁之友人，呈現出其交游情形，補充和邦額生平未盡全之處。第二節運用歷史考證法並輔以分析法、歸納法，將和邦額其他仍傳世之作品進行概略性賞析，以期歸納出和邦額的創作風格及特色，能更進一步瞭解《夜譚隨錄》。第三節亦運用歷史考證法佐之分析法，從時代及作者本身兩方面來探究《夜譚隨錄》的成書背景。第四節同樣採歷史考證法及分析法，對版本、初刻本及成書年代進行探究。由於學界意見紛歧，先歸納並臚列數種意見後，運用比較法，在學者的不同看法中比較其觀點差異而得出結論，並於本節針對疑爲《夜譚隨錄》成書前的稿本之傳鈔本《霽園雜記》與《夜譚隨錄》運用比較法，比較二書自序、篇目、

〔註39〕此版本爲乾隆五十六年（1791）鐫刻本衙藏板，現存日本早稻田大學文學部，爲目前所見保存原貌且內容較佳之版本。詳見第二章第四節之版本概述部分。

內容與評點部分，試圖取得二書有密切關連性之證據，以便進一步窺知《夜譚隨錄》的創作雛形。

　　第三章《夜譚隨錄》內容探析，分成五小節：第一節狐鬼精怪之屬，第二節仙道術士之屬，第三節異聞軼事之屬，第四節懲善勸惡之屬，第五節朔方市井紀實之屬。本章先採用歸納法，將文本中的所有故事進行分類，再以分析法就每類故事內容加以剖析，以歸納出所欲表達的思想蘊含及共通點。

　　第四章《夜譚隨錄》寫作技巧，分成四小節：第一節敘事特色，第二節形象塑造，第三節情節結構，第四節語言藝術。本章運用分析法、歸納、比較法，並應用小說理論，對和邦額所呈現的藝術特色與使用之藝術技巧加以分析探討。

　　第五章《夜譚隨錄》評點綜論，分成兩小節：第一節傳統小說評點簡介，第二節《夜譚隨錄》評點探析。本章運用先歷史考證法，將傳統小說評點做一簡介，再以比較法、歸納法、分析法對《夜譚隨錄》的評點情形做全面性的檢視，以期對文本內容有更貼近的瞭解。

　　第六章結論：歸納各章要義，並就本書之評價與缺失進行檢視，具體展現其所蘊含的時代意義，以期開啟研究視野及滿漢文化相融現象的獨創價值。

第二章 《夜譚隨錄》作者與版本

　　《夜譚隨錄》作者和邦額，字閬齋，號霽園主人、蛾術齋主人，滿州鑲黃旗人，是清代中期京城滿族作家群中的一員。全書共十二卷，計 141 則故事，拆開大標題下的故事總計 160 則，題材紛繁廣泛。有異事怪狀的記錄，也有借寫狐鬼故事來針砭世人的倫理情態，並反映真實滿人眼中的清朝盛世，是滿族文言小說中的雙璧之一〔註1〕，可惜關於和邦額的生平記錄不多，而《夜譚隨錄》的版本、出書年代也有著相當程度的歧異看法，以下分為和邦額的生平交游、和邦額的其他著述作品、《夜譚隨錄》的成書背景及版本問題四節分述之。

第一節　和邦額的生平與交游

　　和邦額生於乾隆元年〔註2〕（1735），卒年不詳，在研究《夜譚隨錄》前，

〔註1〕 學者張菊玲於《清代滿族作家文學概論》一書中，將第八章命名為「滿族文言小說的雙璧」，內容分為：一、和邦額的《夜譚隨錄》，二、慶蘭的《螢窗異草》，見張菊玲：《清代滿族作家文學概論》，北京：中央民族學院出版社，1990 年 11 月，頁 117。下引本書，僅標頁碼，不另出詳註。此說法也見於馬清福：〈清代的滿族小說理論〉，收錄於《社會科學輯刊》，1986 年第 1 期，總第 42 期，頁 78；而學者關紀新於〈杖底吼西風，秋林黃葉墜──清代滿州小說家和邦額與他的《夜譚隨錄》〉，收錄於《海南師範大學學報（社會科學版）》，頁 6，也引張菊玲的說法。

〔註2〕 此為目前大部分學者之定見，但本論文於撰寫時期，發現和邦額姓氏與生年之新材料，和邦額之生年很有可能推前至康熙末年，但因材料有限，故本論文先採乾隆元年之觀點，並保留康熙末年之說，仍待更多材料佐證之。相關討論見本節氏字辨勘部分。

應該對和邦額之家世背景、生平、交游等方面有所了解，方能對於其作品有相映的觀照，又和邦額存世的資料並不多，生平事蹟也不見於史冊，固有必要對其生平及交游部分作更進一步的研究，以下從家世背景及交游情形兩方面分述之。

一、家世背景與生平

和邦額曾在《夜譚隨錄》中提及祖父事蹟和自幼隨宦的經歷，而史冊上對於其祖父亦有所記載，但卻無父親資料；又其字號閑齋，但卻有閑齋、闕齋等不同說法；身為滿州鑲黃旗人，查當代史籍並無和姓，究竟和邦額本姓為何，以上都有再作討論的必要，故以下再細分世系家族、字號辨勘、生平行蹟三方面說明。

（一）世系家族

和邦額的祖父為和明字蘊光，號誠齋，由《夜譚隨錄》中〈靳總兵〉篇末恩茂先評點「和齋園言其祖誠齋公明鎮武威時」〔註3〕可知。工詩文，撰有《淡寧齋詩鈔》，人稱「儒將」〔註4〕。根據《八旗通志初集》與《欽定八旗通志》二書可知和明於康熙五十六年（1717）由順天府學歲貢入國子監〔註5〕，雍正元年（1723）中癸卯科武舉〔註6〕，並於同年中武進士〔註7〕。雍正五年（1750）前後曾任守備〔註8〕，乾隆十五年（1750）四月調任福建汀州鎮總兵，乾隆十七年（1752）二月去世於任上〔註9〕。在到福建前，他曾先後任職於甘

〔註3〕清·齋園主人著：《夜譚隨錄》，扉頁左署「齋園主人著」，扉頁右下署「本衙藏板」，扉頁上標明「乾隆辛亥年鐫」，中間書名「夜譚隨錄」序中落款為「乾隆辛亥夏六月齋園主人書於蛾術齋之南牕」，目前藏於早稻田大學文學部。卷十·葉三十二下。本論文均採此版本，為求行文簡潔，以下引用僅標卷數或葉，不另出詳註。關於該版本的介紹，詳見本章第四節《夜譚隨錄》的版本問題。

〔註4〕陳文新：《文言小說審美發展史》，武漢：武漢大學出版社，2002年10月，頁587。

〔註5〕清·鄂爾泰等：《八旗通志初集》〈學校志·順天府學八旗生員〉，長春：東北師大出版社，1985年，卷42，頁935。

〔註6〕清·鐵保等：《欽定八旗通志》〈選舉志八·八旗科第提名七·歷科武舉一〉卷190，收錄於《文淵閣四庫全書》冊665，台北：台灣商務印書館，1983年，頁892。

〔註7〕清·鐵保等：《欽定八旗通志》〈選舉志七·八旗科第題名六·歷科武進士〉卷180，頁883。

〔註8〕清·鄂爾泰等：《八旗通志初集》〈選舉表四〉卷128，頁3504。

〔註9〕同前註，〈職官志六·八旗部院官上〉卷39，頁732。

肅省武威縣（涼州府）、陝西省宜君縣、青海省烏蘭縣，其中在涼州任職時間最長，和邦額於《夜譚隨錄》中都有提過〔註10〕。

曾有研究者認為和明曾做過「聖安佐領」，和邦額曾做過「福僧額佐領」，參照《欽定八旗通志》的〈八旗科第題名七〉，和明名下註「聖安佐領」（頁892），和邦額名下註「福僧額佐領」（頁862），與論者意見不謀而合，不過吉朋輝先生指出其實聖安與福僧額乃是他們所屬佐領的名字，福僧額是聖安的同族曾孫輩，和明與和邦額即出身此佐領下，但他們並沒有做過佐領〔註11〕。

和邦額的父親名號事蹟未見史籍記載，但《夜譚隨錄》中亦曾多次提及，分別於〈人同〉、〈請仙〉及〈梁氏女〉三篇。於〈梁氏女〉：「白水令丘公審理此案，嘗為先君述之」（卷十一，葉十下），可知此篇故事素材正是由和邦額父親所提供，值得注意的是於〈人同〉稱父親為「家君」，〈請仙〉、〈梁氏女〉則更為「先君」，〈請仙〉中和邦額言己「予生四十年矣」，而和邦額的生年為乾隆元年（1736），那麼其父卒年應該不致晚於乾隆四十年（1775），又《霽園雜記》為《夜譚隨錄》前身〔註12〕，書前落款為乾隆三十六年（1771），若二書文字相同，那麼和邦額父親的卒年可再推前到乾隆乾隆三十六年（1771）之前。

籍貫部分，悔堂老人在為徐承烈的《聽雨軒筆記》所寫的跋中稱「山左閒齋」之《夜譚隨錄》」〔註13〕，山左即今山東省，但和邦額為滿州鑲黃旗人，從籍貫方面來說，不能稱「山左」，不過根據《霽園雜記》序後落款和邦額自稱：「葉河和邦額霽亭氏」，葉河即葉赫河簡稱，葉赫部古城中心在以今日吉林省四平市東南，葉赫部為海西女真四部之一，從和邦額自稱葉河與滿州人身份，和邦額世系可能是葉赫人的機率極高。

（二）氏字辨勘

和邦額，字愉園、閒齋，號蛾術齋主人、霽園主人，隸屬滿州鑲黃旗。乍看之下，和邦額的姓氏當為「和」姓，且永忠有詩一首〈書和霽園邦額蛾

〔註10〕提到涼州府如〈怪風〉，宜君縣及烏蘭縣如〈請仙〉。
〔註11〕吉朋輝：〈和邦額生平新考〉，收錄於《遼寧經濟職業技術學院學報》，2007年第2期，頁115。下引本書，只標頁碼，不另出詳註。
〔註12〕此點見第二章第四節有專論。
〔註13〕清・清涼道人：《聽雨軒筆記》，收錄於《叢書集成三編》冊66，台北：新文豐出版公司，1997年，頁471。

術齋稿詩後〉〔註14〕及恩茂先於《夜譚隨錄》中的評點,均稱之爲「和霽園」;不過《欽定八旗通志》及《欽定八旗氏族通譜輯要》〔註15〕均查無滿州有「和」姓,至多只有「何」姓。不過這是改漢姓的例子,如和珅本姓「鈕祜祿氏」〔註16〕,加上八旗有舉名不舉姓的習慣,因此無法認爲和明與和邦額首字都是「和」,便推定其爲「和」姓,不過根據《四松堂集‧敬亭小傳》中指出:

> 乾隆戊辰,弟年十五,出繼先九叔祖定葊公已故子諱(寧仁)爲嗣,時叔祖母太夫人五旬,撫愛異常。十六爲娶鈕祜祿氏副都統和公(邦額)之長女佳兒佳。婦日奉慈顏、承色笑,唯恐不逮,故宗族内外無間言。〔註17〕

〈敬亭小傳〉是敦敏的作品,其中所指的「弟」即爲敦誠(1734～1792)〔註18〕。從上述文句清楚記錄「鈕祜祿氏副都統和公邦額」,故在此可以推定和邦額的眞實姓氏很有可能就是「鈕祜祿氏」。值得一提的是敦誠生年爲雍正十二年(1734),於乾隆十四(1749)年娶和邦額之女佳兒佳,又於〈先祖妣瓜爾佳氏太夫人行述〉中有:

> 乾隆戊辰始獲侍母膝下,數延明師教誠書史弓馬,既長,爲誠娶鈕祜祿氏都統和公(邦額)之女,年十七,長餘一歲。〔註19〕

由上述可見佳兒佳長敦誠餘一歲,佳兒佳的生年當爲雍正十三年(1735);而根據《夜譚隨錄》中的資料跟書前自序推定和邦額生年爲乾隆元年(1735),如此一來,如此算下來和邦額的生年並不會是乾隆元年,可能的方向有二,一爲自序中「予今年四十有四矣」及落款年有僞,二爲實際上有兩位同姓名的和邦額,都是滿人,生年爲乾隆元年,著有《夜譚隨錄》,與宗室文人永忠友好;另一則是敦誠的岳父鈕祜祿氏副都統和邦額。關於自序或落款年中内容有僞這一點,或許與當時文字獄盛行的風氣有著極大關係。《霽園雜記》爲

〔註14〕 清‧愛新覺羅‧永忠:《延芬室集》,上海:上海古籍出版社,1990 年,頁 1040。下引本書,只標頁碼,不另出詳註。

〔註15〕 清‧阿桂等撰:《欽定八旗氏族通譜輯要》,收錄於《北京圖書館藏家譜叢刊‧民族卷》冊 11,北京:北京圖書館,2003 年,頁 1～287。

〔註16〕 魏秀梅:《清季職官表——附人物表》,收錄於《中央研究院近代史研究所史料叢刊(5)》,台北:中央研究院近代史研究所,2002 年,頁 98。

〔註17〕 清‧愛新覺羅‧敦誠:《四松堂集》,上海:海古籍出版社,1984 年 4 月,葉二上。上海古籍出版社將清‧愛新覺羅‧敦敏《懋齋詩鈔》與之合集。

〔註18〕 同前註,見内容提要部分。

〔註19〕 同前註,卷四葉十五下。

《夜譚隨錄》成書前的一個稿本之傳鈔本，《霽園雜記》中有許多當代事件，但到了《夜譚隨錄》卻在年代、人名等方面作了異動，便是爲了規避文字獄的網羅，內容詳見本章第四節《夜譚隨錄》的版本問題。綜上所述，筆者認爲和邦額眞實姓氏應爲「鈕祜祿氏」，而生年未詳，很有可能是康熙末年。但因資料不足，目前學者仍均贊同和邦額的生年爲乾隆元年（1735），而筆者對和邦額生年持保留態度，本論文先以多數學者認定的乾隆元年爲主，期待未來有更多新材料的發現。

和邦額的字號爲「閜齋」，不過民國迄今，眾多刻印《夜譚隨錄》者及相關論著均作「閑齋」。不過現存清代各刻本，卷下皆題「霽園主人閜齋氏著」，卷首序後落款印章均爲「閜齋」〔註20〕，值得注意的是《販書偶記續編》在《夜譚隨錄》一條記載「清霽園主人閜齋氏撰」〔註21〕。「閜」字十分罕見，《康熙字典》引《五音集韻》釋云：「音禰，智少力劣」〔註22〕，《說文解字》無閜但有「𨳝」字：「𨳝，智少力劣也，从門爾聲」〔註23〕，和邦額以「閜」爲字，似有自謙之意，據上述可知「閑齋」與「閜齋」當是形近而訛。

「蛾術」即「蟻術」。《禮記·學記第十八》：「蛾子時術之」、鄭玄注：「蛾，蚍蜉也。蚍蜉之子，微蟲耳，時術蚍蜉之所爲，其功乃復成大垤」〔註24〕，故蛾術有「破繭而出、勤學不倦」之意。和邦額以「蛾術」齋名，正可與其一生致力搜奇，孜孜矻矻於著述的行爲相輝映。

（三）生平行蹟

和邦額十四歲前，與父親一起隨宦祖父，因此和邦額的童年、少年時代

〔註20〕方正耀：〈和邦額《夜譚隨錄》考析〉，收錄於《文學遺產》，1998年第3期，頁103，但本論文採用之辛亥年鐫本衛藏板的落款印章後爲「閜齋」。下引此文，只標頁碼，不另出詳註。

〔註21〕孫殿起錄：《販書偶記續編》，子部·小說家類·異聞之屬，卷12，上海：上海古籍出版社，1980年9月，181頁。

〔註22〕清·張玉書、陳廷敬等撰：《康熙字典·戌集上·門部》卷31，收錄於《文淵閣四庫全書》經部225冊231，台北：台灣商務印書館，1983年，頁231～361。按《五音集韻·薺韻》：「𨳝、閜，智少力劣」，可見𨳝、閜、閑三字有通同混用的現象。金·韓道昭：《五音集韻》卷7，收錄於《文淵閣四庫全書》經部232冊238，台北：台灣商務印書館，1983年，頁238～158。

〔註23〕東漢·許愼著、清·段玉裁注：《說文解字》，台北：萬卷樓圖書，2002年8月再版，頁115。

〔註24〕東漢·鄭玄注、唐·孔穎達等正義：《禮記正義》卷36，收錄於《十三經注疏》冊5，台北：藝文印書館，1955年，頁649。

在甘、陝、青一代度過。乾隆十五年（1750）四月，和明調任福建汀鎮總兵，十五歲的和邦額亦隨宦「自三秦入七閩」（〈香雲〉，卷一，葉三十三下）足跡拓展至東南各地，乾隆十七年（1752）二月，和明病故，和邦額「從家君扶祖櫬自閩入都」（〈人同〉，卷四，葉九下）。和邦額十七歲前因隨宦祖父大江南北，故行跡遍及西北與東南廣大地區，對於山川景色、風土人情有著豐富的接觸，遊歷的豐富，眼界隨之遼闊，因此和邦額對於志怪的觀念是開放的。他曾在《夜譚隨錄・自序》中認為「天地至廣大也，萬物至紛賾也，有其事必有其理，理之所在，怪何有焉」（葉一上），正可為其對《夜譚隨錄》的創作觀。入都不久後，和邦額以八旗弟子「俊秀可以學習者」選入一等官學：咸安宮八旗子弟官學。於官學生涯中結識許多同窗，閒暇時「與二三友朋於酒觴茶榻間，滅燭談鬼，坐月說狐」（《夜譚隨錄・自序》，葉一下至葉二上），在官學生涯中較重要的事為完成傳奇劇本《湘山月一江風》，目前可見的有評點本及鄭振鐸先生之舊藏本，計二卷三十六齣，演鄭梓和高靜女之事〔註25〕，評點本即現存乾隆間精抄稿本，藏於北京圖書館（按：即中國國家圖書館）〔註26〕，相關細節待至第二節和邦額其他作品討論之；繪畫方面有《文姬歸漢圖》，目前仍存於北京中國歷史博物館〔註27〕。五年官學生涯期滿後，於乾隆三十九年（1774）中舉，曾出任福僧額佐領、山西樂平縣（今昔陽縣）縣令等官職〔註28〕，有論者將和邦額的生平分為四個階段，分別是：隨宦南北、在京學習、入仕為官、晚年閑居〔註29〕。

隨宦南北階段是從和邦額自幼到乾隆十七年（1752）二月。本階段和邦額的足跡遍及西北地區與東南地區是前面提過的，在《夜譚隨錄》中，發生或聽聞於陝、甘、青三地的故事就有 24 篇，如〈怪風〉述涼州大靖營之事、〈獺賄〉亦述涼州事。從「三秦入七閩」（卷一，葉三十三下）的途中，「俾各述見聞，異聞怪異」（卷一，葉三十四上）而有了〈香雲〉這篇故事，乾隆十五年（1750）四月到乾隆十七年（1752）二月，和邦額都待在福建，只有不到兩年時間，〈宋

〔註25〕 莊一拂：《古典戲曲存目彙考》，卷 12 下編傳奇四，上海：上海古籍出版社，1982 年，頁 1381。下引本書，僅標頁碼，不另出詳註。

〔註26〕 郭英德：《明清傳奇綜錄》，石家莊：河北教育出版社，1997 年，頁 944。下引本書，僅標頁碼，不另出詳註。

〔註27〕 張菊玲：《清代滿族作家文學概論》，頁 118。

〔註28〕 戴力芳：〈和邦額評傳〉，收錄於《廈門教育學報》，第 6 卷第 1 期，2004 年 3 月，頁 28。

〔註29〕 吉朋輝：〈和邦額生平新考〉，頁 114。

秀才）對於福建的記述爲「其後游閩，登廈門，觀溟海，則青海猶盆地也。」
（卷九，葉三十九下），此外，這個階段下產生的作品，有許多闡述者或主角職
業都是軍人，如〈王京〉、〈倩霞〉、〈章似〉，並對其遭遇寄予無限感嘆及同情，
這和一般在京城生長的八旗子弟相比，是格外獨特的經驗。

　　在京學習階段是從乾隆十七年（1752）二月之後開始至乾隆三十九年
（1774）中舉爲止。和邦額確切入咸安宮官學的時間不可考，但根據《欽定
八旗通志》對入學年齡的規定「自十三歲以上二十三歲以下」〔註30〕，和邦
額是在此範圍內的；又根據《欽定國子監則例》〔註31〕規定，若由咸安宮官
學參加科舉，至多可在官學中留學 30 年，若從乾隆十八年（1753），也就是
和邦額入京的隔年起算至乾隆三十九年（1774）中舉，中間至少有 20 年的時
間，不過從上述資料仍無法推論出和邦額正確的入學時間，僅能知曉自和邦
額入都至中舉，並不超過咸安宮官學的最高年限。《夜譚隨錄》中對於入官學
亦有所記載，如〈夜星子〉、〈阮龍光〉兩篇。

　　入仕爲官階段從乾隆三十九年（1774）年至乾隆五十年（1785）止。鐵
保《熙朝雅頌集》〔註32〕中和邦額小傳記載他曾擔任過山西樂平縣知縣，不
過根據論者查證「該縣縣志職官表的知縣欄排得滿滿的，並沒有給他留出位
置」〔註33〕；其實在嘉慶元年之前並不只有一個「樂平縣」，一在江西、一在
山西。目前可見清代的樂平縣志有三，江西省樂平縣志爲乾隆十七年（1752）
刻本〔註34〕，於時間不符，在此不討論；但即使查乾隆四十二年（1777）續
修山西府州縣志〔註35〕，同治九年（1869）續修的江西樂平縣志，職官志中
仍無和邦額的名字〔註36〕，因此《熙朝雅頌集》中的記載只能存疑，或待更

〔註30〕　《欽定八旗通志》〈學校志四·咸安宮官學〉卷99，頁730。
〔註31〕　清：《欽定國子監則例》卷36，收錄於《近代中國史料叢刊三編》第49輯，
　　　　　1987 年，台北：文海出版社，頁840。
〔註32〕　清·鐵保輯、趙志輝校點補：《熙朝雅頌集》，瀋陽：遼寧大學出版社，1992
　　　　　年，頁1547。下引本書，只標頁碼，不另出詳註。
〔註33〕　薛洪勣：〈《夜譚隨錄》並沒有「己亥本」〉，收錄於《文學遺產》，1991 年 04
　　　　　期，頁133。
〔註34〕　清·王猷、楊傑等纂修：《江西省樂平縣志·秩官志》卷11～13，收錄於《中
　　　　　國方志叢書·華中地方》冊2第929號，台北：成文出版社，頁405～495。
〔註35〕　清·李象春：《樂平縣志·秩官志》卷5，《山西府州縣志》，收錄於《故宮珍
　　　　　本叢刊》冊77，2001 年 6 月，頁103～116。
〔註36〕　清·董萼榮、梅毓翰修；清·汪元祥、陳謨纂：《同治樂平縣志·職官志》，收錄
　　　　　於《中國地方志集成·江西地方府縣志輯》，南京：江蘇古籍出版社，1996年。

新的資料出現。除了樂平縣知縣外，和邦額還出任過福僧額佐領（見「家族世系」部分）與鈕祜祿氏副都統。

晚年閑居階段從乾隆五十一年（1786）起。根據記載，關於和邦額的生平只到乾隆三十九年（1774）中舉，其後生平無考，但可從其他方面來一窺究竟。

永忠有《延芬室詩集》，於乾隆五十一年（1786）丙午稿有詩〈書和霽園邦額《蛾術齋詩稿》後〉一首〔註37〕，說明此時和邦額已是 51 歲且在北京的，也將自己的詩作編纂成集，但至今未見此書，且收羅豐富的《八旗藝文編目》也未收錄，不過《熙朝雅頌集》有錄其詩九首，詳見於第二節和邦額的其他著錄作品。另外，值得注意的是《熙朝雅頌集》凡例云：「是非之公定於身後。茲集於其人現存者，詩概不錄」〔註38〕，而《熙朝雅頌集》於嘉慶六年（1801）完成初稿，嘉慶九年（1804）完成刊刻，故由此原則可推知和邦額卒年當不晚於嘉慶九年。

二、交游情形

乾隆年間，在清王朝統治中心：北京，出現了一個滿族作家群，而和邦額正是其中之一。成員有：弘曉、弘旿、曹雪芹、墨香、永忠、永憲、書誠、敦敏、敦誠、慶蘭、明義等人〔註39〕。這個文人集團並非因有自我意識而組成，而是有著無數錯綜的關係交織而成，在人生觀和文學作品的藝術方面追求方面，有著許多相通性，又有較高的文學涵養，分別在詩歌與小說創作上取得不小的成就。

這群滿族作家和滿州上層貴族的政治奪權有著密切關係，但都是屬於失去輕裘肥馬顯赫地位，無法施展政治才能的一群，吟詩、繪畫與創作小說是他們施展才能的人生追求，這些遭遇相似、品格相類的文人們同聲相應、同氣相求，常常相互唱和，以此交流藝術、抒發心志。不過與和邦額有較密切交游的當屬永忠、恭泰、雨窗三位，其他尚有恩茂先、郭俊、李高魚、胡輝岩、上官周、劉紫來、鞠慕周、陳扶青、賴冠千、李伯瑟等人，以下先就前三位各別介紹之，再對恩茂先等友人一併概述。

〔註37〕清・愛新覺羅・永忠：《延芬室集》，頁 1040。

〔註38〕清・鐵保輯、趙志輝校點補：《熙朝雅頌集》，頁 5。

〔註39〕張菊玲、關紀新、李紅雨：〈略論清代滿族作家的詩詞創作〉，收錄於《中央民族學院學報》，1985 年第 1 期，頁 86。

（一）永忠

愛新覺羅・永忠，字良輔，號渠仙、瘦仙、栟櫚道人、延芬居士等，是康熙第十四子允禵之孫，生於雍正十三年（1735）六月，卒於乾隆五十八年（1793）五月〔註40〕。由於允禵曾在儲君之爭中失利，故後以參禪悟道、學詩習畫以遠名利之爭，子孫均謹守此訓。永忠雖曾受封爲輔國將軍，但爲閒職，其一生結交的朋友多爲宗室文人，訪僧問道、游寺入觀、追慕魏晉文人風度、淡泊世事是這批宗室文人生活的主要內容。

永忠一生多才多藝，詩、書、琴、畫，皆精妙入格，在宗室文壇占有重要的創作地位。昭槤在《嘯亭雜錄》中〈宗室文人〉一條，稱其「詩體秀逸、書法遒勁，頗有晉人風味」〔註41〕。不過文學創作以「詩歌」爲主，有《延芬室集》稿本傳世。《延芬室集》大抵以編年爲序，自乾隆十二年（1747）至乾隆五十七年（1792）止，輯有作品詩、文、詞等，其中較值得注意的是永忠曾與曹雪芹的密友墨香往來，讀過《紅樓夢》後曾在《延芬室集》中留下絕句三首〈因墨香得觀紅樓夢小說弔雪芹三絕句（自注：姓曹）〉，成爲後世紅學研究之重要資料，今錄於下：

> 傳神文筆足千秋，不是情人不淚流。
>
> 可恨同時不相識，幾回掩卷哭曹侯。
>
> 顰顰寶玉兩情癡，兒女閨房語笑私。
>
> 三寸柔毫能寫盡，欲呼才鬼一中之。
>
> 都來眼底復心頭，辛苦才人用意搜。
>
> 混沌一時七竅鑿，爭教天不賦窮愁。〔註42〕

另外於乾隆四十一年（1776）丙申稿有〈過墨翁抱甕山莊〉詩云：

> 荊扉多野趣，滿眼菜畦青。近水回穿沼，連林別起亭。
>
> 主人客嘯詠，過客漫居停。黃菊全開日，還來倒釀醲。（頁 1193）

正是這群滿族文人在墨香的抱甕山莊聚會情景，和邦額評「無一妄語」。這群滿族文人彼此互評、交流作品形成風氣，在此，和邦額結識了很多朋友，有的給予創作上的意見與幫助，有的甚至進入創作活動中，並與永忠、恭

〔註40〕 吳雪梅：〈論清代宗室詩人永忠的生平與創作〉，收錄於《滿族研究》，2006年第 2 期，頁 97。

〔註41〕 清・昭槤：《嘯亭雜錄》卷 2，北京：中華書局，1997 年 12 月，頁 34。下引本書，只標頁碼，不另出詳註。

〔註42〕 吳雪梅：〈論清代宗室詩人永忠的生平與創作〉，頁 104。

泰、阿林保等人結成莫逆。

《延芬室集》中，有和邦額署名寫的眉批多達 25 條，和邦額也將其詩集《蛾術齋詩稿》送給永忠評閱，故永忠有〈書和霽園邦額蛾術齋稿詩後〉一詩，並在詩中有三條注文，分別對和邦額的創作才能有很高的評價，詳見於本章第三節。

（二）恭泰

恭泰，即蘭岩。徐世昌《晚晴簃詩匯》錄有其詩作兩首，並有小傳道：「恭泰，原名公春，字伯震，號蘭岩，滿洲旗人。乾隆戊戌進士，改庶起士，授檢討，官至盛京兵部侍郎。」〔註43〕震鈞《天咫偶聞》亦記載恭泰有《蘭岩詩稿》〔註44〕。

恭泰對於戲曲與小說都是有所涉獵的，於《夜譚隨錄》評點中曾出現「嘗觀《聊齋誌異》……」（〈鋦人〉，卷四，葉三十九下〉）、「嘗讀《西廂記》……」（〈秀姑〉，卷十·葉十一下）等內容，與和邦額最大的關連莫過於《夜譚隨錄》中，署名蘭岩的評點計有 138 個之多，可見，恭泰曾仔細閱讀過《夜譚隨錄》，這也正是這群滿族文人互評作品的最佳寫照。蘭岩評形式如「太史公曰」，均置於故事最末，內容五花八門，有表達讀者意見、揭示故事旨意、對故事人物評價，更甚者有對於情節分析再引出警惕者，除了發抒己見，也可以發揮引導讀者的作用，並深化作品思想意涵。

（三）阿林保

據韓錫鐸先生與黃岩柏先生考證，阿林保即阿雨窗〔註45〕。阿林保，（正）白旗滿州人，舒穆祿氏〔註46〕。阿林保與和邦額的密切關係，可從刊刻《夜譚隨錄》並為之作序、評閱可見一斑。乾隆三十二年（1767）至四十四年（1779），阿林保在京城擔任吏部筆帖式，此段期間，和邦額也在北京，這使他們接觸並進一步有密切的友誼關係的機會大幅增加。

《夜譚隨錄》有眾多版本，其中書前有乾隆己酉（1789）雨窗序，書名葉署「霽園主人著，本衙藏書」的《夜譚隨錄》，正是阿林保出資刊刻的。此版本

〔註43〕徐世昌：《晚晴簃詩匯》冊 4 卷 101，北京：中國書店，1989 年，頁 2。
〔註44〕清·震鈞：《天咫偶聞》卷 5，北京：北京古籍出版社，1982 年，頁 119。
〔註45〕韓錫鐸、黃岩柏：〈阿林保與《夜譚隨錄》〉，收錄於《滿族研究》，1987 年 01 期，頁 62。
〔註46〕清·李桓輯：《國朝耆獻類徵初編（三十）》卷 187，收錄於《清代傳記叢刊·綜錄類》，台北：明文書局，1985 年，頁 156～041。

書前的「雨窗序」對於研究《夜譚隨錄》初刻本及成書過程提供了許多有力資料，此點詳見於第二章第三節版本概述與初刻本問題考辨，在此不多贅述。

阿林保對於《夜譚隨錄》的評價極高，對於小說也多有涉獵，從序中直言承《山海經》、《搜神記》的著錄精神，筆墨精妙甚至「得漆園史之神髓」，〈棘闈誌異〉第四則評點言：「嘗讀《紅樓夢·芙蓉誄》有云⋯⋯」，更可作為研究《紅樓夢》的一個重要資料〔註47〕。

此版本有阿林保評141個，其評點的形式並非和閒齋、蘭岩評都置於故事最末，而是在書的「天頭或行間空隙」，為眉批與行間批形式，每冊首次天頭評點皆署「雨窗氏曰」〔註48〕。阿林保的評點內容雖大致與閒齋、蘭岩評相去不遠，但仍有其特色，有論者歸納如下：評點細緻入微，根據書中情節、人物言語行為，抒發己身情感、在寫作技巧與藝術方面，藉著眉批點出，這是其他人評點所未涉及之處、為生難字釋音義〔註49〕。

和邦額自幼隨宦，見識遼闊，成長後又入京至咸安宮官學學習，交游四海，對於《夜譚隨錄》的創作、成書起了莫大的影響，成就了一部滿漢特色兼容並蓄的著作。

（四）其他

恩茂先、郭俊、李高魚、胡輝岩、上官周、劉紫來、鞠慕周、陳扶青、賴冠千、李伯瑟這些友人，均未見於史冊記載，僅能從《夜譚隨錄》中得知；他們各自對《夜譚隨錄》的故事素材提供了多元化的來源，其中以恩茂先提供數量最豐，有四篇故事素材、九個評點，而恩茂先所舉辦的湯餅會，和邦額也曾參與過，此外恩茂先曾對《霽園雜記》進行評校，詳見第三節《夜譚隨錄》創作過程之故事素材來源的部分。郭俊曾提供〈宋秀才〉這則故事，文中載著「長沙郭昆甫解元俊」，而和邦額創作的傳奇作品《一江風》序末署「乾隆十九年歲次甲戌（1754）秋八月四日長沙郭浚甫氏題於成均學署」，兩處籍貫均為長沙，且都是郭姓，僅有「俊」、「浚」二字有差異，故推測提供素材的郭俊與題序的郭浚甫很有可能是同一人，並也可看出長沙郭氏與和邦額的交情。李高魚即也曾提供〈蘇仲芬〉此則故事素材，甚至是〈龍化〉中

〔註47〕 可見阿林保在評點《夜譚隨錄》前已讀過且熟悉《紅樓夢》，但乾隆五十四年（1789）時，程甲本《紅樓夢》尚未問世，阿林保所讀的《紅樓夢》，或許是帶有脂批的鈔本。

〔註48〕 韓錫鐸、黃岩柏：〈阿林保與《夜譚隨錄》〉，頁63。

〔註49〕 同前註，頁63～64。

的主角，並載有「李高魚枕碧山房」之句，故可知李高魚亦曾爲《一江風》
進行校閱與評，詳見下節論述。

其他友人如胡輝岩等人，均曾替《夜譚隨錄》提供兩則以上的故事素材，
可以知曉的是胡輝岩、劉紫來、鞠慕周三位是和邦額的同學；上官周擅畫，
曾授〈修鱗〉主角畫技，並與〈倩兒〉主角之父熟識，但並有沒任何地方明
顯說明上官周與和邦額的關係；陳扶青替〈棘闈誌異〉提供了兩則故事素材，
從稱呼「陳扶青夫子」可知其職業爲教師，並由〈棘闈誌異〉前言「予之親
戚，往往有監試者，予以招神招鬼之事質之，亦云不妄，因舉所聞之尤異者
記八則」（卷六，葉一下）可推知陳扶青與和邦額是親戚關係，而兩人頗有往
來。賴冠千曾提供〈邱生〉、〈白萍〉兩則故事素材，由〈邱生〉中載有「冠
千與之遊，熟悉其事，秋宵剪燭，向予詳述之」（卷七，葉十八下）之句可知
賴冠千與和邦額之交情。於《夜譚隨錄》中出現的友人更有薛魯園、錫谷齋、
隆興，此三位是和邦額的同學；阮龍光任職於咸安宮教習，而和邦額年少時
正是在咸安宮官學學習；德書紳、陸珪、景祿、盛紫川四位和邦額都明言「予
友」、「友人」〔註50〕，另外與和邦額往來的親戚除了上述的陳扶青外，還有
李伯瑟、嚴十三、葉省三，其中李伯瑟曾對〈戇子〉作評。此外尚有許多人
出現在《夜譚隨錄》中，或而提供故事素材，或而進一步成爲故事中的角色，
如石三、李錦、李德、傅屬國、章佀、雙豐將軍、呂正陽、黃門、周南溪、白
某、白丘、吳金泉、伊君等，皆曾與和邦額交流，對《夜譚隨錄》的素材做出
貢獻，本論文在此僅針對有明確交游關係及和邦額曾明言親友身份者作一耙
梳，其餘詳見於本章第三節《夜譚隨錄》的創作過程之故事素材來源部分。

第二節　和邦額的其他著述作品

在對和邦額的家世背景、生平閱歷及交游情形作了介紹後，可知和邦額
多才多藝，工詩善畫，本節將針對和邦額《夜譚隨錄》外的著述作品，依著
作時間先後作一概述，以其窺得和邦額整體寫作之風格、面向與才情，以作
爲往後論述之張本。

〔註50〕〈回煞〉五則：「予友德書紳，不幸短命。」、〈陸珪〉：「予友仁和陸子瑜，名
　　　珪，少游巴蜀，舟泊巫山下。」、〈盛紫川〉：「予友盛紫川，祿爲秀才時，偶
　　　探一親戚歸」、〈紙錢〉：「友人護軍景君祿，居近城北」、〈三官保〉：「友人景
　　　君祿爲予言：『其表弟三官保，滿洲某旗人也。』」。

　　和邦額目前可見的作品僅有《夜譚隨錄》之文言短篇小說集刊行於世，尚有在官學生涯中完成的傳奇劇本《湘山月一江風》、晚年閑居階段完成的詩集《蛾術齋詩稿》、畫作《文姬歸漢圖》，但《湘山月一江風》及《蛾術齋詩稿》目前均未見，僅於現存書目中零星記載可窺知，以下分別說明之，而《文姬歸漢圖》目前存於北京中國歷史博物館，前文已論及，此不再贅述。

一、《湘山月一江風》傳奇

　　前文所提及的永忠〈書和霽園邦額《蛾術齋詩稿》後〉一詩，永忠除了在詩中有三條注文，分別對和邦額的創作才能有很高的評價外，在行間尚有批曰：「先生綺歲所塡《一江風傳奇》，早在舍下」〔註51〕，目前著錄《一江風》傳奇的書目有三：《古典戲曲存目彙考》：「此戲未見著錄。乾隆稿本。見《北京圖書館善本書目乙編續目》。凡二卷三十六齣。演鄭梓、高靜女事」〔註52〕、《北京圖書館善本書目乙編續目》曰：「一江風傳奇二卷，清和睦州撰，清乾隆稿本」〔註53〕，著錄比較詳細的是《明清傳奇綜錄》，先對作者進行簡介：

　　　　和睦州，字愉齋，號霽園，別署蛾術齋主人。里居、生平待考。所
　　　　撰傳奇《一江風》，今存。宋弼為之作序云：「霽園以弱冠之年為之」，
　　　　而郭浚甫為序作於乾隆十九年（1754），傳奇當成於是年或稍後，故
　　　　和睦州約生於清雍正十三年（1735），卒年不詳。〔註54〕

由以上資料可得知曾有宋弼、郭浚甫二人曾為《一江風》寫序，並點出說明本傳奇是在和邦額官學時期的作品，不過生年在此訂為雍正十三年是有問題的，據考應為乾隆初年或康熙末年，詳見第一節和邦額的生平與交游。《明清傳奇綜錄》所錄的《一江風》版本同《古典戲曲存目彙考》及《北京圖書館善本書目乙編續目》，並有更詳細的說明：

　　　　首封署「和愉齋塡詞」，「霽園藏版」。首載署「乾隆十九年歲次甲戌
　　　　（1754）秋八月四日長沙郭浚甫氏題於成均學署」之《一江風傳奇
　　　　序》，署「乾隆丙子（二十一年，1756）冬十一月京江友人陳鵬程扶
　　　　青氏題」之《序》，署「乾隆壬午（二十七年，1726）夏五月望日蒙

〔註51〕清・愛新覺羅・永忠：《延芬室集》，頁1040。
〔註52〕莊一拂：《古典戲曲存目彙考》，頁1381。
〔註53〕趙綠綽編：《國立北平圖書館善本書目乙編續目》，北平圖書館鉛印本，收錄於《明清以來公藏書目匯刊》冊15，北京：北京圖書館出版社，1937年，頁1000。
〔註54〕郭英德：《明清傳奇綜錄》，頁994。

泉宋弼題」之序，及無署名之凡例。末載署「乾隆二十三年歲次戊寅（1758）春三月望日，葉河恩普書於槐陰堂」之《後序》。正文首頁署「蛾術齋主人填詞」，「枕碧山房主人校閱及評」。凡2卷36齣。〔註55〕（頁994～995）

上述說明了除了展示此版本《一江風》概略風貌，且已有評點外（以下簡稱為評點本），更進一步顯示除了宋弼、郭浚甫兩人曾為之作序外，尚有陳鵬程、恩普、枕碧山房主人等人物，並保留了極為珍貴作序時間資料。這些人物，其中曾有幾位在《夜譚隨錄》出現過，是故事素材提供者，詳見下節說明。

除了評點本外，尚有鄭振鐸先生舊藏本，兩冊，卷首題「蛾術齋主人填詞 枕碧山房主人校閱」。頁首均有「長樂鄭振鐸西諦藏書」印（以下稱鄭藏本）。此書為朱墨抄本，字跡工整清秀，惜殘存下卷十八齣〔註56〕。學者李芳比較兩個版本後得出「鄭藏本之抄寫時間似應在評點本之前，枕碧山房主人之評點本為後出」的結論，比較如下表：

▼表2-1：《一江風傳奇》版本比較表

鄭藏本	評點本	備　註
下卷第三齣〈煎藥〉【鎖寒窗】 想今春如小姐分散	想今春與小姐分散	鄭藏本中錯訛之字，校閱者枕碧山房主人均用朱筆徑改之。
第十六齣〈遣嫁〉【錦芳纏】 若時光而今已過	苦時光而今已過	
第十八齣〈大聚〉【永團圓】 一個個情傷相慟	一個個情傷心慟	
下卷第一齣【宜春令】 萬緒千頭怎覓，總釀成悲怨（成字改作字）	同左，並加註：「成字當改作字，方調和」	李芳認為評點本因襲鄭藏本之批改，評點本中關於曲文的評點，鄭藏本從缺。
第一齣【醉太平】 身轉（作拈香介）向蓮花座上拜觀音 朱筆註身轉二字仍是降黃龍，曰：當在醉太平之上，座上當改座下。	同左	

〔註55〕同前註，頁994～995。
〔註56〕李芳〈和邦額一江風傳奇述略〉，收錄於《文學遺產・論文首刊》網絡版，2010年第4期，網址：http://wxyc.literature.org.cn/journals_article.aspx?id=1975。本篇文章僅見於《文學遺產》之網絡版，特此說明。

　　《一江風》主要演鄭梓、高靜女之事，略述如下：金陵諸生鄭梓，因父鄭樾千自繁昌縣尹升任廉州知府，奉母前往官邸團聚。中途因風所阻，泊船暫避。恰遇高夫人攜女高靜女乘舟前往江西，投其夫南安太守高秉。兩家人遂商議結伴同行。鄭梓與高靜女互相愛慕，兩夫人遂為二人訂姻。此時，左良玉不滿福王偏安江南，自武昌舉兵東下，荒亂中兩家各自逃難。鄭氏母子逃至彭澤縣城，寄居任婆家。靜女被左良玉子夢庚所擄，逼其為妾。靜女抵死不從。後夢庚、良玉相繼身亡，靜女投河，被漁媼救起後，又為漁媼之子所迫。靜女再次投河自盡，為尼普慧所救，留於南昌散花庵修行。高秉夫婦哀靜女之被擄，辭官隱居廬山。鄭樾千因剛直不阿觸怒當權鄭芝龍，被貶官下獄。滿清定鼎之後，獲赦回鄉。鄭梓由任婆之子狗兒陪同，赴廣東尋父，途中染病，借寓散花庵，得與靜女重逢。病癒後，鄭梓在往廣東途中，與父親相逢於風神廟，後一同回到彭澤。靜女則由普慧相陪，往彭澤任婆家團聚。鄭梓上京赴試，欽點翰林，授官揚州。恰逢高秉任職江南巡按，翁婿相認。最終兩家團聚，鄭高聯姻。〔註57〕凡例云：「此作取是於烏有之鄉，人非真有其人，事非果有其事，而稍涉正史，必不以假亂真，一一宗之」〔註58〕，但其實左良玉、鄭芝龍其人其事的確存在，只是和邦額對其事蹟有所緣飾。《一江風》是和邦額戲曲理論實踐之作，以下錄凡例五條佐之〔註59〕：

　　——元曲如《西廂》、《琵琶》等記固已登峰造極，無以復加，但俱團圓不佳，只可採作雜劇，其全本關目，似於歌筵舞席不便敷陳，後人往往效之以為高，非理也。此特從同。

　　——填詞家稍寓勸懲之旨，為己足矣。每見前人多誣正史以出之，殊犯顛倒是非之戒。此作取事於烏有之鄉，人非真有其人，事非果有其事，而稍涉正史，必不以假亂真，一一宗之。

　　——生旦為一篇正色，往往見南曲寫生旦處多涉輕佻，甚不合理，此曲可無此病。

　　——近日填詞中多昧於地理，紊於天時，此病不特詞家犯之，成書中亦不能盡免。總之文士閉門，未行十里路，但憑輿記所載，毫無

〔註57〕　此部分同前註，及郭英德：《明清傳奇綜錄》，頁 995。
〔註58〕　郭英德：《明清傳奇綜錄》，頁 995。
〔註59〕　李芳：〈和邦額《一江風》傳奇述略〉，出處：
　　　　　http://wxyc.literature.org.cn/journals_article.aspx?id=1975

確據，往往錯以欺人，甚可恥也。其關乎學問，正複不小，聖人欲人闕文，亦是此意。曲中地理，無一訛謬，識者鑒之。

——譚語謔言，曲中必不可少，但苟無見景生情之梨園隨機應變而出之，究不能新一時之耳目。如梨園無機變之巧，徒恃腳本內一二所載之語以博捧腹，三兩次後便成厭套，求發笑豈可得哉！譬如絕妙好詞，越熟越見其妙，說笑話者，一再複之，便如嚼蠟矣。曲中譚語極少，全賴優人自爲增減，逢場作戲，庶令觀眾不厭也。

在凡例中，和邦額表述了自己對於戲曲創作及表演的獨特看法，可以說是「清代滿族戲曲理論代表作之一」〔註60〕，此看法也與其小說創作觀點相通，可見其對於傳奇創作並非偶然，而是有著濃厚的興趣及紮實的基礎。

二、《蛾術齋詩稿》

前文曾提及永忠有《延芬室詩集》，於乾隆五十一年（1786）丙午稿有詩〈書和霽園邦額《蛾術齋詩稿》後〉一首，由此可知和邦額曾有《蛾術齋詩稿》的著述作品，惜今未見，目前僅於鐵保等人所輯的《熙朝雅頌集》中錄有詩作九首，得以管窺。這九首詩都呈現了一種或清疏或沉鬱的格調，透露出一種蕭瑟淒涼的人生況味，以下依《熙朝雅頌集》之序次羅列析之。

其一〈水塔寺感舊〉〔註61〕，內容如下：

結侶登秋山，心儀水塔寺。塔寺兩無存，臨流空懷思。

恬想建寺時，有人運智力。能將榛莽區，闢作清涼地。

滄桑更變後〔註62〕，烏有先生至。色相剎那空，無人志一字。

其在如來法，興廢原不繫。不以隆而隆，豈以替而替。

大千世界中，夢幻泡影內。凡此興廢者，難以恆沙計。

譬如琉璃屏，倩人作圖繪。丹綠在屏上，不與琉璃事。

揩去丹綠色，依然見本質。寺塔即雲無，即以作無視。

〔註60〕 王佑夫：〈清代滿族文學理論批評述略（二）〉，收錄於《昌吉學院學報》，2003年3月第1期，頁2。

〔註61〕 洪佳愉：《和邦額夜譚隨錄研究》，指導教授：游秀雲，台北：銘傳應用中文所碩士論文，2010年，約30000字，頁21，將〈水塔寺感舊〉作〈水塔寺趕歸〉，應爲誤植。

〔註62〕 此處洪佳愉作「滄桑更變換」，應爲誤植。

歸去復歸去，從容覓晚醉。杖底吼西風，秋林黃葉墜。〔註63〕

（頁 1547）

本詩是在和邦額欲尋覓心儀的水塔寺，卻無功而返，徒留懷想的心境下創作。觸景起興，懷想曩昔建寺盛況，而今滄海桑田人事已非，塔寺兩空，甚至未曾在史冊上留下記錄。詩中運用佛家語「色相」、「剎那」、「大千世界」等詞彙及琉璃屏為喻，認為在浩瀚無垠的大千世界中，世事變遷乃常態，但卻不影響本質，塔寺存在與否亦然，最後以「歸去復歸去」複沓句式將心境由感嘆人生世事虛無縹緲轉換至豁達，並以蕭瑟秋景作結，寓情於景，言已盡而意無窮。

其二〈歸宿大悲寺〉，也是同前首在北京遊覽寺廟時的感受，內容如下：

夜氣侵衣冷，山中已二更。木魚清客夢，銀杏落秋聲。

樹杪聽泉響，峰頭見斗橫。勞人當此際，徹底悟浮生。

本首詩的時間點也是「夜」、「秋」，給予人清冷印象。全詩情景交融，視覺、聽覺、觸覺三重運用。寒冷的二更天木魚聲、落葉聲沁入羈旅之人的夢中；泉聲、斗星之景讓庸碌勞形之人頓悟人生如浮雲，從而體現「空」、「無」的美感。

其三〈避七里之碓隴，由白水江泛舟，至洛陽〉，是羈旅思鄉遊子之作，內容如下：

十里嘉陵道，春風一葉舟。行人飛鳥外，去路亂灘頭。

水陸皆天險，江山半客愁。閩中何日到，家遠寄涼州。〔註64〕

本詩是和邦額由西北至福建途中所作，詩中宛如一幅駕舟輕航的風景圖，並寄託了遊子的思鄉之情。

其四〈泊江村〉，描寫斜暉下煙雨迷濛的水鄉靜謐及作者內心惆悵之感，內容如下：

江靜晚鷗多，斜陽掛女夢。淡煙迷古渡，驟雨亂春波。

繞岸飛黃蝶，當窗縮翠螺。韶華看冉冉，小泊感蹉跎。〔註65〕

此詩採「聚焦式」的手法進行創作，鏡頭由遠在天邊的晚鷗、斜陽慢慢拉近到「當窗」，首聯靜景，頷聯以「迷」點出煙的動態，以「亂」字來呼應驟雨，

〔註63〕清・鐵保輯、趙志輝校點補：《熙朝雅頌集》，頁 1547。

〔註64〕同前註。

〔註65〕同前註，頁 1548。

動態十足，頸聯並點綴黃、翠顏色，使畫面有鮮明生動，末聯承接前詩由景起興，感嘆時光流逝。全詩用詞典雅優美，但卻充滿淡淡的無奈感。

其五〈泊鄱陽湖〉，是作者描繪行經鄱陽湖所見之景，並雜有遊子羈旅懷念故土之感，基調同前，內容如下：

> 匡廬滴翠進彭湖，望裡乾坤入畫圖。
>
> 帆影日邊千葉下，山光天際一拳孤。
>
> （自註：大孤山又名鞋山，獨峙波心，遠望如一拳）
>
> 湖村月黑燈明滅，澤國煙昏樹有無。
>
> 此夜蓬窗聞吹笛，幾人懷土淚如珠。〔註66〕

廬山優美地映入浩瀚的鄱陽湖，遠方山勢嶔崎突出於水天一色的美景中；湖畔的村落燈火零星，在此煙霧瀰漫的夜裡，作者以笛聲相襯，成功塑造出寂寥的氛圍。

其六〈答成六致仕閑居韻〉，是和邦額與朋友唱和的作品，詩中流露出世事無常、人生多變之感，並對官場流露出倦怠之情，內容如下：

> 兩袖清風去酒泉，歸來衣櫛果蕭然。
>
> 謝瞻門户芭籬隔，（自註：成宗族極赫奕）仲舉交情草榻懸。
>
> 此日蒲團堪坐破，當時鐵硯已磨穿。
>
> 白衣蒼狗須臾事，宦海飄零二十年。〔註67〕

本詩是作者離開宦海，回歸自然生活的寫照；文字恬淡質樸，並以「蒲團」、「鐵硯」的使用頻率來對照仕宦與退隱兩種生活的差異，此詩也是感嘆世事變化無常之作。

其七〈十月一日重過落伽庵感賦〉，是故地重遊，觸景感懷之作，內容如下：

> 重過昭提漫扣扉，霜風瑟瑟景全非。
>
> 秋花萎剩黏桔梗，衰柳凋殘掛晚暉。
>
> 杖錫已隨行衲去，（自註：智上人行腳出）車輪空輾小春歸。
>
> 多情只有閑庭鶴，獨戀長松不肯飛。〔註68〕

全詩籠罩在秋意蕭瑟的氛圍中，舊地重遊叩門拜訪，卻只剩霜風應門，景物

〔註66〕 同前註。

〔註67〕 同前註。

〔註68〕 同前註。

全非。秋景蕭條，庵內杖錫同智上人行腳未還，到此拜訪只能留下車轍，只有自己仍像閑庭鶴般眷戀長松駐足不肯離去，全詩充滿濃厚的傷感情緒。

其八〈秋草〉，是詠秋草之詩，實則藉草況己，內容如下：

> 青袍難認舊儒衣，拾翠尋芳事已非。
>
> 蝶影殢秋風正冷，蛩聲破曉露初晞。
>
> 池塘夢醒人何在，蘭芷相殘客未歸。
>
> 河畔青青芳意歇，蒙茸一片對寒暉。〔註69〕

本詩基調與前幾首詩範圍相差不大，均通過頹瑟秋景，並運用視覺、觸覺、聽覺來烘托韶光易逝，滄海桑田之感，抒發對人生的感悟。

其九〈孫郎廟〉，以時空為經緯，營造強烈的今昔對比感來弔古傷今，內容如下：

> 一炬橫江鐵索開，孫郎霸業付蒿萊。
>
> 荒祠秋老堆黃葉，野老猶攜麥飯來。〔註70〕

作者遊孫郎廟時，懷想三國時期之孫郎霸業雖未竟但也仍是十足的意氣風發，但如今卻連孫郎廟都殘破不堪，只見老翁帶著麥飯前來祭祀，詩中流露出人生一切的成敗、榮辱，都只是雪泥鴻爪之況味。

以上僅存的九首詩，其實基調一致，絕大部分是觸景感懷，秋季佔了多數，均是遊子思鄉或對於人生、世事幻化無窮有著深沉的無奈與感嘆，整體呈現抑鬱之感。雖然無法從這九首詩瞭解和邦額詩作的整體風貌，但卻可瞭解和邦額的確是多才多藝，對於寫詩、繪畫、小說、戲曲均有涉獵。

第三節　《夜譚隨錄》的成書背景

《夜譚隨錄》成書於乾隆年間，是清代的中期，但這並非是第一本滿族文言小說。康熙年間已有滿族作家佟世思以文言創作的短篇小說集《耳書》問世，到了乾隆年間繼而出現了曹雪芹、和邦額與慶蘭三位滿族小說家，其中以曹雪芹的《紅樓夢》成就達到高峰，而《夜譚隨錄》與《螢窗異草》是滿族文言小說雙璧〔註71〕；此外，在京城也出現了滿族作家群，可參見前文作者交游部分。何以在此時間點滿族小說可以取得相當的成就？而京城又何

〔註69〕同前註。

〔註70〕同前註。

〔註71〕張菊玲：《清代滿族作家文學概論》，頁117。

以出現滿族作家群？本節將從探討《夜譚隨錄》的成書背景著手，並分爲滿族文人創作小說的背景及《夜譚隨錄》的創作過程兩部分作說明。

一、滿族文人創作小說的背景

魯迅曾說：「文人雖素與小說無緣者，亦每爲異人俠客童奴以至虎狗蟲蟻作傳，置之集中。蓋傳奇風韻，明末時瀰漫天下，至易代不改也。」〔註72〕恰好說明了清代文人喜好小說的風氣其來有自。我國文言小說發展到清代，主要題材以傳奇、志怪與軼事爲多，而《夜譚隨錄》剛好融三者於一體，但須格外注意的是，《夜譚隨錄》乃滿族文人所著之小說。清朝入關初期至乾雍康盛世前，作品內容多爲民間故事與民間傳說，未見滿族文人創作小說作品，直至康雍乾盛世才漸有滿族文人進行小說創作之作品問世。

（一）清初統治者的矛盾情結

小說家創作小說，若是想要創造出鉅作，除了個人才氣之外，也有賴於前人的經驗累積與時代氛圍的烘托，事實上清代的文學形式多元，詩、詞、文、賦、曲均有，但與小說相較，後者顯然起步較晚。

清代是滿族入中原，但統治者對中原文化卻是抱持著矛盾心態。如順治十一年（1654），世祖福臨諭云：

> 朕思習漢書，入漢俗，漸忘我滿州舊制，……設立宗學，令宗室子弟，讀書其內，因派員教習滿書。其願習漢書者，各聽其便。今思既習滿書，可將繙（翻）譯各樣漢書觀玩者，永停其習漢字諸書，專習滿書。〔註73〕

但康雍尊儒，以儒家思想教育旗人，如滿人震鈞於《天咫偶聞》提到：

> 康熙初，翻譯《大學》、《中庸》、《孝經》、《論語》諸書刊行之，以教旗人。九年，官給事中，時稗官小說盛行，滿人翻譯者眾。海龍上言：學者立志宜以聖賢爲期，以經史爲導，此外雜書無益之言，悉當屏絕。請敕旗下人自經史外，雜書不許翻譯。〔註74〕

又《夜譚隨錄》中專談科舉、闈場等相關的篇章〈棘闈誌異〉八則，亦有藉小說中人物的口吻道出此現象：

〔註72〕魯迅：《中國小說史略》，上海：上海古籍出版社，2004年2月，頁146。
〔註73〕清・喇沙里編：《大清世祖章皇帝實錄》，台灣：華文書局，1960年，冊2卷84，頁995。
〔註74〕清・震鈞：《天咫偶聞》，卷2，頁43。

文炳從旁述之，康大慚，轉戒之曰：「學者當以《十三經》爲根本，

《廿一史》爲學問，荒唐子書，知之何異穢墟！」（卷六，葉七上）

由以上矛盾可看出「防止滿人漸習漢俗」是清初統治者的基本思想，但又因需要「正統人才」，故作學問的範本主要是經史典籍，文學上接觸的主要是詩文，小說翻譯的空間便大幅壓縮；雖然統治者存有矛盾心態，但在崇尚儒家教育，整理經史典籍並刊行之的宗旨下，無形中也間接成爲創作小說的溫床。

和邦額《夜譚隨錄》一書成於乾隆中期，曾爲同時宗室文人永忠〈書和霽園邦額《蛾術齋詩稿》後〉一詩所稱許：

暫假吟編向夕開，幾番撫幾詫奇哉。

日昏何惜雙添燭，心醉非是一覆杯。

多藝早推披褐日，成名今識謫仙才。

詞源自是如泉湧，想見齊諧滾滾來。〔註75〕

此詩對和邦額有高度稱許，在「奇哉」後有注云「奇哉具有如來智慧德相，出內典」〔註76〕以「多藝」稱讚詞曲方面成就〔註77〕，「成名」評詩，「詞源」兩句則是對《夜譚隨錄》的評價，全詩末尾注云：「蘇文如萬斛泉不擇地而出」。詩中提到數種文學形式，其中包括了小說，可見此時滿族文人的小說創作已倍受肯定。

（二）滿人喜讀小說的風氣

滿族文人開始創作小說的因素尚有受到喜讀小說風氣的影響。從上引《天咫偶聞》的內容可發現，在清初有非常多的滿人翻譯小說，但康熙曾下令禁譯，卻未能如預期中奏效，「至乾隆朝已有數十種滿文翻一本小說」〔註78〕，此種情況由乾隆十八年癸酉七月諭內閣可見端倪：

皇聖至祖仁皇帝（按：指康熙）欲俾不識漢文之人，通曉古事，於品行有益，曾將《五經》及《四子》、《通鑑》等書，翻譯刊行。近有不肖之徒，並不翻譯正傳，反將《水滸》、《西廂記》等小說翻譯，使人閱看，誘以爲惡。甚至以滿州單字還音抄寫古詞者俱有，似此穢惡之書，非惟無益，而滿州等習俗之偷，皆由於此。如愚民之惑

〔註75〕清・愛新覺羅・永忠：《延芬室集》，頁 1040。

〔註76〕同前註。

〔註77〕此句書後有注云：「先生綺歲時塡一江風傳奇，早在舍下」。

〔註78〕張佳生：〈滿族小說產生於清代中期的原因〉，收錄於《滿族研究》，1993 年第 1 期，頁 57。下引本文，只標頁碼，不另出詳註。

於邪教，親近匪人者，概由看惡書所致，於滿州舊習，所關慎重，
不可不嚴行禁止。〔註79〕

可見直至乾隆朝，滿人喜讀小說的風氣仍十分興盛，「至士大夫家几上，無不
陳《水滸傳》、《金瓶梅》以爲把玩」〔註80〕，加上金聖嘆的「六才子書」與
毛宗崗評點《三國演義》，並稱其爲「第一才子書」，二者均把小說抬到十分
崇高的地位，小說的閱讀與理論同時發展，更加促進了滿族文人喜愛小說的
風氣。又乾嘉時期是博學爲尚的時代，總和上述原因，乾嘉文言小說作者的
閱讀視野自然更加廣闊，爲小說創作提供更多元的題材，《夜譚隨錄》一書除
了受到《聊齋》的影響外，書中提及的文學作品尚有《詩經》、《玉臺新詠》、
《廣異記》、《雜事秘辛》、《太平廣記》、《金瓶梅》、《肉蒲團》等，正好與「喜
讀小說」及「閱讀視野廣闊」遙相呼應，容後再論。

（三）滿人生活由盛而衰

　　清朝歷經康雍盛世，於乾隆朝達到顛峰，而後漸顯疲態。許多旗人家族
由盛而衰，飽嘗世態炎涼，人情冷暖的處遇，這樣的境況，使滿族文人觀察
社會的角度與思考人生觀念都有了另一種轉變。而小說常見的手法恰巧常使
用透過具有社會意義的事件或人物典型來側寫出眞實社會的縮影，並寄寓作
者的情感。有了豐厚的人生閱歷，使得滿族文人對於滿人的遭遇能從更深層
的方面把握，創作出流露著與漢人小說截然不同的族群關懷及民族特性。

　　曹雪芹與《紅樓夢》的例子無須贅述，和邦額的《夜譚隨錄》內容大抵
以描寫市井小民的處境與社會生活爲主，尤其特別繪出大量清代盛世下沒落
之旗人貴族的生活，而在清代文言短篇小說中獨樹一幟。

　　清初統治者對於滿漢文化的取捨調和費煞苦心，雖提倡程朱之說，以儒
教人，摒斥「稗官雜書」，但仍不敵明代小說理論高度發展與喜好小說的風氣
瀰漫，悄悄持續蔓延於朝野四方，不但翻譯者眾，翻譯小說的數量亦不少，
連帶的對滿族文人給予一定程度的啓發。時值文字獄大興，加上旗人家族見
證了清朝興衰過程，志怪以談時事，抒發人生遭遇也是促成滿族文人創作小
說原因之一。

〔註79〕清‧雍正十二年敕撰：《大清十朝聖訓‧高宗純皇帝聖訓‧厚風俗三》卷263，
　　　　臺北：文海出版社，1965年影印本。
〔註80〕清‧昭槤：《嘯亭雜錄》卷2，頁427。

二、《夜譚隨錄》的創作過程

　　《夜譚隨錄》從草創到成書耗費鉅時，從創作地點、社會風氣、題材來源、作者交游、作者的小說觀這幾項彼此交融相依並對《夜譚隨錄》產生不同程度的影響，以下將分成創作時地、故事素材來源、和邦額的小說觀三大項論述之。

（一）創作時地

　　《夜譚隨錄》一書的成書，其時間上經過相當的累積，《霽園雜記》〔註81〕落款於乾隆三十六（1771）年，《夜譚隨錄》落款於乾隆四十四年（1779），相隔十八年之久，又內容從原本的七十一則增為一百四十一則，多了將近一倍的數量。其中有許多故事是在和邦額少年時期聽聞，直至中年才寫作成書，如〈人同〉一文是和邦額「從家君扶祖櫬自閩入都」（卷四，葉九下）時，自家老僕來存述其少壯時負販於蒙古諸部落所聞見的人情風土；〈獺婢〉一文於篇末自評道：「予在五涼，顧亦食獺」（卷五，葉三十三上）；〈請仙〉一文有「唯憶從先子隨官於宜君時」（卷八，葉二十八下）、「予時年十四，至今記之了了」（卷八，葉二十一上）等例，間接說明了《夜譚隨錄》的題材累積了一段時間，而並非與創作同步。

　　和邦額入都時為乾隆十七年（1752），由上段〈人同〉引文可知，此後展開咸安宮官學生涯長達二十年左右，又根據雨窗氏的《夜譚隨錄》序，可知乾隆四十四年（1779）時，和邦額仍在北京，因此《夜譚隨錄》的創作基本上是以在北京為主。

（二）故事素材來源

　　《夜譚隨錄》除了錄有神仙精怪傳說類故事外，一些現實中無法解釋的事件，令人驚奇的風俗民情等，於本書都可見其蹤跡。

　　如此五花八門的素材來源，可簡單歸類兩種：「書」與「人」。所謂的「書」指的就是作者的「閱讀視野」，所謂的「人」，可以解讀成作者的閱歷，也就是與人接觸之廣泛，提供故事素材者眾。此二者對於和邦額創作《夜譚隨錄》影響甚鉅。

〔註81〕　《霽園雜記》為《夜譚隨錄》成書前的一個稿本之傳抄本，此點於第二章第四節另有討論。

1、首先是「閱讀視野」

和邦額生處乾嘉時期，當時正值考據興盛，故文人莫不以博學爲尙，反映到此期的文言小說也能發現作者博覽群書，徵引書籍廣泛，對歷代小說名著都十分嫻熟，連同代作品亦能及時閱讀，並在運用在自己的作品中出現或出現於評點。可分爲三類，分別是「提及的文學作品」、「模擬及改寫前人小說」與「改編或抄錄同代作品」。

（1）《夜譚隨錄》中提及的文學作品有〔註82〕

《詩經》類的《毛詩》、〈采芑〉、〈采薇〉、〈角弓〉、〈終風〉、〈鹿鳴〉等篇，《周易》、《金剛經》、《雜事秘辛》、《洛神賦》、陶詩全集、〈子夜〉、〈懊憹〉、《玉臺新詠》、〈送孟東野序〉、《廣異記》、《太平廣記》、《十三經》、《洗冤錄》（按：應爲《洗冤集錄》）、《西廂記》、《敬德打朝》、《廿一史》、《金瓶梅》、〈瘞旅文〉、《肉蒲團》、《聊齋誌異》，以上爲《夜譚隨錄》中出現的作品名稱，文學形式從詩、文、賦、卦、樂府、小說、雜劇、佛經均有，而這只是單純出現的作品名稱，除此之外，書中內容更有辭、詞、誄、歌等自創作品，與閱讀視野主題無直接關係，在此不論。以下以表示散見於《夜譚隨錄》所提及的作品〔註83〕。

▼表2-2：《夜譚隨錄》中出現之文學作品一覽表

卷數與篇名 （以篇目排）	所出現的作品文句
卷二〈陳寶祠〉	《廣異記》有封使君之事，……。（葉十三上）
卷三〈梁生〉	1、更號之爲「梁希謝」，蓋取《金瓶梅》中謝希大以嘲之也。（葉一下） 2、而今一發窮無告，不久西山唱〈采薇〉。（葉三下） 3、展卷披閱，蓋手錄陶詩全集。（葉四上）
卷三〈某倅〉	老朽幼在學堂時，最喜讀〈瘞旅文〉，……（葉十一上）
卷四〈修鱗〉	1、此〈南柯〉之續也，請志之。（葉三上） 2、工歌〈采芑〉以饗將士。（葉五下）
卷四〈鋦人〉	蘭岩曰：「嘗觀《聊齋誌異》，……」（葉三十九下）
卷五〈春秋樓〉	將軍三復讀之，嘆曰：「……，彼昌黎〈送孟東野序〉殊爲排砌矣，……」（葉四十六下）

〔註82〕作品排序依年代，若同一年代則以書名筆畫排序。
〔註83〕表格中作品文句，一律按原書錄之，不另修改。

卷六〈棘闈誌異〉之四	1、學者當以《十三經》爲根本,《廿一史》爲學問,……（葉七上） 2、文炳,文炳！汝其賦〈角弓〉,小蕙,小蕙！汝其怨〈終風〉乎？（葉十下）
卷六〈棘闈誌異〉之六	1、視賦〈鹿鳴〉,捷南宮,如拾地芥耳。（葉十三上） 2、福霽堂曰：「……楊愼遠竄夷僰,猶傳《雜事秘辛》……」（葉十四上）
卷六〈屍變〉之二	視所擊書,則《周易》下卷也。（葉二十七上）
卷六〈貓怪〉之二	1、予聞其說,愈謂《太平廣記》所載……（葉三十上） 2、忽聞戶外細聲唱所謂「敬德打朝」者,……（葉三十下）
卷七〈邱生〉	乞生書〈玉臺新詠序〉,生爲仿〈洛神賦〉小楷以應之。……欲生書《雜事秘辛》。（葉十一上）
卷七〈陸水部〉	追憶昔時,歌〈鹿鳴〉,……（葉二十上）
卷八〈請仙〉	予閑嘗覽《太平廣記》及諸志異書,……（葉二十八上）
卷九〈霍筠〉	既而入席,命梨園演《肉蒲團》,極其穢褻。（葉十二上）
卷十〈秀姑〉	蘭岩曰：「嘗讀《西廂記》,而探夫人之俗也,……」（葉十一下）
卷十〈玉公子〉	1、韋一見笑曰：「……聞兄居恒喜讀《毛詩》,……」（葉十七下） 2、韋曰：「兄不讀《詩》,何以能好色而不淫也？」（頁葉十七下）
卷十二〈龍大鼻〉	女曰：「〈懊憹〉之曲,〈子夜〉之聲,……。」（葉二下）
卷十二〈鄧縣尹〉	尹大驚駭,再揖謝曰：「似此奸謀,……,實《洗冤錄》中所未載。……」（葉三十下）

　　由表可發現俗雅文學作品摻雜,值得注意的是小說類作品出現九次〔註84〕,其中《太平廣記》與《雜事秘辛》各出現兩次,而統治者大力推廣的經典類作品出現十次,其中有七次都是《詩》篇,二者分庭抗禮,剛好可呼應前文所提的社會背景與喜讀小說風氣。另外本書內容雖俗雅共賞,卻以文言文寫成,從另個角度思考和邦額無形中預設了讀者群的素質水平,此點亦與上述的社會背景、士大夫喜讀小說風氣相呼應。

　　（2）其次是「模擬及改寫前人小說」

　　錢鍾書先生於《管錐編》論《太平廣記》卷283〈枕中〉、〈南柯〉等夢時,

〔註84〕《肉蒲團》在本書雖以「戲劇」方式呈現,但仍是根據小說改編而來,故列入其中。

提到卷 82《呂翁》等篇，機杼相同〔註85〕，後又於《管錐編增訂》認爲「後世仿《呂翁》之作，尚可增闐（案：應作爲「闐」）齋氏《夜譚隨錄》卷四《修鱗》……。」〔註86〕，又於《管錐編》論卷 284〈陽羨書生〉時曾提出鵝籠境地之說（頁 764～768），在《管錐編增訂》亦云：

> 書生入籠，籠亦不更廣，書生亦不更小。」《夜譚隨錄》屢師其意。卷一《香雲》：「最可異者，列筵十數，屋不更廣，亦不覺隘」；卷五《阿樨》：「盈階滿室之物悉入洞房，房不加廣，而位置羅列，饒有隙地」；卷九《霍筠》：「門前已駐一犢車，黃色甚小，……車亦不廣。……一家十數人乘之，人不覺小，車亦不覺隘。〔註87〕

另外錢鍾書先生也認爲《夜譚隨錄》從唐詩中汲取創作養分：

> 《夜譚隨錄》屢仿《夢仙》、《夢天》機杼。卷九《宋秀才》：「鶴背安穩，如北地冰床。俯瞰下土，……道士指點江山，謂：某處煙一點，某府、某州、某縣也；某處培塿，或如覆杯、如連塚，某山、某嶽也，又指一縷水光如銀線然，曰：『長江也。』宋問洞庭安在，道士指一點光如小鏡者，曰：『彼是也。』」卷一二《雙髻道人》：「蓋已立五峰絕頂，風定雲開，俯視下土，一目千里。諸山撒地如培塿；湖光一片，康郎、大姑似螺著水盤，萬點風帆若蠅矢集鏡；繞山諸郡縣盡做碧煙數點，歷歷可數。」「煙點」本李賀詩，不待言。「螺著水盤」又本劉禹錫《望洞庭》：「遙望洞庭山翠色，白銀盤裡一青螺。」〔註88〕

〈夢仙〉是指白居易的詩作，其中有「坐乘一白鶴」、「半空直下視，人世塵冥冥」、「漸失鄉國處，纔分山水形」、「東海一片白，列岳五點青」等句，是爲和邦額所化用，〈夢天〉是李賀所作，其中「遙望齊州九點煙」一句，殆爲前鍾書先生所指。錢鍾書先生對於《夜譚隨錄》的創作有汲取前代作品養分，是持肯定的看法。

和邦額於〈修鱗〉一篇也自謂「此乃《南柯》之續」（卷四，葉三上），另外〈周琰〉篇爲人虎互化之故事，是唐・張讀《宣室志・李徵》與南朝・

〔註85〕錢鍾書：《管錐編》冊 2，北京：中華書局，1986 年 6 月，頁 759。

〔註86〕同前註，冊 5，頁 63～64。有出版社將《管錐編增訂》收錄爲《管錐編》冊 5，本論文從之。

〔註87〕同前註，頁 64。

〔註88〕同前註，頁 101。錢鍾書先生所引之《夜譚隨錄》內容較爲精簡與原著不同，此處依《管錐編增訂》文字爲準。

宋《世說新語‧自新第十五》的周處自新故事揉合〔註89〕；唐代傳奇體小說〈東陽夜怪錄〉載於《太平廣記》卷490，文中有橐駝（病僧智高）、牛（朱中正）、老雞（奚銳金）、烏驢（盧倚馬）、二蝟（胃藏立、胃藏瓠兄弟）、大駁貓（苗介立）、犬（敬去文）等動物，化爲詩人，與主人翁秀才成自虛夜話，並以詩暗喻其身份，是篇典型的物語〔註90〕小說，與《夜譚隨錄》的〈陸珪〉有同工異曲之妙〔註91〕。〈陸珪〉也是一篇典型的物語小說，文中有一熊（黑衣長鬣者）、虎一（黃衣體重者）、猿一（僧，袁師）、狐狸二（雙鬟女郎，酈三娘子）、兔三五頭（褐衣奴者）、白馬（白衣少年）與酈三娘子口中的胡大師是爲蜘蛛。雖然本文意旨與〈東陽夜怪錄〉不盡相同，但在「志異」方面的手法皆屬「物語」小說。此外，化用文句之例有〈藕花〉篇後蘭巖評曰：「花是美人全影，美人是花後身，原無分別耳……」（卷十二，葉三十七下）此句蓋脫於〈看花述異記〉中的「美人是花眞身，花是美人小影」〔註92〕，實際上，才士遇花神故事在清代小說屢屢出現，從前文提及的〈看花述異記〉、《聊齋誌異》卷11〈絳妃〉〔註93〕、《耳食錄》卷3〈長春苑主〉〔註94〕、《小豆棚》卷5〈夢花記摘略〉〔註95〕皆爲此類；尚有〈雙鬟道人〉，化用《孟子‧離婁下‧齊人》內容、句式，極爲明顯，試看：

> 其妻告其妾曰：「良人出，則必盡夜而後返，其蹤跡甚詭祕也。汝盍瞷之？」妾諾焉。是夕，施從良人之所之……（妾）相與曰：「良人者，所仰望而終身也。今若此，不我能慉矣。」乃相泣而訕於中庭。
> 〔註96〕

〔註89〕 詹頌：〈乾嘉文言小說作者閱讀視野與作品故事來源〉，收錄於《蒲松齡研究》，2003年01期，頁148。

〔註90〕 「物語體」小說是指這類的小說中將動植物、器物等非人之「物」，賦予「人」的身份，所描寫的是一種擬人化與神怪化相結合的藝術形象與藝術境界。見薛洪勣：《傳奇小說史》，杭州：浙江古籍出版社，1998年，頁53。

〔註91〕 詹頌：〈乾嘉文言小說作者閱讀視野與作品故事來源〉，頁149。

〔註92〕 清‧王暐：《看花述異記》，收錄於《叢書集成續編》冊216，台北：新文豐出版公司，1989年，頁217。

〔註93〕 清‧蒲松齡：《聊齋誌異》冊（上）卷11，濟南：齊魯書社，頁357～360。下引本書，只標頁碼，不另出詳注。此爲二十四卷鈔本之版本。

〔註94〕 清‧樂鈞：《耳食錄》，濟南：齊魯書社，2004年11月，頁36～39。

〔註95〕 清‧曾衍東：《小豆棚》，濟南：齊魯書社，2004年11月，頁71～75。

〔註96〕 清‧阮元校勘：《孟子注疏》，台北：藝文印書館，1976年，頁340～341。

文言小說是一種繼承性很強的文體，而繼承性表現的最突出的代表之一即爲
「題材的沿襲」〔註97〕。而摹擬及改寫前代作品常常不明言，雖然《夜譚隨
錄》也有此現象，但並非絕對，如〈修鱗〉自謂南柯之續者是。

　　（3）最後是「改編或抄錄同代作品」

　　此部分要釐清的是《夜譚隨錄》與《新齊諧》、《續子不語》之間的借材
關係。魯迅先生曾指出：

> 滿州和邦額作《夜譚隨錄》十二卷（亦五十六年序），頗借材他書（如
> 《佟觭角》，《夜星子》，《瘍醫》皆本《新齊諧》），不盡己出。〔註98〕

針對魯迅先生這段話，1985 年岳麓書社出版《夜譚隨錄》的「出版說明」引
之，可視爲贊同其見，然而方正耀先生卻於〈和邦額《夜譚隨錄》考析〉一
文歸納出《新齊諧》和《續子不語》共有十五篇與《夜譚隨錄》內容相近的
作品，並從版本（出版時間）、內容差異及故事來源的交代三方面著手比對查
考，得出相反的結論，即：「不是和邦額借材於《新齊諧》，而是袁枚摘抄了
《夜譚隨錄》。」（頁 106），學者詹頌更進一步於〈乾嘉文言小說作者閱讀視
野與作品故事來源（續）〉一文中指出內容相近似者應爲十七篇〔註99〕，臚列
如下：

▼表 2-3：《夜譚隨錄》與《子不語》、《續子不語》內容近似對照表

《夜譚隨錄》	《新齊諧》
卷二〈噶雄〉	卷六〈喀雄〉
卷三〈伊五〉	卷十五〈伊五〉
卷三〈落漈〉	卷二十三〈落漈〉
卷四〈人同〉末則	卷六〈人同〉
卷五〈怪風〉	卷六〈怪風〉
卷五〈麻林〉	卷十五〈麻林〉
卷五〈呂琪〉	卷十五〈服桂子長生〉
卷六〈棘闈誌異〉首則	卷六〈常熟程生〉
卷六〈異犬〉	卷十五〈異犬附魂〉

〔註97〕 詹頌：〈乾嘉文言小說作者閱讀視野與作品故事來源〉，頁 144。
〔註98〕 魯迅：《中國小說史略》，上海：上海古籍出版社，2004 年 2 月，頁 169。
〔註99〕 詹頌：〈乾嘉文言小說作者閱讀視野與作品故事來源（續）〉，收錄於《蒲松齡
　　　　研究》，2003 年 02 期，頁 151～152。

卷六〈夜星子〉	卷二十三〈夜星子〉
卷七〈佟騎角〉	卷十五〈佟騎角〉
卷八〈孝女〉	卷六〈孝女〉
卷九〈霍筠〉	卷二十三〈瘍醫〉
卷十〈螢火〉	卷十五〈淘氣〉
卷十一〈鐵公雞〉	卷二十三〈鐵公雞〉
卷十一〈白蓮教〉	卷十五〈白蓮教〉
	《續子不語》
卷四〈屍異〉	卷六〈換屍冤雪〉

　　筆者也同意方正耀先生的看法，以下節錄並整理其說法：假設是《夜譚隨錄》借材於《新齊諧》，那麼《新齊諧》的成書及刊刻問世勢必要早於乾隆四十四年（1779），但目前可見最早的刻本為乾隆戊申（1788）本，雖無法直接證明《新齊諧》成書晚於《夜譚隨錄》，不過故事時間晚於乾隆四十四年（1779）的篇章散見於《新齊諧》中，計有十五篇，最晚的故事時間正好為戊申冬〔註100〕，且從文字上即可明確看出《新齊諧》直接摘錄、改動《夜譚隨錄》而成的篇章多達十一篇，即〈人同〉、〈喀雄〉、〈怪風〉、〈孝女〉、〈佟騎角〉、〈白蓮教〉、〈呂琪〉、〈伊五〉、〈落漈〉、〈夜星子〉與〈瘍醫〉，另外，《夜譚隨錄》的特點為「前敘事緣，後發議論」，對於故事的來源，和邦額的交代清楚直接；《新齊諧》著重於「眼見奇視怪物的記錄」，僅存異事摘錄，雖然交代故事來源無法說明內容的真實性，相較於《新齊諧》的純粹記錄手法，卻能提高故事材料的直接性和創作成小說的可靠性。關於具體篇章的比對，可參考方正耀〈和邦額《夜譚隨錄》考析〉〔註101〕及詹頌〈乾嘉文言小說作者閱讀視野與作品故事來源（續）〉〔註102〕二文，本文不多贅述。

2、閱歷廣闊

　　除了和邦額本身閱讀視野相當遼闊，藉著汲取他人作品以豐富《夜譚隨錄》的內容外，事實上，談鬼說異的風潮也在乾嘉文言小說作者群中瀰漫著，

〔註100〕《子不語·周倉赤腳》：「戊申冬，余過東台……」。清·袁枚：《子不語》卷22，收錄於《筆記小說大觀 二編》，台北：新興書局，1988年，頁5600。
〔註101〕方正耀：〈和邦額《夜譚隨錄》考析〉，收錄於《文學遺產》，1988年第3期，頁103～110。
〔註102〕詹頌：〈乾嘉文言小說作者閱讀視野與作品故事來源（續）〉，收錄於《蒲松齡研究》，2003年02期，頁146～158。

徵奇話異之風不減唐宋文人，而所說的故事便往往成為作品的最佳素材，並形成些個寫作小圈子，談論故事可以說是本期文言小說最主要的來源渠道。〔註103〕

　　乾嘉時期文言小說中故事提供者的範圍極廣，從與作者的關係來看，親自至交密友，疏至萍水相逢者，均不在少數；從社會地位來看，上自皇親貴族，下至走販僕婢，究其原因為和邦額閱歷廣闊。由本章第一節之生平事蹟部分可瞭解，如因和邦額自幼生活在西北地區，因此在《夜譚隨錄》中便有多達24篇的故事是聽聞或發生於陝、甘、青，如〈章佖〉、〈獺賄〉、〈怪風〉是發生於五涼；〈姚愼之〉之於甘州府；〈碧碧〉之於階州；〈柴四〉之於固原府；〈噶雄〉與〈劉大賓〉之於河州；〈靳總兵〉之於魚河堡：〈陳寶祠〉之於興安府；〈孿生〉之於同州府等，這些地點幾乎遍布了現今甘肅與陝西。在隨宦祖父「三秦入七閩」的途中，和邦額也記錄了這趟旅程，由其詩作〈避七里碻險，由白水江泛舟，至洛陽〉及〈泊鄱陽湖〉可見這趟水路沿岸之景，並累積了寫作素材，〈香雲〉正是此趟赴閩途中所聞的故事。到了福建後，曾登廈門、觀溟海，視野大開，並嘆青海猶盆池也，這段經歷在〈宋秀才〉中被保存下來。之後入京，也曾入咸安宮學習，與同學、教習談狐說鬼，如〈雜記五則〉由同學所提供，〈阮龍光〉一則是教習所提供。正因為和邦額年少時的閱歷廣泛，反映於創作上便有「取材豐富」的特點，論者方正耀認為《夜譚隨錄》展現了《聊齋》所無的他族風尚習俗與異地旖旎風光，故事版圖北自關外，南及琉球，東起吳中，西至巴蜀〔註104〕。有著如此廣闊的閱歷，與人的接觸也隨之繁雜，遍及社會各階層，替創作奠下良好養分。

　　提供素材主力者為與作者關係密切，本人亦好談異話奇者，在《夜譚隨錄》中，恩茂先即是扮演此角色。

　　《夜譚隨錄》於序中直揭：「予今年四十有四，未嘗遇怪，而每喜與二三友朋，於九鬺茶榻間減燭談鬼，坐月說狐，稍涉匪夷，輒為記載，日久成帙，聊以自娛。」（冊一·葉一下至葉二上），另外〈雜記〉五則：「予與諸同學偶談及狐怪，則尤者五則記之……中秋夜，聚飲於南樓下。在座者……并予與主人，相與說狐」（卷四，葉十四下至十五上）、〈螢火〉：「恩茂先秋夜見過，把酒持螢，相與談鬼」（卷十，葉二十二上）、〈市煤人〉：「癸巳仲夏，過訪宗

〔註103〕詹頌：〈乾嘉前文乾嘉文言小說作者的交游與小說創作〉，頁92。
〔註104〕方正耀：〈和邦額《夜譚隨錄》〉考析，頁108。

－40－

室雙豐將軍，立談廊下。見一人……怪而詢諸將軍，……乃煮久設饌，爲予詳述之。」（卷十一，葉二十三下至二十四上），以上顯示和邦額與其友亦熱衷談異之事，並對《夜譚隨錄》的創作有著一種互動關係。以下羅列爲《夜譚隨錄》提供故事素材者〔註 105〕，以窺其貌。

▼表 2-4：《夜譚隨錄》素材提供者一覽表

故事素材提供者	篇　名	備　註
恩茂先	〈梨花〉、〈異犬〉、〈秀姑〉、〈螢火〉	除了提供故事素材外，另有評或詩作。
石三	〈某僧〉	石三從銘鏡業。
李高魚	〈蘇仲芬〉	爲〈龍化〉主角，〈蘇仲芬〉則與主角爲總角交。
胡輝岩	〈蛸精〉、〈雜記〉五則之二	和邦額同學，昌邑人。
李錦	〈倩霞〉	汀鎮右營游擊。
上官周	〈修鱗〉、〈倩兒〉	鄞江人，擅畫，〈修鱗〉主角從之習畫，與〈倩兒〉主角之父熟識。
李德	〈人同〉	爲和邦額家家中老僕，瀋陽人，少壯時曾負販於蒙苦諸部落，熟識當地人情風土。
劉紫來	〈雜記〉五則之一、〈周琰〉	和邦額同學，貴筑人，名昱東。
鞠慕周	〈雜記〉五則之三、五	和邦額同學，海陽人，名庄行，和氏認爲他最善說狐，並且爲《秋燈叢話・回道人》筆下的主角〔註 106〕。
薛魯園	〈雜記〉五則之四	和邦額同學，貴陽人，名延楷。
傅屬國	〈韓樾千〉	與王姓者（爲韓表兄）相善。
章佖	〈章佖〉	鎮番人，此處爲和邦額主動向章佖詢問。
雙豐將軍	〈市煤人〉	宗室。家僕經歷，另爲〈大眼睛〉主角。
呂正陽	〈烽子〉	官職爲把總。
陳扶青	〈棘闈誌異〉八則之一、二	職業爲教師。
李伯瑟	〈棘闈誌異〉八則之四	爲親戚經歷，於〈戇子〉篇末有評點。

〔註 105〕以有出現姓、氏者爲主，僅出現職業或姓氏不詳者不在此限，排列以卷目爲準，若同一人提供兩篇以上之作品，依較前一篇爲主。

〔註 106〕清・王椷：《秋燈叢話》卷 1，台北：廣文書局，1989 年，頁 27～28。《秋燈叢話》成書乾隆四十二年丁酉（1777），〈回道人〉說的是鞠慕周夢中遇仙的故事。

嚴十三	〈棘闈誌異〉八則之五	
葉省三	〈棘闈誌異〉八則之七	仁和人，雖未明言為故事素材提供者，但出示與故事相關證據，在此一併列入。
德書紳	〈回煞〉五則之一	和邦額友，為本人親身經歷。
錫谷齋	〈回煞〉五則之二	和邦額同學，為本人親身經歷。
隆興	〈夜星子〉二則之二	和邦額同學，為親戚經歷。
黃門	〈貓怪〉三則之二	黃門前冠有「永野亭」，為親戚之經歷。
盛紫川	〈盛紫川〉	和邦額友。
賴冠千	〈邱生〉、〈白萍〉	連城人，〈白萍〉一篇先由李芰所述，但不甚悉，後再由賴冠千詳述之。
周南溪	〈陸水部〉	另唱和〈吳喆〉篇中的《逸狐歌》。
陸珪	〈陸珪〉	和邦額友，仁和人，為本人親身經歷。
景祿	〈紙錢〉、〈三官保〉	和邦額友，護軍，另為〈紙錢〉的主角。
郭俊	〈宋秀才〉	長沙人，字昆甫，中過解元。
白某	〈傻白〉	太監，為本人與其叔經歷。
白丘	〈梁氏女〉	官職為水令，嘗為和邦額父述之。
吳金泉	〈新安富人〉	嘗為祁門尹。
伊君（昌阿）	〈堪輿〉	伊君為主角之婿，所述之事為補充，附於閑齋評點中。
阮龍光	〈阮龍光〉	新建人，為咸安宮教習。

　　恩茂先為最主力者，除了提供四篇故事素材，九個評點之外，於〈異犬〉中得知和邦額曾參與恩茂先的湯餅會，兩人對於彼此的家務事與其他人相較之下也是熟悉的，如〈張五〉：「恩茂先曰『誠然，先大父亦嘗言之也』」（卷二，葉十七上）、〈秀姑〉中和邦額指出「恩茂先有田數頃，隸順德，時往徵租⋯⋯。」（卷十葉十一上・）、〈靳總兵〉的評，恩茂先更言：「和齊園言其祖誠齋公鎮咸武時，⋯⋯」（卷十二，葉三十二下），在《夜譚隨錄》的前身——《齊園雜記》卷端亦題有「茂先恩顯校閱」，更加凸顯恩茂先在《夜譚隨錄》正式成書前便著手參與了評校。雖然恩茂先提供了四則故事素材，但〈梨花〉是恩茂先的朋友尚介夫與之轉述，另外三篇則是恩茂先親友的親身經驗。有一說認為替和邦額創作的《一江風》傳奇作後序的葉河恩普，很有可能就是恩茂先恩顯〔註107〕。

〔註107〕李芳：〈和邦額《一江風》傳奇述略〉，出處：
　　　　　http://wxyc.literature.org.cn/journals_article.aspx?id=1975。

　　《一江風》是和邦額創作的傳奇劇本，正文首頁署有「枕碧山房主人校閱及評」，在〈龍化〉一開始就說「李高魚枕碧山房」（卷一，葉三十五上），因此李高魚跟恩茂先一樣，和和邦額很早就有往來且關係密切。上述表格所列的範圍限於「明顯告知故事來源」者，因此若故事主角雖為真有其人，仍不在此範圍中，僅列於備註欄。耙梳後，可將和邦額告知故事來源的模式略分為三，分別是：主動詢問後記錄、與朋友群討論後記錄、被動記錄。主動詢問後記錄的篇章如〈人同〉、〈章似〉、〈市煤人〉，模式為「主動詢問→對方告知記錄」，不過「主動詢問舉止」出現位置，時而在故事一開始，時而在故事結束時才點出。與朋友群討論後記錄的篇章集中在〈雜記〉五則與〈棘闈誌異〉八則，和邦額於數則故事開始之前有一段文字做為引言，說明並何以記錄，參與討論者等，才會開始正文。被動記錄的篇幅最多，且可再因告知故事來源的用語不同再細分：有「予在某處，聞某友言」而誌之，如〈烽子〉、〈夜星子二則〉之二；有某友「為予言」，如〈某僧〉、〈蝟精〉、〈倩霞〉、〈貓怪三則〉之二、〈白萍〉、〈三官保〉，近似詞彙尚有某「嘗言」、「嘗述」、「嘗為予言」、「每向人述之」、「時向予縷述之」等，較需注意的是有一部份雖為被動記載，但卻能詳細交代，使之合理化程度大為提升，模式為「某友與故事主角或人物的關係，關係（瞭解）程度，交代來源用語」，如〈蘇仲芬〉：「李高魚與蘇仲芬為總角交，習知其事，時向予縷述之」（卷二，葉六下）、〈倩兒〉：「上官老人周與江翁善，知之頗稔，嘗為予述之」（卷九，葉三十三下）等。至於提供素材者的身份，亦可從上列表格見其多元性，從宗室將軍、官員、太監、親友、師長、同學、市井小民、從僕各種階級，滿漢均有，可歸功於和邦額年少時的閱歷廣闊，如此廣泛的素材提供者，彼此交織滲透，最後集合而成就了《夜譚隨錄》題材的多樣性，此點是不容湮沒的。

第四節　《夜譚隨錄》的版本問題

　　《夜譚隨錄》有許多刻本，本論文所採用之版本目前即未見有學術專著討論之，可見版本之繁雜。這些刻本的落款年代不同，篇數也有出入，甚至出現了比刻本更早的傳鈔本《霽園雜記》，疑為《夜譚隨錄》的底本。二者在書名、自序、篇數、篇名、內容、評點皆有所不同，是以本節將錄各家說法，以期釐清版本相關等問題。

一、《夜譚隨錄》版本概述

《夜譚隨錄》的版本眾多，且各家眾說紛紜，有的學者以自序後的落款時間區分，有的學者以篇數多寡、眉批有無、內容潤飾與否區分，故有足本與非足本系統之說。不過有些版本無法歸類，純為書商因營利因素，祖某一刻本，自行修改而成。以下將分別介紹足本與非足本系統、《夜譚隨錄》目前可見資料之著錄情況及概略介紹己亥本系統幾個刻本的特色〔註108〕。

（一）足本與非足本系統

《夜譚隨錄》在作者生前，已經有刻本行世。幾經翻刻後，版本龐雜，逐漸形成「足本」與「非足本」兩大系統，此為後世學者歸納之論。沈子英先生在為上海梁溪圖書館民國十二年出版的《夜譚隨錄》序言中提出這個看法：

> 這書坊間通行的雖有好幾種本子。大概而論，也只分為「足本」與「非足本」二種。自稱為「足本」的版本，多著蔡園主人蘭岩的評，有的還有眉批……。一種就是現在我們所根據的本子，也沒有評，也沒有批，卷首的序是成於乾隆年間的。這本便是被人指稱為「非足本」的，卻就是原本了。〔註109〕

根據方正耀先生的說法，其認為己酉本衕科本、同治丁卯成都刻本、光緒丙子愛日堂刻本、進步書局筆記小說大觀本（以下簡稱筆記小說大觀本）、上海商務印書館平裝鉛印本等，均屬於所謂的「足本」系統。其中較特殊的是筆記小說大觀本是據「足本」排印，但卻刪去眉批，保留回末評點，並將原來的十二卷改為四卷，上海商務印書館平裝鉛印本本之。「非足本」系統有光緒丁亥年（1887）鴻寶齋石印本，育文書局石印本、廣益書局石印本、梁溪圖書館沈子英序本、會文堂新記書局石印本、大達圖書館朱惟公序本等。其中較具代表性的是光緒丁亥年（1887）鴻寶齋石印本，其凡例道：

> 一、原書筆墨繁冗，兼好濫用經傳舊調，閱之令人作嘔。刪潤之，庶爽心快目。

〔註108〕 僅介紹己亥本系統的版本是因為此系統較接近原本，此系統外的版本，多為書商因營利而擅自改動內容，與己亥本系統的版本相較之下價值較低，故不列入討論。

〔註109〕 轉引自方正耀：〈和邦額《夜譚隨錄》考析〉，頁105。

　　一、閒齋評點，多無意味，惟《婁芳華》評筆致迥異凡庸，是為書
　　　　之冠，特為錄之。余擇其有關規勸者，亦刪潤之，存其一二。

　　一、蘭岩評點及眉批、旁批，庸劣殊甚，一例刪之，較為清淨。（轉
　　　　引自〈和邦額《夜譚隨錄》考析〉，頁106）

基本上，足本與非足本的差異在篇數、眉批、與潤飾內容與否這三個方面。
篇數方面，「足本」全書有一百四十一篇，而「非足本」只有一百四十篇，較
之前者少了卷四〈紅衣婦人〉一則；眉批方面，「足本」有作者、恩茂先、福
霽堂、李齋魚在某些篇章後有加評點或附語和無名氏的眉批，卷下題署「霽
園主人閒齋氏著　葵園氏主人蘭岩氏評閱」，「非足本」勘落了極大部分的評點
與眉批；潤飾內容與否方面，「足本」大部分保留了己亥本的原貌，但「非足
本」卻是對內容進行了刪改潤飾。不過值得注意的是「足本」仍有短處，因
幾經翻刻，文字時見訛誤，批語混亂。

（二）版本著錄情況

　　《八千卷樓書目》有「《夜譚隨錄》十二卷　不著撰人名氏　石印本」〔註110〕
一條；《販書偶記續編》有「《夜譚隨錄》十二卷　清霽園主人閒齋氏撰　乾隆
己酉本衙刊」〔註111〕一條，《中國文言小說書目》有「《夜譚隨錄》十二卷　存。
清‧和邦額撰。見《八千卷樓書目》子部小說類。乾隆乙酉本衙刻本、光緒
二年愛日堂刻本、一九一三年育文書局石印本、一九一五年上海廣益書局石
印本、一九二六年上海梁溪圖書館鉛印本、一九三一年會文堂新記書局石印
羅寶珩注本、筆記小說大觀本作四卷」〔註112〕一條。

　　另外尚有方正耀先生於〈和邦額《夜譚隨錄》考析〉一文提到其於上海
圖書館找到的「清乾隆己亥本衙刻本」（頁104）、薛洪勣先生於〈《夜譚隨錄》
並沒有「己亥本」〉一文中提到其所見到的一種「辛亥殘本」〔註113〕、王一工
與方正耀先生點校的《夜譚隨錄》前言與《中國文言小說史稿》〔註114〕中提
到的「同治丁卯成都刻本」。

〔註110〕清‧丁仁：《八千卷樓書目》冊3卷14，台北：廣文書局，1970年，頁16下。
〔註111〕孫殿起錄：《販書偶記續編》卷12，181頁。
〔註112〕袁行霈、侯忠義：《中國文言小說書目》，北京：北京大學初版社，1981年11
　　　　月初版，頁380。
〔註113〕薛洪勣：〈《夜譚隨錄》並沒有「己亥本」〉，頁133。
〔註114〕侯忠義、劉世林：《中國文言小說史稿》下冊，北京：北京大學出版社，1993
　　　　年2月初版，頁240。

　　蕭相愷先生曾發表〈和邦額文言小說《霽園雜記》考論〉〔註115〕、〈由《霽園雜記》到《夜譚隨錄》〉〔註116〕兩篇文章，前者提出其訪見的《霽園雜記》序後落款時間為「時乾隆三十六年」（歲次辛卯，1771），作者亦為和邦額。經蕭相愷先生考證，認為是《夜譚隨錄》成書前的一個稿本的傳鈔本，後者是考察從《霽園雜記》到《夜譚隨錄》的修改過程，故《霽園雜記》放在此節一併介紹。

（三）版本介紹

　　承上內容，將諸版本依年代先後排序：乾隆三十年（1765）乙酉本衙刻本、《霽園雜記》、乾隆四十四年（1779）己亥本衙刻本、乾隆五十四年（1789）己酉本衙刊本、乾隆五十六年（1791）辛亥刻本、同治六年（1867）丁卯成都刻本、光緒二年（1876）愛日堂刻本；其中因《霽園雜記》為《夜譚隨錄》成書前的一個稿本的傳鈔本，可以說具有《夜譚隨錄》之「前身」性質，本不應列於《夜譚隨錄》版本介紹之列，但為求系統性，仍將《霽園雜記》列於此，並置於第一點說明。關於這些版本的研究雖散見於各學者論文中，但在此仍分別一一介紹如下：

1、《霽園雜記》〔註117〕

　　此版本為孤本，由論者蕭相愷和邦額文言小《霽園雜記》考論〉、〈由《霽園雜記》到《夜譚隨錄》〉兩篇期刊論文得知。

　　《霽園雜記》卷端題「霽園雜記卷之一　閑齋和邦額手訂　茂先恩顯校閱」，自序後落款為「時乾隆三十六年歲次重光單閼之塗月葉河邦額霽亭氏題」〔註118〕，正文並不像足本系統分為十二卷，而是跟非足本系統一樣分為四卷，每卷卷端分題「霽園雜記卷之一」，下雙行并署「閑齋和邦額手訂　茂先恩顯校閱」、「霽園雜記卷之二　閑齋和邦額手記」、「霽園雜記卷三　閑齋和邦額訂　茂先恩顯校」、「霽園雜記卷四　和霽園記　茂先恩顯評」。半葉十行，

〔註115〕蕭相愷：〈和邦額文言小說《霽園雜記》考論〉，收錄於《文學遺產》，2004年第3期，頁101～160。下引本文，只標頁碼，不另出詳註。

〔註116〕蕭相愷：〈由《霽園雜記》到《夜譚隨錄》——論和邦額對作品的修改〉，收錄於《廈門教育學院學報》，第8卷第3期，2006年9月，頁1～5。下引本文，只標頁碼，不另出詳註。

〔註117〕此段內容為參考並引用蕭相愷：〈和邦額文言小說《霽園雜記》考論〉，頁101～103而成，為求簡潔，不再一一標示出處。

〔註118〕此段文字乃根據蕭先生論文原作文字，不加以更動。

行十八字，並避康熙帝諱，凡「玄」一律作「元」。

2、乾隆三十年（1765）乙酉本衙刻本

此版本見於《中國文言小說書目》（頁 380），但並未對其有任何解釋。在《中國文言小說史稿》下冊（頁 240）亦有此版本之著錄，但亦無其他介紹，僅書「乾隆乙酉衙刻本」數字爾爾。

3、乾隆四十四年（1779）己亥本衙刻本

此版本為方正耀先生於上海圖書館所尋得，但並未對此版本有清楚的介紹，而是把重點放在論證此版本為「初刻本」，但薛洪勣先生卻發表了〈《夜譚隨錄》並沒有己亥本〉一文作為回應。

另外尚有《中國文言小說史稿》（頁 240）、《中國文言小說總目提要》〔註119〕、〈由《霽園雜記》到《夜譚隨錄》〉（頁 1）、〈和邦額文言小說《霽園雜記》考論〉（頁 101）、〈清末民初僞檉叢考〉〔註120〕均有提及此版本，但《中國文言小說史稿》將「己亥本」誤書為「已亥本」。

此版本扉頁右上署「霽園主人著」，中間書名「夜譚隨錄」，左下署「本衙藏書」，序中落款為「乾隆己亥夏六月霽園主人書於蛾術齋之南窗」，後有「霽園」和「閒齋」印各一方，每卷卷首題「霽園主人閒齋氏著 葵園主人蘭岩氏評閱」，共十二卷一百四十一篇，有大量不署名的眉批、行間批，還有一些圈點、墨點〔註121〕。

4、乾隆五十四年（1789）己酉本衙刊本

《販書偶記續編》所著錄者即為此版本。此版本著錄情況頗廣，但幾乎只是提及本版本見於《販書偶記續編》，故在此不一一羅列。此外，方正耀先生於〈和邦額《夜譚隨錄》考析〉中，將〈香雲〉與序末落款時間對照，得出「己酉本的落款也是難以相信」的結論（頁 104），薛洪勣先生於〈《夜譚隨錄》並沒有「己亥本」〉中節引出己酉本雨窗氏的刊序駁之，並做了簡單介紹：

> 扉頁右上署「霽園主人著」，左下署「本衙藏書」，中間為書名四大
> 字。出前依次為雨窗氏刊序、作者自序（署乾隆己亥年夏六月 霽

〔註119〕寧稼雨：《中國文言小說總目提要》，濟南：齊魯書社，1996 年 12 月，頁 334。

〔註120〕占驍勇：〈清末民初僞檉叢考〉，收錄於《文獻季刊》，2002 年 1 月第 1 期，頁 125。

〔註121〕吉朋輝：《和邦額及其夜譚隨錄考論》，指導教授：陳桂聲，蘇州大學，中國文學系碩士論文，2007 年 7 月，約 70000 字，頁 19。

園主人書於蛾術齋之南窗)。各卷之首上署「霽園主人闌齋氏著」，
不並列署「松蔭山房雨窗氏 葵園主人蘭岩氏評閱 用拙道人蘭泉氏
參訂」。各篇之後大多有蘭岩、恩茂先等七八人的評點，另有大量
的雨窗氏的眉批和行間批。這是正文和序評等最完備的一個本子。
（頁 133）

其更在《明清小說鑑賞辭典·夜譚隨錄》〔註122〕一條資料中直指「《夜譚隨錄》
初刊於乾隆己酉」，有關初刻本的探討詳見下節，在此不多贅述。

韓錫鋒與黃岩柏先生在遼寧省圖書館找到此版本，書前有乾隆己酉雨窗
序，書名葉署「霽園主人著 本衙藏書」〔註123〕，並發表了〈阿林保與《夜譚
隨錄》〉〔註124〕一文，文中錄有雨窗序全文，並考證出雨窗氏即為阿林保，也
認為「初刻本應該是：乾隆五十四年阿林保版本」。雨窗氏序全文如下：

> 蒙莊之言曰，相見而笑莫逆於心。千載下讀之，猶令人愛慕無已。
> 吾人一生與二三知己晤對忘形，劇談不倦，此境未易多得。回憶十
> 年前，春怡齋中，與霽園、蘭岩諸君子聽夕過從，或官街聽鼓，夜
> 雨聯床，瀹茗清談，至忘寢寐。因各出新奇，以廣聞見。而霽園且
> 匯志其所述以成編，言曰《夜譚隨錄》。顧或以所錄率 多異聞，疑
> 於未可傳信。不知山海有經，搜神有記，何嘗不傳著於後世；安得
> 以目所罕睹遽謂事所必無乎！若其筆墨之妙，則非指非馬，超忽無
> 際，得漆園吏神髓。披閱之下，如接良友殷勤，佳賓酬醉酢，把卷
> 怡情，不忍釋手。因念霽園之錄，蘭岩之評，向止繕成卷帙，未鐫
> 梨棗。余獨以枕秘私之，何如公諸同好。足以資藝林之談助，文士
> 之賞心；而餘與霽園、蘭岩諸君子生平交誼亦藉以永志於弗諼也。
> 爰付諸剞劂氏。不知世之視而笑者幾何，筆而莫逆者復幾何。乾隆
> 己酉九秋，雨窗題於春雨山房。（轉引自頁 62）

5、乾隆五十六年（1791）辛亥刻本

魯迅先生於《中國小說史略》第二十二篇〈清之擬晉唐小說及其支流〉

〔註122〕何滿子、李時人主編：《明清小說鑑賞辭典》，浙江：浙江古籍出版社，1992
　　　　年，頁 1293。
〔註123〕薛洪勣在〈《夜譚隨錄》並沒有「己亥本」〉一文中是寫：本衙藏版。見該文，
　　　　頁 133。
〔註124〕韓錫鋒、黃岩柏：〈阿林保與《夜譚隨錄》〉，收錄於《滿族研究》，1987 年 01
　　　　期，頁 61～64。

中有提及《夜譚隨錄》，並將此書歸類於「純法《聊齋》者」，其對於《夜譚隨錄》的描述是：

> 滿州和邦額作《夜譚隨錄》十二卷（亦五十六年序），頗借材他書（如《佟觭角》、《夜星子》、《鬻醫》皆本《新齊諧》），不盡己出，詞氣亦時失之粗暴，然記朔方景物及市井情形者特可觀。（頁 149）

魯迅先生言下之意似乎認爲辛亥本即爲初刻本，後來方正耀先生於〈和邦額《夜譚隨錄》考析〉一文中予以駁翻；對於辛亥本的介紹僅止於歸類、借材與特點，並未對此版本有詳細介紹。〈清末民初僞秤叢考〉〔註125〕中亦可見占驍勇先生提及此版本，稱之爲「乾隆五十六年（1791）序刊本」（頁 125），並認爲魯迅先生在判斷《夜譚隨錄》與《新齊諧》間取材關係時有所失誤，正因其「只見到乾隆五十六年序刊本，未見乾隆四十四年（1779）序聖經堂刻本」（頁 125），魯迅先生所見到的五十六年序刊本，很有可能「是光緒丙子愛日堂翻刻本」。（頁 135）；〈和邦額文言小說《霽園雜記》考論〉中雖提及此版本，但對於此版本亦無多做描述，著墨在後世何者是祖於本版，道：「乾隆辛亥本，《筆記小說大觀》便是據此本印行，王毅先生亦曾以此本爲底本校點整理，由中州古籍初版社在 1993 年 1 月初版發行」（頁 101）。陳文新先生認爲此版本與己亥本相比「卷四缺 1 則，卷八多 5 則，各篇正文文字略有差異，無兩窗評點」〔註126〕。

目前可見資料中，唯一對此版本有進一步介紹的是薛洪勣先生，其於〈《夜譚隨錄》並沒有「己亥本」〉中道：

> 筆者見到的一種辛亥殘本，紙色陳舊，扉頁有「緯文堂藏版」字樣。這個本子大體同己酉本，只是缺少阿林保刊序，作者自序改署辛亥，並將眉批之前「雨窗氏評」字樣刊落。……這個本子是解放前其他各種繁簡本的祖本。（頁 133）

薛洪勣先生雖目睹此版本，但卻未提及此版本在何處見到。

本論文所使用之《夜譚隨錄》亦爲乾隆五十六年辛亥刻本，但卻異於薛洪勣先生所述，此版本的情況是扉頁左署「霽園主人著」，扉頁右下署「本衙藏板」，扉頁上標明「乾隆辛亥年鐫」，中間書名「夜譚隨錄」序中落款爲「乾隆辛亥夏六月霽園主人書於蛾術齋之南牕」，後有「霽園」、「闌齋」各印一方，每卷卷首題「霽園主人闌齋氏著葵園主人蘭岩氏評閱」，共 12 卷 141 篇，有

〔註125〕占驍勇：〈清末民初僞秤叢考〉，收錄於《文獻季刊》，2002 年 1 月第 1 期。
〔註126〕陳文新：《文言小說審美發展史》，頁 588。

大量不署名的眉批、行批，還有圈點、墨點，目前藏於早稻田大學文學部，而這些大量不署名的眉批、行批，經由韓錫鋒與黃岩柏合撰之〈阿林保與《夜譚隨錄》〉一文對照查證內容，證實是阿林保的評點，這一點與薛洪勣所言的辛亥刻本有幾點相異之處，以下將己亥、己酉、兩種辛亥刻本以表格示之：

▼表 2-5：己亥、己酉、兩種辛亥刻本比較表

	方正耀於上海圖書館尋得之己亥本衙刻本	薛洪勣、韓錫鋒與黃岩柏所言之己酉本衙刊本	薛洪勣所見之辛亥刻本	早稻田大學所藏之辛亥刻本（本論文採用之版本）
落款年代	乾隆四十四年（1778），歲次己亥	乾隆五十四年（1789），歲次己酉	乾隆五十六年（1791），歲次辛亥	乾隆五十六年（1791），歲次辛亥
封面版式	扉頁右上署「霽園主人著」，左下署「本衙藏書」，中間書名「夜譚隨錄」四大字	扉頁右上署「霽園主人著」，左下署「本衙藏版」，中間書名「夜譚隨錄」四大字	扉頁有「緯文堂藏版」字樣	扉頁右下署「本衙藏板」，左上署「霽園主人著」，扉頁上標明「乾隆辛亥年鐫」，中間為書名「夜譚隨錄」四大字
序言部分	序中落款為「乾隆己亥夏六月霽園主人書於蛾術齋之南窗」，後有「霽園」和「閬齋」印各一方	序前依次為雨窗氏刊序、作者自序署「乾隆己亥年夏六月霽園主人書於蛾術齋之南窗」	缺少雨窗（阿林保）刊序	僅有作者自序，落款為「乾隆辛亥夏六月霽園主人書於蛾術齋之南牕」，後有「霽園」、「閬齋」各印一方，無雨窗（阿林保）刊序
各卷首及內容之版樣	每卷卷首題「霽園主人閬齋氏著 葵園主人蘭岩氏評閱」，有大量不署名的眉批、行間批，還有一些圈點、墨點	各卷之首上署「霽園主人閬齋氏著」，不並列署「松蔭山房雨窗氏葵園主人蘭岩氏評閱 用拙道人蘭泉氏參訂」。各篇之後大多有蘭岩、恩茂先等七八人的評點，另有大量的雨窗氏的眉批和行間批	將眉批之前「雨窗氏評」字樣刊落	各卷之首上署「霽園主人閬齋氏著 葵園主人蘭岩氏評閱」，有大量不署名的眉批、行批，還有圈點、墨點，對照韓、黃兩學者合撰之論文證實不著名之眉批、行批即出自雨窗氏之手

由上表所示，可以發現早稻田大學所藏之辛亥本相當接近己亥本，並且在篇目部分保存了《霽園雜記》的用字原貌〔註127〕，這是其他版本所未見的，非常珍貴。

6、同治六年（1867）丁卯成都刻本

目前資料，對於此版本僅及於王一工、方正耀先生點校的《夜譚隨錄》前言提到「現存尚有…同治六年成都刻本…」、〈和邦額《夜譚隨錄》考析〉將其分類屬於「己亥本」系統，《中國文言小說史稿》認爲其是較流行的本子之一，「並據己亥本翻刻，除保留作者和恩茂先評點外，又增入福霽堂、季齋魚（「季」應作「李」）等人的評點和無名氏的眉批等，世稱『足本』。」（頁240）

7、光緒二年（1876）愛口堂刻本

此版本情況同於上者，僅多了《中國文言小說書目》（頁380）、《中國文言小說總目提要》（頁334）、《文言小說審美發展史》（頁588）亦有提及，但止於著錄有此版本。

以上各個版本的分別，基本上是根據自序後的落款時間而名，而落款時間標示的是「刊刻年代」，宜與「初刻年代」辨明，不可混爲一談。關於「初刻本」問題，請見後文。

二、原版本問題考辨

上一節已展示《夜譚隨錄》版本眾多的情況，但其中仍有一大疑點，現存諸本究竟孰爲「原版本」或「最接近原版本」？原版本的重要性除了極具研究價值外，更可能由此推得和邦額卒年究竟爲何。和邦額卒年未詳，僅於《夜譚隨錄》自序中有「予今年四十有四矣」（葉一下）一語，故學者多以自序末之「落款年月」來推定。

承接上文所述版本眾多之況，對於原版本之刻本有著兩種說法：一爲乾隆己亥（1779）本衙刻本，二爲乾隆己酉（1789）本衙藏版。支持前者並發表其見者有方正耀先生、占驍勇先生，支持後者並發表意見者有薛洪勣先生、韓錫鐸先生及黃岩柏先生，以下將分別陳述其看法〔註128〕：

〔註127〕詳見本節後文從《霽園雜記》到《夜譚隨錄》的部分。
〔註128〕目前學者對於此議題，均以「初刻本」爲探討核心。筆者以爲刊刻時間之早晚雖對內容異動的程度有所影響，但並不能等於內容異動的程度，是以原版本與初刻本二者的範疇並不相同，在此本論文欲探討的主題爲原版本，此點宜先辨明。而學者們雖以「初刻之時序」作爲討論的主題，但實際內容同爲尋找原版本，故仍引用學者們探考初刻本的意見。

（一）乾隆己亥（1799）為原版

1、方正耀先生之相關論述

方正耀先生認爲《夜譚隨錄》之初刻當爲「乾隆己亥年間」，其論點集中於〈和邦額《夜譚隨錄》考析〉一文，而其與王一工先生一起點校的《夜譚隨錄》，於前言部分亦秉持一貫觀點。

文中先列出四種目前可見之落款年代及資料，有《販書偶記》所載的「乾隆己酉衙刻本」，己酉當爲乾隆五十四年、《中國文言小說書目》錄的「乾隆乙酉本衙科本」，乙酉當爲乾隆三十年、上海進步書局石印本之自序部分，落款爲民國二年二月、魯迅於《中國小說史略》提及「《夜譚隨錄》十二卷（亦五十六年序）」，乾隆五十六年之干支爲辛亥等等，之後再一一提出證據推翻。

進步書局石印本作假明顯，無須再議，然方正耀先生卻也都認爲這些自序落款都是很有問題的。方正耀先生從各個落款時間向上推四十四年，得出和邦額的生年，再反推到書中，一一檢視細節，察看是否有矛盾或不合理之處，最後得出其在上海圖書館找到的乾隆己亥（1779）本衙科本，其落款時間爲眞，以己亥年推算和邦額的生年當爲乾隆初年，方正耀先生認爲正是《夜譚隨錄》初刻本的理由如下：

（1）符合〈香雲〉篇中提及作者於乾隆庚午歲（1750）隨其祖父由陝西南下。

> 予於乾隆庚午歲，從先祖父自三秦入七閩，路經武昌，月夜沽酒，具舟人而飲食之，……。（卷一，葉三十四下至三十五上）

（2）符合〈宋秀才〉篇末閒齋評點中云「於少游湟中」（卷九，葉三十九下）之少年身份。（湟中，今青海省湟中縣）方正耀先生查〈請仙〉篇中云：

> 予生四十年矣，曷曾未一目睹也？唯憶從先子隨宦於宜君時，先大父攝篆烏蘭，先父母奉祖母留居宜君署中，……予時年十四，至今記之了了。（卷八，葉二十八下）

由此可見，和邦額十四歲前曾在宜君（今陝西省宜君縣）生活過，也就是說南下時，起碼是十四歲了。而根據上述資料顯示，十四歲時，和邦額的祖父還「攝篆烏蘭」（今青海省烏蘭縣），因而南下很有可能在隔年。如此便印證了上述〈香雲〉那條資料：庚午歲，也就是乾隆十五年，作者十五歲時「自三秦入七閩」，恰與根據己亥本落款推算的生年符合。

　　和邦額的祖父和明，於乾隆初期，曾在威武（今甘肅省威武縣）、宜君、烏蘭擔任總兵之類的軍職，可於〈靳總兵〉篇末，恩茂先有批云「和齊園言其祖誠齋公（明）鎮威武時」（卷十二，葉三十二下）互證之。和邦額十五歲時，祖父調遷福建，全家遂自西北來到東南，不久後祖父病故，由〈人同〉篇中云「予從家君扶祖櫬自閩入都」（卷四，葉九下）可證。

2、占驍勇先生之相關論述

　　占驍勇先生於〈清末民初偽稗叢考〉〔註129〕一文中討論產生偽書的方式，其中《夜譚隨錄》一書，被占驍勇先生歸類於「挖改序跋落款時間者」〔註130〕。其觀點如下：

> 此書每翻印一次，自序落款時間就改變一次，從乾隆四十四年、乾隆五十六年到民國二年。……由於自序時間的變化，曾導致魯迅在判斷《夜譚隨錄》與《新齊諧》究竟誰抄誰的問題上發生失誤，因為他只看到乾隆五十六年序刊本，而沒有看到今見最早的乾隆四十四年（1779）序，聖經堂刻本。〔註131〕

占驍勇先生雖未明言己亥本為初刻本，但從內容看來，他認為己亥本是目前可見「最早」的一個本子，因此將其歸入討論。

（二）乾隆己酉（1789）為原版

1、薛洪勣先生之相關論述

　　薛洪勣先生認為《夜譚隨錄》的初刻時間為乾隆五十四（1789）年間。其意見分別見於〈《夜譚隨錄》並沒有「己亥本」〉（頁133～134）及《明清小說鑑賞辭典·夜譚隨錄》〔註132〕中。

　　薛洪勣於《文學遺產》一文，是針對方正耀先生〈和邦額《夜譚隨錄》考析〉內容所發，並直言己亥本是「子虛烏有的」（頁133），也鄭重指出「自序和初刊的年代常常是不一致的」（頁133）。己亥本是根據作者自序的署年名之，然而並沒有任何證據可證明作者於自序落款之後，當年就刊行了。之後，薛洪勣先生更進一步提出「據筆者所知，《夜譚隨錄》初刊於乾隆己酉（1789）」（頁133），並引雨窗氏的刊序做為證據：

〔註129〕占驍勇：〈清末民初偽稗叢考〉，頁123～136。
〔註130〕同前註，頁124。
〔註131〕同前註，頁125。
〔註132〕何滿子、李時人主編：《明清小說鑑賞辭典》，頁1293～1299。

> 回憶十年時，春怡齋中與霽園、蘭岩諸君子昕夕過從，或官街聽鼓，
> 夜雨連床，瀹茗清談，至忘寢寐。因各出新奇，以廣見聞。而霽園
> 且匯志其所述以成編，言曰《夜譚隨錄》。（余）把卷怡情，不忍釋
> 手，因念霽園之錄，蘭岩之評，向止繕成卷帙，未鐫梨棗，余獨以
> 枕秘密之，何如介諸同好，愛付諸剞劂氏。（頁133）

後署「乾隆己酉九秋，雨窗題於春雨山房」。若將此序與作者自序合看，便可得出「《夜譚隨錄》約成書於乾隆四十四年前後（此年作者約四十四歲），十年之後方始刊印」。

薛洪勣於《明清小說鑑賞辭典‧夜譚隨錄》中更為明白直言道：「《夜譚隨錄》初刊於乾隆己酉（1789）」〔註133〕，也從前文中推論初刊地點可能就是在山東，在本文語氣已轉為肯定：「此書約寫成於乾隆四十四年前後，乾隆五十四年初刊於山東濟南」。（頁133）

2、韓錫鋒及黃岩柏先生之相關論述

韓錫鋒與黃岩柏先生曾一起發表過〈阿林保與《夜譚隨錄》〉〔註134〕一文。二位在此文中對於《夜譚隨錄》的討論觸及作者背景、成書過程、版本及評點問題，並考證出阿林保即是為己酉本刊序的雨窗氏，認為阿林保的序是探究《夜譚隨錄》初刻本的重要資料隨後提出與薛洪勣先生對於《夜譚隨錄》初刊本之相同觀點：「準確的說，《夜譚隨錄》的初刻本應該是：乾隆五十四年阿林保刻本」。（頁62）

二位與薛洪勣先生對於初刻本見解稍有不同的地方是扉頁上的「本衙藏版」，二位認為「本衙」指的是「山東鹽運使之官衙」，薛先生則以為有兩種可能：「山東鹽運使署」和「山東布政使衙」〔註135〕。綜合上述各家說法，可以歸納如下表：

▼表2-6：《夜譚隨錄》原版本學者觀點分佈表

發表者	提出看法之文章	己 亥	己 酉
方正耀	〈和邦額《夜譚隨錄》考析〉 《明清小說鑑賞辭典‧夜譚隨錄》	∨	

〔註133〕何滿子、李時人主編：《明清小說鑑賞辭典》，頁1293。
〔註134〕韓錫鋒、黃岩柏：〈阿林保與《夜譚隨錄》〉，頁61～64。
〔註135〕薛洪勣：〈《夜譚隨錄》並沒有「己亥本」〉，頁133。

占驍勇	〈清末民初偽稗叢考〉	ˇ	
薛洪勣	〈《夜譚隨錄》並沒有「己亥本」〉		ˇ
韓錫鐸、黃岩柏	〈阿林保與《夜譚隨錄》〉		ˇ

　　由上述可知對於《夜譚隨錄》初刻本年代有歧見者分為兩派，各家都有自己的看法，也提出證據，然因占驍勇先生從方正耀先生，韓錫鐸與黃岩柏先生從薛洪勣先生，故在此只討論方正耀先生與薛洪勣先生。

　　首先，筆者頗為贊同薛洪勣先生對於「自序署年並不等同初刊年」之觀點；方正耀先生以自序署年反推作者生年，再比對書中細節，這個方法雖然嚴謹，但僅能得到著書時間，卻無法得知初刊時間。

　　其次，方正耀先生認為己酉本非初刻本是根據「自序署年」來做探討，而薛洪勣先生所持的己酉本卻是根據「雨窗氏的刊序內容」再加上「刊序後之署年」來探討，就二位陳述內容而言，所持的本子似乎有著截然不同的差異，此點宜先辨明。然就以上所言，比較傾向於贊同《夜譚隨錄》初刻應當於乾隆己酉（1789）年間。

三、從《霽園雜記》到《夜譚隨錄》

　　前文在《夜譚隨錄》的版本介紹時，曾提及蕭相愷先生經考證後，認為《霽園雜記》是《夜譚隨錄》成書前的一個稿本的傳鈔本，且為孤本，並極言此本具有極大價值，故在以蕭相愷先生〈和邦額文言小說《霽園雜記》考論〉與〈由《霽園雜記》到《夜譚隨錄》〉二文中所記載的資料為論述之材料，將《霽園雜記》與《夜譚隨錄》二書相較，試圖探索出二者之間的異同，以探究和邦額前後之創作歷程。以下分為自序、篇目、內容與評點部分探討之。

（一）自序

　　自序方面，除了序末的落款時間有明顯差異外，序言內容有多有更動，以下分別錄之，首先是《霽園雜記》的自序：

　　　　一事具一理，微理則怪，若夫以不常聞常睹為怪者，所謂少所見而多所怪，其不明理甚矣。獨不見經史傳奇之所載記乎？夫人手中之文——虞庭百獸之舞，石言於晉，豕立於齊，韋氏之婚，昭應之宰，李相之羊，龐氏之鯉，九齡兩楹之夢，冥中三十座之爐，庫中五百罐之錢——皆數也。數在即理之所在。理在，怪何由生？人惟不能明理，故（不）知數，不知數遂相傳以為怪。於是乎滅燭談幽，心

驚色變。何嘗以布帛粱肉，謂必非錦繡珍錯之類也。湯若士有云：
理之所必無，安見非事之所必有？予謂：既有其事，必有其理。若
士好怪，故不識理，其說非自欺也，欲欺世也。欺世所以傳怪也。
凡物皆有理，不窮其理而已怪目之者愚也。既能窮其理而猶以怪目
之，愚之甚者也。人一身之外無長物也，苟不衡之以理與數，則五
官百骸何者非怪？五官百骸既皆可怪，則身外之物，凡目之所接，
耳之所聞，何者非離奇光怪，洵為千奇百怪矣。雖然，言不可以若
斯之矯也。《齊諧》志怪以來，如《莊》、《列》，如《淮南》，如干氏
之《搜神》，段氏之《雜俎》，唐人諸小說，《太平廣記》以迄近代之
《說鈴》、《說郛》、《聊齋誌異》等書，罔不以怪相炫，予獨謂其非
怪，人將怪予言之太怪矣。然則《齊園雜記》謂為志怪之書也可。

　　　　時乾隆三十六年歲次重光單閼之塗月葉河邦額齊亭氏題

此則自序有些許字誤書，如：「梁」應作「粱」、「于」應作「干」、「孚」應作
「郛」。序言一開始提出「凡物皆有理」觀念，並帶出「數」的概念，「數在
則理之所在」，因此若缺乏了「理」，「怪」就會隨之應生，隨後列舉數則歷史
上的志怪小說、經史中的怪異之說再加上湯顯祖對於創作的看法，得出自己
對於鬼怪軼事的想法是「微理則怪」與「理之所在，怪何有焉」。接著是《夜
譚隨錄》的自序〔註136〕：

子不語怪，此則非怪不錄，悖矣；然而意不悖也。夫天地至廣大也，
萬物至紛賾也，有其事必有其理，理之所在，怪何有焉？聖人窮盡
天地萬物之理，人見以為怪者，視之若尋常也。不然，鳳鳥、河圖、
商羊、萍實，又何以稱焉？世人於目所未見，耳所未聞，一旦見之
聞之，鮮不以為怪者，所謂少所見而多所怪也。苟不以理窮，則人
生世間，無論天地萬物之廣大紛賾也，即一身之耳目口鼻、言笑動
止、死生夢幻，何者非怪？不求其理，而以見聞所不及者為怪，悖
也。既求其理，而猶以見聞所不及者為怪，悖之甚者也。予今年四
十有四矣，未嘗遇怪，而每喜與二三友朋，於酒觴茶榻間，滅燭談
鬼、坐月說狐。稍涉匪夷，輒為記載。日久成帙，聊以自娛。昔坡
公強人說鬼，豈曰用廣見聞，抑曰談虛無勝於言時事也。故人不妨

〔註136〕清‧齊園主人著：《夜譚隨錄》，乾隆辛亥年鐫，本衙藏板，葉一上至葉二
　　　下。

妄言。夫可妄言也，可妄聽也，而獨不可妄錄哉？雖然，妄言妄聽
而即妄錄之，是亦怪也。則《夜譚隨錄》即謂爲志怪之書也可。

乾隆己亥夏六月霽園主人書於蛾術齋之南牕

本則序言仍與《霽園雜記》的序言一樣，論理與怪的關係，看法也無二致：「有
其事必有其理，理之所在，怪何有焉」，但卻刪落了那些志怪小說、怪異之說
之例及文學創作家的看法，直接道出其心中的意念，簡潔明瞭。雖少了小說
家與創作家的例證，卻多了從儒家經典中擷取出來的奇聞軼事，蕭相愷先生
認爲「這是和邦額爲自己的小說爭取到一個聖人也曾經認可的空間」（〈由《霽
園雜記》到《夜譚隨錄》〉，頁2），能提高作品的地位與價值。

值得注意的是在此序言中，透露出的寫作動機有三，分別是：聊以自娛、
用廣見聞及談虛無勝於言時事。中國眾多文人對於談怪說鬼都有一定程度的
喜好，如序言中提到蘇東坡貶於黃州之時，最愛強人說鬼，而當朝的蒲松齡
亦於《聊齋誌異》自序中曾言：「才非干寶，雅愛搜神，情類黃州，喜人說鬼」
〔註137〕，成書較《夜譚隨錄》晚的《閱微草堂筆記》中也有紀昀所作「擬築
書倉今老矣，只因說鬼似東坡」〔註138〕之詩句，除了風尚使然，也可暗涵有
對蘇軾「強人說鬼，以鬼自晦」的隱意，由動機之三：談虛無勝於言實事可
窺見。除了前文所提及的文字獄大興之外，尚可由《霽園雜記》中人名、事
件發生的年代頗多實合，而《夜譚隨錄》中對應的篇章卻往往改動虛化之，
透露出和邦額以談虛無來志時事的意念，但又爲了避免招惹麻煩，文人只能
藉著說鬼談狐針砭時事與時勢，故抑曰「談虛無勝於言時事」，至於用廣見聞
則是貫徹其以「理」爲核心的創作觀；由序言可清楚看見本書的創作過程是
兩三友人閒時相聚說鬼談，互相交換經驗，拓展彼此視野，一事均一理，天
地雖大，理在怪焉？

二者在觀念上互通未變，均認爲「一事均有一理，理在怪何在？理微怪
生焉」，相異的地方是《夜譚隨錄》的論證過程極爲簡潔，《霽園雜記》較爲
冗長；《夜譚隨錄》有提出創作的原因與過程，但《霽園雜記》隻字未提，相
較之下，《夜譚隨錄》的序言透露出更多創作訊息，較爲有價值。

〔註137〕清・蒲松齡：《聊齋誌異》冊（上），頁2。

〔註138〕清・紀昀：《閱微草堂筆記》卷7，收錄於《續修四庫全書》冊1269，上海：上
海古籍出版社，2002年，頁87。此爲依據北京圖書館所藏清嘉慶五年北平盛
氏望益書屋刻本影印原書。下引《續修四庫全書》，只標書名、卷冊數、頁碼，
不另出詳註。

（二）篇目

《霽園雜記》到《夜譚隨錄》的」卷次從四卷改爲十二卷，從七十一則增爲一百四十一則，以下列出《霽園雜記》的目次：

▼表 2-7：《霽園雜記》目次表

卷一	洪由義 段公子 陳寶祠 紅姑娘 螢火 五狐記五則 紙錢一則 高參領 穿山甲 陸水部 莊斷松 宋秀才 米薌老 瓦器 炮鳴
卷二	蘇仲芬 白萍 周巡撫 異犬 屍變二則 麻林 韓樾千 周琰 馮齜 賣餅翁 獺賄 清和民 梁氏女 韓生
卷三	譚九 修鱗 棘圍誌異 雙髻道人 邱生 倩霞 靳總兵 怪風 蝟精 驢 市煤人 鼠狼 縣尹 朱外委 孝女 玉潤 那步軍 青衣女鬼 巨人 鍋人
卷四	梨花 趙媒 白蓮教 梁生 閔預 田氏子 某領催 白太監 回煞五則 施二 某僧 藕花 邵廷銓 多前鋒 某王子 春秋樓 汪越 某太醫 堪輿 新決鬼

二者目次相較後的情況有五，第一是可完全對應至《夜譚隨錄》者，第二是雖可對應至《夜談隨錄》但篇名有所異動者，第三是無法對應至《夜譚隨錄》，僅可見於《霽園雜記》，屬刪落者，第四是僅見於《夜譚隨錄》，未見於《霽園雜記》，屬新增者，第五是目次缺漏但有實文者，下以《霽園雜記》目次爲主體，與《夜譚隨錄》目次進行比對，括號內爲《夜譚隨錄》的卷數，列表示之：

▼表 2-8：《霽園雜記》與《夜譚隨錄》目次對照表

可完全對應的篇章	卷一	洪由義（一）、段公子（三）、陳寶祠（二）、紅姑娘（二）、螢火（十）、高參領（五）、陸水部（七）、莊斷松（八）、宋秀才（九）、米薌老（三）、瓦器（十一）
	卷二	蘇仲芬（二）、白萍（八）、異犬（六）、屍變二則（六）、麻林（五）、周琰（十）、馮齜（七）、賣餅翁（一）、獺賄（五）、梁氏女（十一）、韓生（三）
	卷三	譚九（八）、修鱗（四）、雙髻道人（十二）、倩霞（三）、靳總兵（十二）、怪風（五）、蝟精（二）、驢（六）、市煤人（十一）、鼠狼（十一）、鄧縣尹（十二）、朱外委（四）、孝女（八）、那步軍（六）、青衣女鬼（五）、巨人（十一）、鍋人（四）、屍異（四）
	卷四	梨花（一）、白蓮教（十一）、梁生（三）、閔預（五）、某領催（九）、回煞五則（六）、施二（六）、某僧（一）、藕花（十二）、邵廷銓（一）、多前鋒（十一）、某王子（十）、春秋樓（五）、汪越（五）、某太醫（八）、堪輿（十一）、鬼哭（十一）

名稱有所異動的篇章	卷一	五狐記五則→雜記五則（四）、紙錢一則→紙錢（八）、穿山甲→龍化（一）
	卷二	周巡撫→張五（二）、韓樾千→韓樾子〔註139〕（四）、清河民→清和民〔註140〕（二）
	卷三	棘圍誌異→棘闈誌異八則（六）、邱生→丘生〔註141〕（七）、玉潤→為《夜譚隨錄》中棘闈誌異八則中第四則（六），且主角名更為潤玉。
	卷四	趙媒→趙媒婆（九）、田氏子→秀姑（十）
僅見於《霽園雜記》的篇章	卷一	炮鳴
	卷四	白太監、新決鬼
僅見於《夜譚隨錄》的篇章	卷一	崔秀才 碧碧 香雲 李翹之
	卷二	婁芳華 小手 蠶氣 王京 詭黃
	卷三	某倅 落漈 戀子 某馬甲
	卷四	人同 永護軍 某掌班
	卷五	阿樨 章佖 張老嘴 大眼睛 栢林寺僧 薛奇〔註142〕塔校 呂琪 某諸生 潘爛頭 癩犬 嵩桼篙 烽子 陳景之 陳守備
	卷六	夜星子二則 貓怪三則 盛紫川
	卷七	戴監生
	卷八	陟玨 劉大賓 額都司 請仙 地震 朱佩茝 三李明
	卷九	霍筠 三官保 倩兒 裘襤 白衣怪 某領催 護軍女
	卷十	玉公子 柴四 吳喆 傻白 孿生 再生
	卷十一	王侃 台方伯 骷髏 姚慎之 新安富人 維揚生 袁翁
	卷十二	龍大鼻 董如彪 阮龍光 某太守 王塾師
目次缺漏但有實文	卷三	紅衣婦人（四），在《霽園雜記》中介於驢及市煤人間。
	卷四	佟急腳→佟觭角（七）、伊五（三），此二者在《霽園雜記》中介於趙媒與白蓮教間。

可完全對應的篇章計有五十七篇，名稱有所異動的篇章計有十二篇，刪落者有三篇，新增者為最大宗，計有六十八篇，缺漏目次但有實文計有三篇。從乾隆三十六年的《霽園雜記》到乾隆四十四年的《夜譚隨錄》，和邦額大

〔註139〕本論文所採用的辛亥刻本仍作〈韓樾千〉。
〔註140〕本論文所採用的辛亥刻本於目錄仍作〈清河民〉，內文與該則故事前標題則作〈清和民〉，推測河字應為誤植，以下故事前標題皆採〈清和民〉述之。
〔註141〕本論文所採用的辛亥刻本仍作〈邱生〉。
〔註142〕本論文所採用的辛亥刻本於目錄作〈薛哥〉，但內文與該則故事前標題則作〈薛奇〉，推測哥字應為誤植，以下故事前標題皆採〈薛奇〉述之。

致完成後來的《夜譚隨錄》雛形——即《霽園雜記》，蕭相愷先生認爲本書未及刻印，便已在社會上以抄本流傳，之後十八年的時間中，又大量新增許多篇章，並修改或刪落一些之前已完成的作品，但因何故刪落因未見正文無法得知。

（三）內容

從乾隆三十三年至乾隆四十四年間，和邦額雖大量創作新的篇章，但對於《霽園雜記》原有的內容亦幾乎篇篇均有修改。這些修改固然提升藝術技巧水平不少，更重要的是可從這些修改處看出從《霽園雜記》到《夜譚隨錄》的創作痕跡，亦即《夜譚隨錄》有許多篇章是從《霽園雜記》的基礎上修改而成。這些修改後的作品回溯與相當於「原創」的《霽園雜記》相較後，數量最多的是「增加文章合理性與感染力」，每篇均有；另外兩類分別是「虛化小說中的人物與情節」，以避文字獄之網羅及「精鍊篇幅」。

在此需要特別說明的是後兩類。首先值得思考的是「何以需要虛化小說中的人物與情節？」除了避文字獄外，其實可以從序言中見其端倪。和邦額在序言中曾道出《夜譚隨錄》的創作過程是由於「每喜與二三友朋，於酒觴茶榻間，滅燭談鬼、坐月說狐。稍涉匪夷，輒爲記載。日久成帙，聊以自娛」（《夜譚隨錄‧自序》，葉一下至葉二上）這段話表明了書中題材來自於現實的比例極高，而當初只是信筆記錄，自娛娛人而已，並不需特地注意是否觸及文字獄這個問題，但若要付梓於世，這個問題便不能不重視，較明顯的例子莫過於〈某王子〉、〈春秋樓〉與〈陸水部〉這三則了。

在《霽園雜記》中，〈某王子〉一篇寫王子某縱肆淫暴，殘酷冷血，死後投胎成驢，其母某阿思哈福晉變成母驢。但是到了《夜譚隨錄》中，「某王子」變成「相傳明朝某王子」，「某阿思哈福晉」則完全刪除，於是本來是揭露雍乾盛世的醜惡與滿清貴族的暴虐，搖身一變成爲明朝社會的黑暗與統治者的暴行；〈春秋樓〉一篇在《霽園雜記》中寫的是雍正間，謝濟世忠直不阿，替關聖廟作碑記，後爲關聖幕僚的故事，但在《夜譚隨錄》中，完全不見「謝濟世」這個名字，僅以「客」、「公」代替之。這是因爲本篇的主人翁謝濟世不僅眞有其人，且是雍、乾兩朝階層獲罪貶謫、論死的官員，但和邦額反道其行，大力稱頌謝濟世之故。〈陸水部〉一則與〈春秋樓〉相同，主人翁陸生楠也是眞有其人，因觸文字獄，被雍正以莫須有罪名於軍前正法，此篇正是以文字獄爲主題的故事。《霽園雜記》中有閑齋曰：

輕薄之口，猶見絕於異類，況與斯人為徒，可不凜三緘之戒乎？第
書生欲博才名，往往觸人所忌，吾見其人矣，吾聞其語，所恨不能
從旁掩其口而捫其也舌。〔註143〕

到了《夜譚隨錄》，「第書生欲博才名」以下的文字全刪去，抹掉和邦額對於
那些本只想博取才名卻誤觸文字獄的文人的同情。另外，若是「觸人所忌」
這幾個鮮明諷刺文字獄黑暗的字被執政者看見，和邦額很有可能也會招致羅
網。即使刪去了同情的證據，多年後，昭槤於《嘯亭續錄》直斥和邦額「至
陸生楠之事，直為悖逆之詞，指斥不法。乃敢公然行世，初無所論劾者，亦
僥倖之至矣。」〔註144〕這段文字映出清代文字獄興盛的社會背景，更說明文
字獄網羅大張對於《夜譚隨錄》的創作有間接而顯著的影響。

　　和邦額對於原本已創作好且未有觸犯影射嫌疑的篇章亦並非置之不理，
平行置入《夜譚隨錄》中，而是再次檢視，去蕪存菁，使內容不蔓不枝，做
了一番較為合宜的剪裁，此例表現最明顯的是〈梨花〉。

　　〈梨花〉一篇於《夜譚隨錄》篇末有「茂先作《梨花開》四絕，寄示公
子，有『一樹梨花壓海棠』之句，用成句恰妙。公子和韻報之，詩不具載」（卷
一，葉二十一下）一段文字，然在《霽園雜記》中卻是把恩茂先與公子的詩
作一五一十的錄出：

茂先作《梨花詩》四絕詩寄示公子，公子和韻報之，併附於左：
梨花一朵占方春，淡比寒梅更可人。
無那移哉深院裡，教儂辜負艷陽辰。
梅子青青杏子肥，春風春雨怨金閨。
碧紗籠定花如雪，賺得狂風不住飛。
看花只隔眼巫雲，洩漏春光十二分。
八九年來自培植，一宵發付任東君。
蓮花沉沉夜未央，鶯儔仍是舊駕行。
有人睍眼偷春色，一樹梨花壓海棠。

右原韻

一朵梨花處處春，芳姿賺殺幾多人。
而今結子英璃落，雖有風光減昔辰。

〔註143〕轉引自蕭相愷：〈和邦額文言小說《霽園雜記》考論〉，頁108。
〔註144〕《嘯亭續錄》附於《嘯亭雜錄》之後，不另出詳註。《嘯亭續錄》卷3，頁453。

綠葉成陰（按：應爲蔭）子漸肥，移栽不復傍深閨。

笑他癡絕長安客，夢裡尋花萬里飛。

曾向陽台覓楚雲，無邊春色與平分。

銷魂此際因何似，聊把閒情寄語君。

雙蕖宛在水中央，一任紛紛鷗鷺行。

堪歡梨渦還以舊，漸看憔悴到秋棠。

右和韻

（轉引自〈和邦額文言小説《霽園雜記》考論〉，頁 107）

單單一句「詩不具載」，簡省了一百多字的篇幅，也未抹滅曾有和詩此事，只是少了詩作內容，〈秀姑〉篇末亦有恩茂先與主角田氏子相交，而有詩贈田之舉，但在《夜譚隨錄》中，以「具稿中，茲不載」（卷十，葉十一下）帶過。諸如此類的精鍊剪裁筆法，多見於正文末評點者所作的詩詞，而簡省後並不影響正文發展。

（四）評點

《霽園雜記》中，幾乎每篇篇末均有閒齋氏自評，少數篇目才有恩茂先等其他人的評點，但到了《夜譚隨錄》，計閒齋氏自評 32 個，蘭岩氏 138 個，恩茂先 12 個，李齋魚 1 個，李伯瑟 1 個，福霽堂 1 個。從閒齋氏自評數量大幅減少，他人評點相對增多以及此二書中閒齋氏自評內容並不相同的情況看來，蕭相愷先生認爲《夜譚隨錄》他人的評點是「刻印之後加上去的，且刻印時對《霽園雜記》中的『閒齋曰』進行了比較大量的修改」（〈和邦額文言小説《霽園雜記》考論，頁 104）以下將蕭相愷先生考論各種評點更易之組合方式圖示如下：

▼表 2-9：《霽園雜記》與《夜譚隨錄》評點更易一覽表

篇　名	書　名	閒齋自評	他人評點	其　他	備　註
〈紅姑娘〉	《霽》	有	或告閒齋曰		刪去篇末議論性文字，爲求精簡。
	《夜》	無	蘭岩氏		
〈高參領〉	《霽》	有	或曰	評點爲對話之形式：閒齋曰→或曰→閒齋拊掌曰	本爲求簡，此處卻自增煩勞，於事理不合。
	《夜》	有	蘭岩氏		

〈馮瓓〉	《霽》	有	未明〔註145〕	閟齋曰後，尚有一則表現世情磽薄的故事並附錄恩茂先的一篇〈思齊說〉	《夜》己亥本中僅有蘭岩氏評，作者原本激昂評論、故事與〈思齊說〉全刪，到了辛亥本復見閟齋自評，但氣勢與《霽》比明顯微弱。
	《夜》	無	蘭岩氏		
〈紙錢〉	《霽》	無	未明	多了一篇小說：〈又〉，《夜》未收。	
	《夜》	無	蘭岩氏		
〈蘇仲芬〉	《霽》	有	恩茂先解曰	辛亥本又有「恩茂先曰」，卻因體例關係，少了「解」字，而成另一段落。	應是《夜》重印時，作者據《霽》本補上，證明辛亥本是在己亥本的基礎上又經作者自己修訂而成。
	《夜》	有	己亥本無恩茂先評		
〈靳總兵〉	《霽》	有	恩茂先、又曰	恩茂先曰→又曰→閟齋曰	《霽》中恩茂先之評是對此故事先有意見，和邦額代記上去。事實上此評內容亦為一則小說，是和邦額借他人之口講述此故事為祖上頌德。評點順序調整是為了符合體例，恰好說明《霽》本無他人評點，多是《夜》成書前刻印後加上。
	《夜》	有	恩茂先、蘭岩氏·又曰	閟齋曰→恩茂先曰→又曰→蘭岩曰	

　　除了表格上六種組合外，尚有兩種。一為在《霽園雜記》中是一則故事，但到了《夜譚隨錄》則被併入評點內容中，如：《霽園雜記》的〈棘闈誌異〉八則中的第七則，因內容只有二十六字，併入《夜譚隨錄》的同篇第五則蘭岩評點中，多出來的空缺處便補上《霽園雜記》同篇〈敬玉潤〉一則，並將主角的名字改為「潤玉」。作如此安排，當是因原篇內容過少，不似小說，而

又爲了湊足篇數所致。最後一種情況是評點者名稱的更改：《霽園雜記》中〈五狐記〉的第三、四則有閱齋的評論，但到了《夜譚隨錄》卻把閱齋曰改成了蘭岩曰。

蕭相愷先生根據上述七種情形，得出「《霽園雜記》爲《夜譚隨錄》的原稿本的傳抄本，或是這種傳抄本的過錄本」（〈和邦額文言小說《霽園雜記》考論〉，頁 107）。由此，除了看出二書的先後繼承關係外，也展示了和邦額創作手法的轉變，至於評點內容經加工省減後，鋒芒頓減，除了前文所述避文字獄之因外，漫長的十八年歲月，對於心態趨於和緩也有著某種程度上的琢磨。

第三章 《夜譚隨錄》內容探析

　　和邦額錄《夜譚隨錄》一書，序中透露出其小說觀是「有其事必有其理，理之所在，怪何有焉」（《夜譚隨錄・自序》，冊一，葉一上），故本書並非全然只是志怪造奇而已，且和邦額每每於故事開始或結尾處會點明故事來源，可見和邦額對於「可信度」是頗爲在意的。另外，和邦額雖說「《夜譚隨錄》即謂志怪之書也可」（《夜譚隨錄・自序》），冊一，葉二上）但是書中卻有幾篇故事全爲「紀實」性質，如〈倩霞〉、〈護軍女〉等毫無任何志怪意味，因此無論和邦額錄本書時對於材料是「有意撰寫」或「無意搜獵」，都在著錄創作當下添加了現實的元素。

　　小說的功能是奠基於「認識世界、理解社會」〔註1〕基礎的，因此若要深入了解《夜譚隨錄》的「功能性」必須從故事內容解讀著手。本書雖有四卷與十二卷之分，但是細察目錄，並無法尋得明顯的編排規則。本書故事多達141則，其中有些篇章底下更細分爲數則小故事，總計達160則之多，且題材略顯龐雜，是以，爲了能進一步了解本書更深層的意涵，本章首先要處理的是故事類型，其次爲內容解讀，最後是從內容耙梳出和邦額所欲傳達的思想意涵或此類型的故事功能功能所在。分類並非難事，但有許多故事內容繁複，可能無法單純歸類，針對此種情況，筆者將以「故事最主要的敘述或故事之主人翁」爲分類基準，先分出五大類，再依照這些敘述主體或者行爲的動機或結果作更細緻的分類，以期能深入故事所蘊含的深層意涵。另外，因爲《夜譚隨錄》是滿族小說且對於朔方風物多有記錄，於本章也將另闢專節論述之，此節中的內容絕大部分爲「複合式」。

〔註1〕徐岱：《小說型態學》，浙江：杭州大學出版社，1992年，頁166。

　　《夜譚隨錄》所分出的故事類型計五類有：狐鬼精怪之屬、仙道術士之屬、異聞軼事之屬、勸善懲惡之屬、朔方市井紀實之屬，若各類所佔比例如下圖所示〔註2〕：

《夜譚隨錄》故事類型 計 160 則

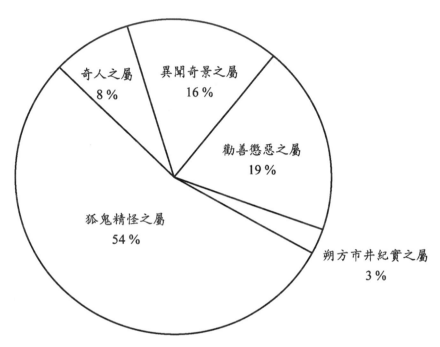

圖 2：《夜譚隨錄》各類型故事所佔之比例

第一節　狐鬼精怪之屬

　　狐鬼精怪類型故事在《夜譚隨錄中》佔的比例最多，計 81 則，確實如其自序所言是「志怪之書」。狐鬼精怪均屬「異類」；「異類」在此的概念是相對於「人類」而言。學者葉慶炳曾論及「妖精」定義：「凡是人類以外的動物、植物或器物而能變化爲人，或雖未變化爲人而能語言與人無異者，謂之妖精。」〔註3〕此定義適巧給本節「異類」下了最好的註腳。本類型劃分的基準爲「故

〔註2〕《夜譚隨錄》於目錄上計 141 則，但有併數則爲一則的現象，在此全部拆開計算。另外，朔方市井紀實之屬只有 4 則非複合型，爲避免重複計算，複合型故事不列入此類型計數。
〔註3〕葉慶炳：《談小說妖》，台北：洪範書局，1983 年 5 月，頁 3。

事中之行為主體是異類，或以異類為故事主角」，故本屬多以故事主人翁與異界、異類相接為主線鋪展而成。

「狐」在本類型佔的比例甚高，其次為「鬼」，為了討論方便，筆者以這些狐鬼精怪為主體，根據其所呈現的行為態樣再細分為協助、求救、報恩、作祟、危害、復仇、其他七小類。分類的依據除上述之狐鬼精怪所呈現之行為態樣外，在每個分類下又能尋找行為之因、果或行為之共通點，便再予以歸類，期能把梳出這些異類行為態樣背後所深涵的意旨。其中協助、求救常與報恩互為因果，不過報恩的主體或而為狐鬼，或而為人因接受狐鬼之恩而報，時而有協助——報恩、求救——報恩的複合現象，不過仍依最主要、篇幅較廣者為劃分基準，以故事主人翁的主要行為為依歸；作祟與危害二類並不只是「程度上的差異」，本文劃分最明顯的區隔便是危害「已傷及爾等生物健康，甚至致死」，但作祟可能只是「捉弄而不致死」，簡單來說就是殘害生靈的意圖與否，而意圖支配著行為，故亦能從查其端倪；將復仇獨立出來是因為其動機意圖甚為明顯，與一般作祟、危害等動機上純然不同。換句話說，復仇可能是異類作祟或危害的動機，但異類作祟或危害卻不一定是復仇。其他為上文羅列類型所無法歸類者，均屬此類。

一、協助

協助類型故事中，狐助與鬼助的篇章中，形象較鮮明的共計 7 則，分別是〈香雲〉、〈梁生〉、〈某倅〉、〈譚九〉、〈倠儽〉、〈秀姑〉、〈某太守〉。

▼表 3-1：《夜譚隨錄》協助類型故事歸納表

篇名	協助之實
香雲	香雲與喬結褵後，喬居犴狴，方痛覆盆，而夜半雲忽至，手拂械鎖，械鎖自脫。
梁生	女替梁生教訓其同學劉、汪二人，並幫助梁生由一介寒士變成輕裘肥馬的富人。
某倅	莊秀才死後仍留心於無主之魂，並為之謀求攜骸返鄉者，以求回歸鄉土。
譚九	譚九因探親迷途，受鬼媼、鬼婦的飯宿之恩。
倠儽	官乃以青蚨數十並一瓶，置其頂上。倠儽去，俄頃已在面前，頂上有瓶無錢矣，取之白酒滿中，大喜。自是零星細物，無不遣之。
秀姑	姑出金斗一隻，玉瓶一枚，付田。田宿昔至齊魯間，易金市瓶，置貨行賈，自夏至秋，獲利三倍。
某太守	狐女因與太守有夙緣，便化身為妍麗女子規勸太守心態，太守深自悔過，磨琢自新，後果仕至某省巡撫，晉兵部侍郎，一如狐女所云。

其中有〈㡗襪〉不知爲何物，因「通體烏黑，無頭無面無手足，爲二目雪白，一嘴尖常如鳥喙……塊然一物」（卷，葉三十四上）而名之㡗襪，歸爲「怪」，又因其無害反有助人之實，故歸於此類型。

協助的方式可區分爲婚配後施惠、單純施惠二類。婚配後施惠者如〈梁生〉中，因梁生爲一寒士周旋於豪富間，又因聘妻未婚而妻死，家貧無力復聘等因素，被譏爲「梁無告」、「梁謝希」，而後「既而有屈背嫗攜一女子至」（卷三，葉四下）求嫁而免聘，梁不破一文而得一美妻，婚後繾綣異常。梁之同學劉、汪二人眼紅並想玷汙其妻，反被其妻捉弄教訓，最後梁從一介寒士變爲「輕裘肥馬，侍從甚都」（卷三，葉九上至葉九下）的富人，無疑是受狐妻相助。單純施惠者如〈譚九〉，譚九因探親返家不及，途中受鬼婦飯宿之恩；又如〈㡗襪〉中，㡗襪能爲人沽酒，零星細物都能辦理妥貼。

較爲特別的是一般施惠者與受惠者的身份，一爲人類，一爲異類，在〈某倅〉中，施惠者與受惠者都爲「鬼」。施惠者爲莊秀才，「生時質直好義，每值風雨大作，必親至江干以拯溺爲務。廿於年來，不下數百人。即有死者，亦必殮以棺衾，付其同行者載之去。」（卷三，葉十七下）受惠者爲一老翁、一少年，並三女子，莊秀才施惠是因爲此三者「名姓里居，俱無可考，故至今猶厝秀才墓側」（卷三，葉十七下），某倅於往廣州上任途中遇上此六鬼，並得知除莊秀才外，皆爲廣州人，又遇莊父告知秀才托夢，謂其餘五者均爲珠江人，「茍有仕宦其地者，攜回葬之」（卷三，葉十六上）。莊秀才死後仍留心於無主之魂，並爲之謀求攜骸返鄉者，以求回歸鄉土，蘭岩最後評曰：「誠義人之舉也。」（卷三，葉十七下）甚是。

二、求救

求救類型故事中，形象較爲鮮明者計有 7 則，狐占 2 則，鬼占 5 則，有〈麻林〉、〈馮勰〉〔註 4〕、〈霍筠〉、〈玉公子〉、〈王侃〉、〈鄧縣尹〉、〈雜記五則〉之五。〈霍筠〉中的求救者宜春妍艷異常，但故事中並未點出其眞實身份爲何，僅能確定其確爲「非人」，不過在此並不妨礙以下討論的進行。通常「求救」總與「報恩」關係緊密，在《夜譚隨錄》中亦是如此。「求救」與「報恩」互爲因果，但並非絕對，異類有求救之實，不一定會有報恩的行爲產生；而異類有報恩之舉，也不盡然是因爲當初曾有求救之舉，他人施惠助之。本論文

〔註 4〕〈馮勰〉爲求救——報恩複合類型。

先將以「求救」為明確主題的故事劃分出來，之後再補述求救——報恩類型的故事數則，以求完善。這些以「求救」為明確主題的故事，異類求救的原因甚為明顯有：有冤難伸、大劫在邇兩類，其中〈麻林〉較為特別，委託者為鬼（通州宋姓者），求救原因是其過世後，友麻林因沒錢好好替他安葬，於是托夢給麻林道：「相好多年，忍餒我之鬼乎？」（卷五，葉二十上），麻林應允卻礙於現實因素爽信，於是宋姓者便三番兩次托夢，由求救轉變為責備，甚至獻計：「二三緡之數，難辦如此哉！胡不向南關金四貸之？」、「清明近矣，獨不能破慳為故人送一陌錢耶？」（卷五，葉二十下）求救急迫之情，表露無遺。雖然莊姓者求救之因程度遠不及大劫在邇，但仍歸入此類。〈雜記五則〉之五中狐化身為胡萬齡因有事將楚游，請求將家口二十餘人寄託某縣教授，故事中雖沒有對胡萬齡舉族遭遇困境或危急等描寫，但因胡萬齡是狐，屬異類，又主動請求並託付全族歲餘年，在此仍將此類請託事宜歸於求救一類以便敘述。

有冤難伸者如〈鄧縣尹〉，並具有公案小說的色彩：

> 衡水某村，有婦人與豪右私通而謀殺本夫者，為屍任所首。姦夫以多金賂仵作行人，俾其袒己。相屍無傷，官不能理，轉斥其告誣妄，痛懲之。復訴諸府，太守委定興令鄧公往按之。鄧至，反覆相驗，不得證據，夜宿館舍，思維不置，披衣起坐。時約二更向盡，從人熟寢，地上鼾聲相和。已而有寒風起戶下，簾幕動響，燭光昏暗，隱隱見壁角現一人，乍前乍卻，倏跪於地下。鄧不禁毛髮森豎，凝神省諦，則形質服色，彷彿日間所相屍也，微作啼泣聲，右耳畔垂一白物。鄧忽悟，乃大言：「被害之冤，吾必為爾雪之！爾其斂跡，吾知之矣。」其人叩頭而隱，燭亦驟明。鄧遂就寢。（卷十二，葉二十九上至三十上）

另一則因有冤求救的故事是〈馮勰〉，馮勰生前因仗義借陳某五百金，但未立券留證，導致日後領憑無據，陳某亦避不見面，馮勰無券可伸，官不加察，遂瘠死他鄉，首丘莫正；死後化為鬼魂請求汪瑾替其向太守白己冤。宋元時期，文言公案小說大盛，宋·洪邁《夷堅志》中有數篇公案志怪作品，如〈袁州獄〉、〈何村公案〉、〈漢陽石榴〉等，明清更為文言公案小說的創作高峰，清·蒲松齡《聊齋誌異》中〈冤獄〉、〈折獄〉、〈太原獄〉等篇便是一批情節曲折、想像奇特的文言公案小說〔註5〕。在《夜譚隨錄》中，

〔註5〕柳依：〈淺論我國古代的公案小說〉，收錄於《學術月刊》，1998 年第 2 期，頁 92。

具有公案色彩的故事尚有〈屍異〉、〈孿生〉二則，不過公案小說並非本論文主要之討論對象，在此不多贅述。求救類型故事的典型爲「大劫在邇而求救」，如〈王侃〉：

> 王侃行三，房山農家子。耘於田，大風倏起，沙石飛走，方欲引避，瞥見一畫衣女子，被髮跣足，冒風而至，連呼：「三郎救我命！」王倉卒不暇致詳，則問曰：「何以救子？」女曰：「但匿我於廬棚下，少時有旋風來，即追我者，第云已西去矣。」言訖，鑽入棚。俄而果有旋風來自東北，大如浮屠，急如奔馬，繞田數匝，木葉盡脫。王如女所教，向風西指以紿之，風即雷鳴而西，似解人語。王大錯愕。（卷十一，葉一上至葉一下）

女走避之因實爲當日有一姜道士正在捉女（妖），「女倉皇被跣，御風而奔。神人逐之，遂不復返。……。今聞兄得嫂之日，正神人逐妖之日也。」（卷十一，葉七上）；此外〈玉公子〉則是在故事最後直言自己異類的身份，並點出求救之因：

> 三妾乃赧然實告曰：「兒輩非人，實狐也，以大劫在邇，故父母令兄嫂攜來東遊以避之。知君家供奉此經，遂托宇下。繼見君改過如決蕢，祥和滿室，災害不侵，故以兒輩見托。今大劫已屆，午後雷雨大作時，祈君念一夕之情，匿兒輩與任女於佛座下，君開經虔心跪誦佛經，則此劫可逃。然後共究性命之原，講修持之道，仙籍可登也。」（卷十，葉二十下）

另外有〈霍筠〉篇，霍筠因值試期，欲往通州，趕路不及，借宿無門，忽遇一翁一嫗也在趕路覓良醫，便佯稱自己是外科醫國手，希冀可借宿一晚，患者宜春因「忽遘瘡疾，日甚一日」（卷九，葉四下），且患部私密，需覓得年齡相配未娶又有醫術者方肯接受醫治，亦可視爲是求救類型的一種。

　　求救與報恩常互爲因果，前已略述之。在此補述部分「求救——報恩」類型故事，以求周詳。通常該類型的故事模式多爲異類有所求——人類相助——異類感念救助而報恩，通常報恩的手段有婚配，使故事主人翁富，〈王侃〉是爲此類；有時除了前者手法外，另附加懲罰或捉弄眼紅心生陷計者，如〈霍筠〉；贈與貴重物品使之富，如〈雜記五則〉之五，劃於求救類的基礎是以求救敘述爲主，報恩爲附帶，或者全篇僅有求救敘述而無回饋或報恩，若通篇以報恩爲主題則歸於後文的報恩類。最後，較爲特殊的是〈阿凥〉，其故事類

型爲作祟──求救複合型，因作祟篇幅甚多，故歸類至作祟類型，但其求救的情節卻十分明顯，臚列如下：

> 會夏日，大雨大雷，女驚惶失措，抱四郎臥帳中，現形爲一黑牝狐。四郎無計擺脫，不勝忐忑，霹靂繞屋，奔騰逾時。始定，狐復化爲女，跪謝四郎，欣喜之色可掬。夜半遂失所在，後不復來。四郎思之不置。後四郎早貴，官至閣學。是蓋狐欲避劫，故托庇於四郎前。
>
> （卷二，葉二十三下至葉二十四上）

阿鳳在此則故事的形象是負面的，從一開始狐群逼婚不成，到滋事捉弄，到後來騙婚，言四郎「將有大惡，願以三女阿鳳者，充公子妾媵，至旦夕呵護，聊以報德，幸公勿棄也。」（卷二，葉二十三上），其實都只因「大劫在邇」，爲求庇護如此而已，且大劫過後便消逝無影，可謂始有意，終無情。同爲狐之形象，這與其他獲救後而知酬恩報情者相比，高下立見。

三、報恩

在中國傳統社會倫理道德思想中，「報恩」觀念一直占有重要的份量。朱熹注云：「言人有贈我以微物，我當報之以重寶，而猶未足以爲報也，但欲其長以爲好而不忘耳。……」，後有出自《左傳》的「一飯之恩」，《史記》的「韓信恩報漂母」，到了魏晉南北朝一些著名的志怪小說集都出現一定數量的報恩作品，如《搜神記》、《幽冥錄》等，時至清代《聊齋誌異》光是女性報恩的作品就近達 40 篇〔註6〕，若加上異類酬恩報情，數量更加可觀。《夜譚隨錄》中，純爲報恩類型故事計有 10 則，酬恩者仍以狐居多，另有犬、水族、雉、鬼各一則，以下就報恩原因與報恩方式討論之。

（一）報恩原因

就報恩原因分析，可分爲：報救助之恩、報禮遇待厚之恩、報繾綣癡愛之情，以下分述之：

a、報救助之恩

《夜譚隨錄》中的異類雖然大部分皆具有神奇法術，但仍可能遭遇到意想不到的危難，這就是報救助之恩的遠因。這些異類常是受滴水之恩，而湧泉以報，並牢記在心，等待時機報恩，如〈紅姑娘〉：

〔註6〕王建平：〈論《聊齋誌異》中的女性報恩作品〉，收錄於《時代文學》下半月，2009 年 08 期，頁 134。

先是校當壯歲時，爲驍騎校，從征葛爾丹，凱旋至松亭，同人捕得
一黑狐，欲殺之以取其皮，狐向校哀鳴，校心動，以金二兩贖而縱
之。事三十年矣，不意至是乃獲其報。（卷二，葉九上）

如〈噶雄〉中，狐女爲求報救助恩，扮演狐媒角色：

花燭之夕，忽見西寧之女先已在室，雄張皇不知所出，女笑而止之
曰：「何事迴避？兒雖是狐，今實爲報德來。子年少固不能晰。昔令
祖官此地時，嘗獵於土門關，兒貫矢被獲，令祖憫之，縱之使竄。
屢圖報復，不得其間，兹得乘此爲冰上人，夙願償矣。」（卷二，葉
三十三上至葉三十三下）

如歸類於求救的〈馮勰〉及〈雜記五則〉之五中，異類對人類求救，人類予
以援助後，異類都曾有表示報恩之舉：〈馮勰〉中的馮勰，爲報汪瑾將其（魂
魄）攜之入揚（州）以得以洩憤於中山狼般的陳巡檢曾言：「必報德於兄，結
草銜環，敢忘異日？」（卷七，葉二十九上）又如〈雜記〉之五中，狐幻化成
翁，將家口寄託於某，某官閒俸薄，薪水不繼於庖，也毫不在意，更令人讚
賞的是狐族妖麗相挑，某及某子終不及亂，必遽正色責之。後狐翁歸來，奉
畫一軸致謝，某置之而已。三年後，因另一段際遇，某因該畫軸獲致千金。

從〈紅姑娘〉的「是三十年矣」到〈噶雄〉的「屢圖報復」到促成另一
段機緣巧妙致謝，都可看出這些異類對於恩人之助，銘記在心，而受報者對
於當初的善行卻可能是不復記憶。

b、報待厚之恩

屬於此原因的報恩故事類型，酬恩者的性別較爲多元，並不侷限於女性。
通常酬恩者是爲了報答受報者的厚待之恩，如〈崔秀才〉的主人翁劉公，性
好客，對於門客的要求總是有求必應，而崔元素（艾山老狐所化）總是「率
十餘日一至，至必有所借貸」（卷一，葉一下），劉家人對於崔元素的行爲十
分不滿，但「劉獨不以爲瑣，每如其願，未嘗拂逆。如是者二年餘。」（卷一，
葉一下），之後劉家家道中落，窮困潦倒之際唯有崔雪中送炭，給予劉建言與
財物，助其度過難關。又如〈小手〉主人翁爲海公，因「常奉祀一狐」（卷二，
葉三十七上），所以此狐報恩的方式是預告吉凶，力勸躲避凶兆，以期逢凶化
吉，並在主人翁受傷無法負擔家計時獻上財物。

c、報繾綣癡愛之情

由於受到癡愛而決定以「以身相許」的方式作爲報答，是此類型故事的

基礎模式。大部分爲是異類化爲女性身份，與人類男子相戀結合的故事，是報恩類型故事中，最具浪漫色彩的一類。

女鬼、狐女與人類男子相戀、婚配的故事極多，不過並不一定都是純爲報繾綣癡愛之情，總是以「夙緣」一詞帶過結合關係，不過在《夜譚隨錄》中就有一則典型爲報繾綣癡愛之情的故事——〈藕花〉。主人翁宋文學對於藕花、菱花極爲愛護，即使知道二姝爲花妖，仍愛護至極，爲此，宋「閉門謝客，終日臥坐其側。三日不見女來，顏深疑抱，默搜冥想，萬慮紛然。」（卷十二，葉三十五上），後來一年大雪，二姝不至，「宋獨居塊然，不測何故，夜夜不寐，涕泣沾衾，日對瓦盆，潛祈默禱。」（卷十二，葉三十六下）。此類型原因的報恩故事，男主角總是具有「癡情」的特質，使得異類女子爲之動情，並以身相許。

《夜譚隨錄》中純爲報恩的故事之報恩動機爲上述三類，分別是：救助、待厚與婚戀，並沒有翻出特別新意，但這些主動行爲者都是異類，和邦額將之「人情化」，塑造出一批人性、物性兼具的異類形象。

（二）報恩方式

以上將《夜譚隨錄》中的報恩故事類型之報恩原因分爲三類，不過這些異類不是超脫於現實，而是根於現實並富有超現實的色彩，是以其酬恩方式要能符合現實所需，且有的是單一方式，有的是多種方式相互交織，可分爲酬物報恩、救助報恩、婚配報恩、行孝報恩四種。

a、酬物報恩

酬物報恩是指酬恩者贈與受報者財物、寶物，作爲回報。此爲最普遍的報恩方式，如〈洪由義〉中，水族贈與洪「如意珠」一顆，「握之凡有所需，無不如意」（卷一，葉三十七上）、〈阿穉〉中阿穉爲報救命之恩，除了以身相許外，並使之「衣食豐裕，凡百需用，取諸笥中，無所不給。望似農家，實同朱、頓。」（卷五，葉八上）、〈馮勰〉中，陳巡檢受因果報應暴斃後，留下的宦囊千金，馮勰假由太守之手，全數贈與汪瑾報恩。上文提到的〈崔秀才〉在劉公窮困潦倒之際現身，並對於流公先前的待厚之舉給予回饋：

> 崔曰：「然則度君之心，量君之志，欲更揚眉吐氣，非官不能矣。欲爲官，須登第；欲登第，須理舊業讀書；欲讀書，須膏火之費。吾視君皆未易辦也。吾有錢八十千，可輦至。」……崔曰：「予思八十

千，豈敷樽節之用，更蓄得一囊金，為君謀小康。」盃置之炕頭，
便出門，挽之不及。試啓囊，燦然盡赤金也。一室俱驚，權之三百
兩。（卷一，葉五下至葉六上）

這些受報者的家境「恰巧」都是普通甚至貧困的，以此種方式報恩，最為迅
速、有效。

　　b、救助報恩

　　救助報恩是指當受報者即將遭遇危險時，酬恩者於事前提出預言告知或
出面解救者如是。如〈多前鋒〉中多前鋒因墜馬而魂飛魄散，僅肉身完好，
王老四為報多前鋒下交之情誼，雖已為鬼，仍以附他人之身，借他人之口告
知多家人儘速前往招魂。此際若再不招魂，受報者多前鋒很有可能永世過著
行屍走肉的日子。

　　〈異犬〉中的黃犬為報主人厚愛之情，生時主人遇三惡少欲淫時，即捨
身相救，以致失去性命，其後，主人又遇此三惡少逞兇，黃犬魂魄便附身在
另一隻黃犬上替主人解圍並懲兇。

　　c、婚配報恩

　　使用此種報恩方式的酬恩者身份多為女鬼、狐女、花妖，婚配報恩又可
細分成三種，分別是以己身相許或許配給受報者的親屬、將自己的（姪）女
兒或婢女許配給受報者或其親屬、為受報者牽線作媒。

　　屬於以己身相許的如〈陳寶祠〉，雌雞為報救命之恩，化為一容華絕代美
女以「夙契」之名，報恩之實許身。許身給受報者的親屬如〈阿樨〉。阿樨是
黑狐，因被獵人所捕，為翁所救並贖之，報恩方式之一救是許身翁之么兒；
將女兒及婢女許配給受報者與其侍從的有〈董如彪〉，一大黑狐為避董恒（如
彪父）射獵，遁逃至如彪馬前，如彪但束手笑，救了大黑狐一命，大黑狐為
報恩，化身為胡叟，以阿笋贅如彪侍從——印兒，次女阿嫩許配給如彪；為
受報者牽線作媒者有〈噶雄〉，如上文引言所示。

　　d、行孝報恩

　　行孝報恩是較為特殊的方式，指的是酬恩者以晚輩身份自居，對受報者
以「侍親」的態度來酬恩，從中可體現中國人重視孝道的倫理傳統。有〈紅
姑娘〉一篇，步軍校赫色值壯年時，一狐被捕欲殺取皮，赫色憐憫狐哀鳴，
心動而贖之，三十年後，此狐化為紅姑娘報恩。赫色知道紅姑娘是為報恩而
來之後，收紅姑娘為義女。

紅姑娘知赫色好酒，每逢赫色值班便攜帶佳餚甘醴探之，「每心有所欲，未發，女已先知，無不咄嗟立辦」（卷二，葉八上），赫色並曾贈玉環給紅姑娘，紅姑娘「再拜以受，什襲藏之」（卷二，葉八上）；赫色自認已是皤然老翁，與紅姑娘聚首之日不多而泣數行下，紅姑娘白其壽數，並授之導引之術，以期延年益壽。紅姑娘以「兒」自稱，稱赫色為「爹」，以上種種顯示出父惜女之情切，女敬父之意深。

四、作祟

作祟類型故事計有 27 則，以鬼作祟為多，狐作祟次之，另有蠍作祟〈鋦人〉及蛇妖作祟〈朱佩茝〉。作祟之因可略分為四種：回煞之俗、慾念招祟、未明、其他。

（一）回煞之俗

回煞又稱為迴煞、喪煞、歸煞〔註7〕。陰陽家認為人死後，可以按照亡者出生時的天干地支推算出魂魄返家之日，屆時將會有凶煞出現，可能會危及家人，應舉家遷避，與現今所謂的頭七之日，亡者會歸家有著近似義。此習俗並非自古皆然，北齊·顏之推《顏氏家訓》卷2〈風操第六〉有文字一條曰：「偏傍文書，死有歸煞。子孫逃竄，莫肯在家」〔註8〕，王利器為「死有歸殺」句作注，言南宋·俞文豹《吹劍錄》外集引唐·呂力《百忌曆》已有所謂〈喪煞損害法〉，「故世俗相承，至其必避之」（頁99）認為此例使「六朝、唐人避煞讕言之可考見者」（頁99），又舉明·戴冠《濯纓亭筆記七》〔註9〕與《魏志》〔註10〕為佐證。

劉盼遂為「子孫逃竄，莫肯在家」下的註語是「殃煞之事，載籍所不恆見」（頁99）卻又舉出南唐·徐鉉《稽神錄》：「某日殃煞當還，重有所殺，宜

〔註7〕張成全：〈「回煞」考論〉，收錄於《武漢大學學報》（人文科學版）第 59 卷第 4 期，2006 年，頁 446。

〔註8〕王利器撰：《顏氏家訓集解》（增補本），北京：中華書局，2002 年 8 月，頁 98。

〔註9〕同前註，頁 99，以下引出全文以示其意。「戴冠濯纓亭筆記七：『今世陰陽家以某日人死，則于某日煞回，以五行相乘，推其殃煞高上尺寸，是日，喪家當出外避之，俗云避煞。然莫知其緣起。』」

〔註10〕同前註。以下引出全文，以示其意。『魏志：「明帝幼女淑卒，欲自送葬，又欲幸許。」司空陳群諫曰：「八歲下殤，禮所不備，況未期月，而為制服。……又聞車駕幸許，將以避衰。夫吉凶有命，禍福由人，移走求安，則亦無益。」所謂避衰，即今俗云避煞也。』

出避之」（頁99）之例，王利器舉出比《稽神錄》更早的例子是《太平廣記》363引唐・皇甫氏《原化記》:「此宅鄰家有喪，俗云防煞，入宅當損人物」（頁99），並認爲避煞之事在五代也是如此；亦有學者指出南宋・洪邁《夷堅志》乙志卷 19〈韓氏放鬼〉:「江浙之俗信巫鬼，相傳人死則其魄復還，以其日測之，某日當至，則盡室出避於外，名爲避煞」〔註11〕。

以下將〈回煞五則〉以表列方式呈現：

▼表 3-2：《夜譚隨錄》回煞類型故事歸納表

〈回煞五則〉則數	作祟內容	受祟者心態及反應
第一則	忽見小旋風起燈下，有墨物如魚網，罩几上，燈焰綠如瑩火，光斂如錢，倏暗。	目睹前：不信，並笑流俗之妄。 目睹當下：如醉又如夢，不能動履。 事後：面色如土，數日失神。
第二則	忽見一黑物，如亂髮一團，去地尺餘，旋轉不已。初大如升，漸如碗，如杯，滾入炕洞中，一半在外，猶轉不已，久之始沒。	目睹前：主人矯俗弊，無所陳設，由此可推知錫谷齋應該是不知情。 目睹當下的心理狀態是「竊異之」、「愈增疑惑」。
第三則	燈忽驟暗，隱隱見一物，如象鼻，就器吸酒，咕咕有聲，匼然墜地上，化爲大貓，而人面白如粉，繞地旋轉，若有所見。次日，啓戶視之，雞子酒漿，空無所有，灰上人跡，兩兩相並，僅如二三歲小兒。東壁書十一字，非篆非草，淡墨色，人不能識，晌午忽自滅，洵爲鬼筆。	目睹前：少年好事，相約往觀。目睹當下：二子驚悸，發狂震駭。事後：徐二子相繼病死。
第四則	黃椿所見：見壁角有物，形如蝟，被捄唧唧作聲，漸捄漸縮，……，欲前助力，物忽化爲濃煙，滾滾四散，成數十團，或鑽入壁隙，或飛上棚頂，須臾而盡。 馬進所見：一婆娑老嫗，徘徊炕下，兩眼有光如瑩，頗能自照，心知爲鬼，以杖擊之，仆地化爲一蝟，走向屋角。	黃椿目睹當下：心殊怛怖，見馬進後大疑，急前審諦之，欲前助力。 馬進目睹當下：方袒跣向隅，蹲踞地上，聳肩用力，若有所捄。 黃椿事後：栗生於肌，髮豎於頂，不敢復寢。亟呼主人詰之。 馬進事後：口瞠目，猶有餘恐，黃扣問主人不實，馬偽怒，欲鳴於官，主人吐實後，馬爲之歎惋，遂不復少留，束裝秣馬，冒雪宵征。

〔註11〕 張邦煒：〈兩宋時期的喪葬陋俗〉，收錄於《四川師範大學學報》第 24 卷第 3 期，1997 年 7 月，頁 100。

第五則	倏見一婦人，長僅尺餘，直撲窗隙，倉卒驚卻數步。婦人甫出窗，旋化黑煙一團，隨風而散。	目睹之前：張老嘴口大膽大，且不知家中有喪事。是夜適歸，叩門久無應者，怒發，排闥而入。 目睹當下：知爲鬼物，亟叩宅門。 事後：無恙。

　　以上五則回煞故事中目睹回煞者的心理狀態多半是不以爲然或者根本不知道當日應躲煞，才會遭遇此祟，巧合的是心理不敬者，在目睹回煞後的下場重則失去生命，輕則失神數日，心存敬意的意味在此不可言喻。在歷代筆記小說中，也曾屢次提及回煞，有學者將回煞中的「煞」認爲是煞神的化身，可能爲亡魂本身，也可能是陰間鬼卒神祇〔註 12〕，並歸納出形象有團肉、禽鳥、猿形、鬼神等數種典型〔註 13〕，但值得注意的是《夜譚隨錄》中的〈回煞五則〉每則都出現不同的煞神形象，且共通點是能「幻化無常」，並沒有固體形象，宛如氣體，誠如李豐楙先生所云：「生氣既可作用於人，煞氣自是也足以產生影響，彼此之間相互關聯。這種力量的存在形式如果往泛靈論發展，就成爲鬼神論的煞神、鬼煞，賦予一種名稱、性格，普遍存在於時間、空間之中。」〔註 14〕

　　和邦額在《夜譚隨錄》中直指「回煞之俗相率成風，牢不可破」，故有〈回煞五則〉，從現有文獻探究已知回煞、避煞之習俗，最晚在三國時期已形成風氣，其後又經歷唐、宋時期陰陽書籍盛行及注重禁忌之社會風氣推波助瀾，至清代回煞習俗已是難以撼動，如錢大昕《恆言錄》：

　　　　今俗，喪家於八九日後，謂之煞回，子孫親戚都出避外舍，或有請

　　　　僧道作道場，具牲酒祠鬼，謂之接煞。〔註 15〕

沈復《浮生六記》卷 3 中的〈坎坷記愁〉中有記載其妻陳芸過世後，自己期盼能在妻子回煞之際見上一面：

　　　　回煞之期，俗傳是日魂必隨煞而歸，故居中鋪設壹如生前，且須鋪

────────────

〔註 12〕 盧秀滿：〈中國筆記小說所記載之「避煞」習俗及「煞神」形象探討〉，收錄於《師大學報：語言文學類》第 57 卷第 1 期，2012 年，頁 32。

〔註 13〕 同前註，頁 40～48。

〔註 14〕 李豐楙：〈煞：一個非常的宇宙現象〉，收錄於《歷史月刊》第 132 期，1999年，頁 37～38。

〔註 15〕 錢大昕：《恆言錄》卷 5〈煞〉，收錄於《續修四庫全書》冊 194，上海：上海古籍出版社，2002 年，頁 248。此爲依據北京圖書館所藏清嘉慶五年北平盛氏望益書屋刻本影印原書。

生前舊衣于床上，置舊鞋于床下，以待魂歸瞻顧，吳下相傳謂之「收眼光」。延羽士作法，先召於床而後遣之，謂之「接眚」。〔註16〕

這段文字道出時人對回煞的作法及認知，又袁枚《子不語》中有〈煞神受枷〉：「民間人死七日，而有迎煞之舉，雖至戚皆迴避」〔註17〕、〈江軼林〉：「通俗：人死二七，夜設死者衣衾於柩側，舉家躲避，言魂來赴屍，名曰：『回煞』。」〔註18〕，由清代文人筆記、小說層出不窮的記載便可理解和邦額何以有「回煞之俗相率成風，牢不可破」的說法了。

（二）慾念招祟

這指的偏念有貪念、色念、自大三種。貪念招致如〈趙媒婆〉，因曩昔貪利，明知委託者是惡豪，卻因惡豪以重金啖媒，趙媒婆因貪其利，巧言脗合，致吳秀才良女失所配。吳忿甚，報官痛懲之，趙媒婆當時曾「愧悔改業，誓不復為人作伐」（卷九，葉十五下），隱居數年後來於途中遇一青衣婢求為執柯，趙媒婆觀其舉止應是富貴人家，貪念又起，認為事成可獲巨金，甚至對於此猜想自鳴得意，便將先前的誓言拋諸腦後。至委託者鄭氏宅府前，見其府第閈閎高峻，閥閱煥然，後又見鄭氏三子英妙絕倫，便鼓動簧舌，極口讚揚：「無論公子內慧如何，即此外秀，便足削盡天下公侯之色。遮莫老身減齒三十年，亦必拚死充作姬媵。阿誰有閨秀，肯不急設東床？」（卷九，葉十六下至葉十七上）、「老身平生，不慣作模稜語，憑三寸舌往說之，必有佳報。」（卷九，葉十七上），到了女方牛氏宅中，曰：「自是台閣品。姥閱人多矣，幾曾見有如盧家三公子之才貌兼者？將來若不大富貴，老婦請自抉兩眸子，誓不復相天下士矣」（卷九，葉十七上），從「減齒三十年，亦必拚死充作姬媵不」、「老婦自抉兩眸子，誓不復相天下士矣」等句，都在在顯示趙媒婆為了媒合兩家，不惜說出重話，也二度發重誓，將吳秀才良女失所配的教訓完全拋諸腦後，而如此賣力的媒合正是因為利欲薰心。媒合成功後，趙媒婆於女方得到二十金為謝禮，但在宴飲之際，卻伺隙打包杖杜（按：梨）藏納袖中；返回鄭氏宅第後，鄭氏贈四十金為謝禮，並遣趙歸，趙媒婆在返程途中竟怨嘆鄭氏吝嗇，中夜逐客，並認為以鄭氏財力「何難賞一壺酒，兩盛飯，

〔註16〕 沈復：《浮生六記》卷3，台南市：大夏出版社，1995 年，頁 58。
〔註17〕 清·袁枚著，周欣點校：《子不語》卷1，收錄於王英志主編《袁枚全集》冊4，江蘇：江蘇古籍出版社，1993 年，頁 10。
〔註18〕 同前註，頁 176。

一張床，俾老婢醉飽而睡？」。從趙媒婆貪財毀吳秀才良女婚姻、見鄭氏財力雄厚自毀不再為人說媒之誓言、再到舌燦蓮花不惜出重言擔保為鄭、牛二氏之子女竭力作伐、獲得數十禮金仍貪圖佳果、酒菜等，皆顯示趙媒婆「貪」的形象相當活脫鮮明，且自始至終並無愧對、悔悟之心，最後為鬼物所戲弄，打包佳果瞬為蝌蚪，本為佳餚嘔出後卻是濁水與樹葉，兩家給的酬金化為冥鏹，一切都是空歡喜一場，警世意味濃厚。

色念招致的有〈紅衣婦人〉、〈某諸生〉。此種原因招致被捉弄、作祟，大部分異物都是居於「被動」角色，而被捉弄者都是處於「主動」的角色，如〈紅衣婦人〉中的某甲半夜解手，原為人之常情，但因睹紅衣婦人於牆角邊如作小遺狀，「醉後心動，潛就攖之」（卷四，葉四十三上）才是其招祟之主因，沒想到卻發現「婦人回其首，別無眉目口鼻，但見白面模糊，如豆腐然」（卷四，葉四十三上），下場是某甲驚仆地上，一度氣絕，後經人救助始方甦；〈某諸生〉中的諸生某夜半獨行於僻巷中，見有一紅衣女子行其前，約略甚美，心儀之，竟然想追上前去一睹容貌，比追及，又試以游語，見紅衣女子不慍，便更大膽的詢問紅衣女子適欲往？並佯裝自己也是同路，可結伴行之，一路上且行且謔，至此諸生某都是因色念大起而有「主動」行為，相較之下紅衣女子都是「被動」。直到紅衣女子抵達目的地才主動開口邀請諸生某可否夜宿她家，諸生某的反應是「喜非望，應曰：『實生平之至願』」，登樓後後卻見到：「一少年郎倚窗觀書，心殊忘忌，頻睨之。驚覺其顏色慘變，自於項上取下其首置案頭」（卷五，葉二十八上），生駭極，大叫而踣，並置身於橋下水中，甚為奇異。由上述諸生某的動機、行為到下場都可視為色念招祟，或許當時諸生某色念不起，一切都不會發生。

自大招致的有〈雜記五則〉之四、〈永護軍〉、〈朱外委〉、〈嵩梁篙〉。這些故事原本就有異類作祟，但原因不明，而故事主人翁不是被請來「驅除」就是「破除」祟害之事或傳聞（〈朱外委〉除外），可惜都過於自負，反被捉弄，其中以〈雜記五則〉之四最令人發噱。女巫於驅除狐祟前曾大言「務使小妖狐吃個大苦」（卷四，葉二十三下），後卻被狐以木杵塞陰，並撫掌曰：「請先吃個大苦」（卷四，葉二十四上），事後夫人又慰巫：「賢師徒吃苦甚矣」（頁108），巫受此大創仍「強作笑顏」自嘲這是樁「大快樂事」（卷四，葉二十四上），極為可笑。以下以表列之：

▼表 3-3：《夜譚隨錄》自大招祟類型故事歸納表

篇　名	自大情形	下　場
〈雜記五則〉之四	巫大言曰：「此何難，不過致夫人破數十貫錢耳。請今夜即為夫人除之，務使小妖狐吃個大苦。」	見四五少年，提木杵逼近案側，僕師徒三人於地，褪其裙褲，各以木杵塞陰中。咸附掌曰：「請先吃個大苦！」。巫自拔木杵，蹶然而興。夫人慰之曰：巫萎頓勉勉而前，猶勉強作笑顏。巫回顧囑之曰：「此血衣最難得，歸去須珍藏之。」夫人問藏之何為，巫曰：「藏之可辟妖魅。」
〈永護軍〉	護軍永某，素以膽勇自詡，同人欲以凶宅試，並曰：「捨我其誰」；二更後，飲至半酣，拔劍擊柱，大言曰：「果有鬼物，何不現形一鬧！卻躲何處去耶？」	永潛於門隙窺之，則燈下坐一無頭婦人，一手按頭膝上，一手持櫛，梳其髮，二目炯炯，直視門隙。永駭甚，不能移步。既而梳已，以兩手捉耳置腔上，矍然而興，將啟戶，欲出。永失聲卻走，鄰家聞之，明炬操兵來探，永已匍匐階下，肘膝皆傷。永歸，病數日方起，同人見則嘲笑之，永不復置辯焉。
〈朱外委〉	朱外委夜行於林，忽聞有哭聲甚哀，翹首四望，見直西數十步外一婦。暗忖此非妖物耶？於是駐馬把弓抽矢，向空施一髇頭響箭，聲如唳鶴，直出林表，其哭頓止。朱又施之。	婦人忽起立，高與林齊，舉步來追。朱大驚，策馬而奔，得入一古廟中，棄馬閉門，屏息神座下，潛於破壁窺之。俄爾婦人至，往來尋索。廟外土牆，僅及其腰，披髮白面，怒色怖人。既而見馬，知在廟中，探身攪撲，階石皆碎。朱驚僕昏絕。
〈嵩梁篇〉	嵩梁篇其親戚有苦狐祟者，嵩偶至其家，適有飛石破窗，舉室色變。嵩怒摘其帽擲炕頭，指帽上金頂，大言曰：「何物妖狐，敢放肆乃爾，豈不識此為何物也？此雖金頂，非云小可，乃朝廷制度也。汝誠能侮人，曷不去擾亂我家，……，則我老嵩之所以震怒也！」狐果為其僵，嵩愈大聲疾呼，誇其帽頂，辱罵萬端。	嵩家老僕走告嵩曰：「家中不知何故，門窗器物，盡為飛磚打碎，老太太驚嚇欲死」，嵩先大疑，後始惶惶，不知所措。二奴掖之急走，嵩遺帽頂於炕……。

　　從上述幾則過於自信的例子可以發現下場不外是反被異類捉弄或者嚇得魂飛魄散，笑柄落人手，甚至有因此拉不下臉而繼續扯謊的案例，令人啼

笑皆非。這種因自大而招祟，導致弄巧成拙的故事，在《夜譚隨錄》中無一好結局，可謂寓有懲戒驕矜自大的意味。

（三）無端作祟

無端作祟的這些故事都只呈現了作祟者、受擾者、作祟時的時空、作祟手法、作祟過程、受擾者當下狀態與後續發展，雖然具備了小說三個要素：人物、時空、情節，但卻始終未交代異物何以作祟？而是將重心放在異物作祟的過程或受擾者遇擾時的情緒、行為反應，給讀者帶來一種奇異的感受。如〈雜記五則〉之三是狐無端作祟、捉弄，見丁某專心打坐時便出現，一開始僅現黑狐原形，丁某叱退後狐改以女色媚之，丁某仍不動如山，最後是丁某續弦，入房合巹時發現又是狐女，大怒以門閂擊之，此後狐祟方絕。

又如〈屍變二則〉之一中的胡氏女因與婆家反目，負氣離家，下落不明，後死竟屍變為僵屍擾人。僵屍之說盛行於明朝中葉後及清代，其中以袁枚《子不語》與紀曉嵐《閱微草堂筆記》二書記載數量最為可觀。僵字在《說文》中釋為偃也，《廣韻》作殭死不朽也，僵屍又有殭屍、移屍、走影、走屍等別稱。〈屍變二則〉之二故事最精采的描寫主要是僵屍作祟過程，並對僵屍的形貌做了較為詳細的描繪，也交代受擾者當下的處置與後續行為，但對於僵屍何以作祟則未多作解釋。無端作祟的類型故事中，作祟主體除了狐、僵屍外，尚有其他異類，其中較特別的是〈朱佩茝〉。朱的甥女方姅，夢見一男子來相交，三夜後有娠，並產下一人首蛇身，髮赤色、血藍色，聲磕磕如擊石的「異類」，此男子究為何物無法得知，僅能從故事中明白其幻化為人形作祟，導致婦女懷孕產妖。

無端作祟類別中，作祟主體佔最大宗的是是一般鬼魂，情節大部分是受擾者「無端見鬼」，之後或精神失常或自身、親友死亡，但故事並未交代見鬼與此變化是否有關。雖然作祟原因不明，但通常此類故事對於作祟主體的描述均十分細緻逼真，以下臚列之：

> 一物大如牛，白如雪，倚牆根蠕動，霍霍有聲。心殊恐怖，大聲叱之，物忽起立，乃是一白人，面作青白色，兩眼大如雞子，碧而有光。（〈棘闈誌異〉之三），卷六，葉五上）

同樣目露綠光的還有：

> 見一婦人劈面來，著舊藍布衫，曳破鞋，月下視之，約年四十許，面色灰敗。紫川不禁毛戴，佇足讓其行，而婦人亦止步相向，彼此

相去僅隔車軌。婦人漸漸開眼，眼光綠色，……，婦人兩眼復合，綠光旋斂。(〈盛紫川〉，卷六，葉三十八上)

也有僅以聲響及頭顱示人：

聞頂隔上窸窣有聲，額心悸，起身點燭，坐以聽之，久乃闃然。遂不復息燭，仍引衾臥。一食頃，聲又大作，仰視望板，若有人踏之以行，漸至東北隅，聲忽止，屋角一板亂動，隨被揭去，有黑物下垂，形如馬尾，長尺餘。去燈遠，恍惚不能辨，而毛髮森豎，不克自壯。但瞠目視之而已。俄而黑物漸長，黑盡繼之以白，色如粉，才三四指闊，瞥見二眼，大如樞，方知是一人頭顱也。(〈額都司〉，卷八，葉二十四上)

或屍首異處現形，呼朋引伴：

第見一無首婦人，裸身浴血，雙手自奉其頭，口眼向天，頸血作碧光，如螢火，如小鏡，瞬息已遠。……，須臾三物，魚貫而至，形狀猶昔，唯增一男。驟一見驚嘶，三物截然而止，並立向甲啾啾作聲，如小兒吹蔥然。(〈某領催〉，卷九，葉三十六下至葉三十七下)

或僅有形體，而無五官四肢，行動敏捷：

視其人，高不過三尺，塊然一物，淡黑色，別無頭面耳目手足，如一簇濃煙，且月下無影。大怖，奮步急行，而物行尤駛。相隨里許，驀一人迎面來，正與物對，物且卻且躍，倏左倏右，狀頗倉皇。來人渾如未睹，直前無恐，物窘迫一閃，化爲旋風羊角而起，高丈餘，投東去。(〈傻白〉，卷十，葉三十四上至葉三十四下)

以縊死模樣出現，並直接碰觸到受擾者：

久之聲漸繁，於燁燁電光中見一人繞地而躄。……，瞬息間，其人倏至面前，遂能辨其面目：披髮龐眉，吐舌唇外，長數寸。王駭極，手足失措，正張皇，其舌忽觸於額。(〈市煤人〉，卷十一，葉二十四上至葉二十四下)

另有〈台方伯〉中簡短描繪，「逼視之，則一紅衣女子也。面然近尺，白如粉，掀唇龐額，屍立如僵」(卷十一，葉九上)。

　　從上述各例可發現，作者雖未明確交代異物作祟的原因，但卻採用詳細描寫異物的型態，企圖營造作祟過程時的恐怖氛圍。

關於受擾者當下的狀態多半與「夢魘」或「惡夢中」有關，包括〈棘闈誌異〉之三、〈盛紫川〉、〈額都司〉、〈阮龍光〉，受擾者後續發展有失神或失常的有〈棘闈誌異〉之三中的舉人隔日應試時，竟「曳白」而出、〈盛紫川〉的面如土色、〈額都司〉的新婦病如癲癇，精神失常、〈阮龍光〉色變神癡，躓踣於地；另有間接預言死訊的〈回煞五則〉之三的徐二子相繼病死、〈某領催〉越數日竟死、〈傻白〉之叔得知傻白遇鬼，即搖手阻止傻白繼續講述，似有所諱，但「越數夕，其叔病死」，〈台方伯〉中，台方伯僅遇鬼，之後竟「病卒」，夫人厲聲驅鬼，越兩日「暴亡」。

由受擾者的後續發展觀之，大部分皆產生負面影響，甚至失去性命，但並無直接證據證明是因爲異物加害所致，僅有時間先後的關係，故在此僅歸爲作祟一類，而非納入危害。

（四）含冤及報復作祟

含冤作祟與報復作祟因所佔比例小，故併爲一類說明。含冤爲其作祟現形之因者有〈某掌班〉、〈姚慎之〉。〈某掌班〉中，關於女鬼作祟描寫情節頗爲緊湊：

> 諸伶興未闌，結伴擲色，呼叫正嘩，忽骰盆中有血一點，疑是鼻破，群相眴視。既而隨骰而落，腥血淋漓，相顧錯愕，舉目環睇，瞥見當頭頂隔，漬一血痕，大如案，咸大駭，各結舌無言，仰首注目。俄而血跡四浸，隔紙脫落，見一物下垂，諦之，則婦人纖足一雙也，血流被踵。眾驚悸了狂，奪門奔走，自相踩躪。比人來救，而眾已神癡矣。（卷四，葉四十上至葉四十下）

女鬼現形作祟之因是因爲冤雪未昭，現形地點即當初案發現場

在〈姚慎之〉篇中，作祟主體是二男一女之鬼魅，且現形的樣貌均十分淒慘，男無頭，女浴血滿身，並呈裸身坐姿，而他們有此樣貌是因爲某提督生性殘暴，「每殺人至園東夾壁中，迄今白骨髑髏，猶有存者」（卷十一，葉十六下至葉十七上），視下人爲菅草虐殺、冤殺所致。

屬於報復作祟的有〈雜記五則〉之一與〈阿㞒〉兩篇，狐作祟的原因是由於「惱羞成怒並予以反擊」，也是此處「報復」之義，與後文的「復仇」類型，多半是血債血償，二者在程度輕重上並不相同。〈雜記五則〉之一中的受擾者是張姓侍女，其因駁斥二狐盜酒飲且酩酊失態，全無悔意，並加以要脅，遂又以言語反擊，導致唇傷齒落，張父失勢。〈阿㞒〉篇則因夫人及兄長們阻

撓狐嫁女於四郎，狐族惱羞成怒作祟，眾口沸騰，飛瓦入房，器物皆碎；四郎侍女海棠如廁，猝遇紫衣少年，摟之接吻，力拒久之，旋失所在，他侍女所遭尤強暴；大郎宴客，賓來，絲肉並陳，水陸咸備，乃舉酒獻酬，則酒皆馬溺；下箸款友，則箸皆糞蛆；大郎妻命婢索點心，啖之頗美，及入喉，覺蠕蠕動，嘔啅有聲，即吐哺視之，則盡疥癩小蛙也。其後甚至出現「閨中穢物，懸諸大門，或下體褻衣抛之當路。衣未制而先毀，鏡甫淬而旋昏」的現象，均為因狐惱羞報復致祟。

以含冤及惱羞報復這兩個作祟原因，再配合鋪陳作祟態樣、受擾者的反應，可發現這些作祟行為不只是「志怪」，而更蘊含令人省思的空間，異類何以含冤？何以惱羞？其原因正可引導思考此類型故事背後的深意。

五、危害

有危害舉止的，當然並非純為狐鬼精怪專屬，但是於《夜譚隨錄》中卻佔多數，故畫至本節解析。一般常認為作祟與危害二者的範疇的重疊性甚高，作祟可能導致危害，但危害原因千百種，其中一種是作祟，我們可以說作祟是一種「動機」或一種「行為」，可為因可為果，但是危害卻只是「行為」，只能為果；本論文中的劃分界線除了包含上文所述外，也著重於從程度輕重來劃分，以「殘害生靈的意圖與否」作為二者區隔。屬於本類型的故事計有 13 則，危害的手法可分為直接與間接兩種方式。直接指的是「正面與被害人接觸並加害之」，間接則反之，而間接手法多是以「迷惑心智」等法術來加害被害人。美色相誘、誘騙投繯、殘害掠取等是常見的加害手段，其中，以美色相誘及殘害掠取因與被害人直接接觸並加害，故屬於直接方式，誘騙投繯多是先施法術使被害者心智迷失，再推波助瀾達加害目的，未與受害者有直接接觸，故屬間接方式，以下臚列此三種危害之手法。

（一）美色相誘

屬於美色相誘的有〈劭廷銓〉：

> （邵廷銓）柴門外遇一女郎，恣態妖嬈，纖穠合度，衣裳縞素，綽有餘妍。廷銓心為之蕩，趨而鞠之。女娭光眇視，羞澀不支。廷銓指門內曰：「此即僻居，可以少息。曧曧日暮，竊為卿危之。」（卷一，葉三十九上至葉三十九下）

此後邵廷銓便掉入女郎的溫柔鄉。書僮發現劭廷銓在床上，「擁一紅衣骷髏，戲謔燈下，骷髏亦擁廷銓，僑俤作態」（卷一，葉四十一上），被誘惑後的劭廷銓「形神改常，……，飲食消減，日近尪瘠，讀誦皆輟。日方晡，即閉戶作休息計」（卷一，葉四十下），紅衣骷髏的眞實面貌爲「頭面餘白骨，獨二目炯炯不變，凹處漸生新肉，……，積薪焚之。日高始盡，臭達數里，屍啾唧有聲」（卷一，葉四十三上）；〈段公子〉，段公子「心知爲狐，而心艷其美，又憐其慧黠，……，公子神已迷，意已奪，不暇致詳，遂與綢繆」（卷三，葉三十二上），被誘惑後的段公子「精神恍惚，食減骨柴，……，睡即夢魘，手足盡痿，不能轉側」（卷三，葉三十二下）；〈劉大賓〉中的劉大賓平日最注意頗有姿色的周子婦之媵，名爲杏花。某夜劉隱隱見花台畔，一紅衣女子倚欄而立。默念深夜矣，此女胡爲乎來？席其體態服色，必杏花也。因貪杏花之色，未詳查又因「酒醉興高，欲就摟之」（卷八，葉十八下），結果摟到「面白如粉，眼赤色，舌出唇外三寸餘」（卷八，葉十八下）的女鬼；〈莊斸松〉中邱生正值氣盛之年，每擁衾綢，不無瞑想。一日薄暮，於軒東獨步，瞥見一女子「年可破瓜，翠裙紅袖，艷莫與京，向邱嫣然一笑，百媚俱生」（卷八，葉二十上），完全失了方寸，「迷惑佇視，形如木雞，……，遂憒騰如醉，相與交媾，猥褻之聲四徹」（卷八，葉二十上至葉二十下），夜夜遺精，晏起，朝食頓減，呵欠連連；同住的莊斸松雖已年邁，但也因猥褻之聲四徹而精遺；莊後遇精通歧黃術的劉生替己診之，方才知爲狐祟，並引薦穆薩嘛祛祟，狐女反應極爲激烈，有玉石俱焚的意味：

> 女忿然，以兩手捧邱之頰而接吻，曰：「我旣死，汝豈能獨生耶？」
> 即以舌啟唇而吸之，笏笏然氣出如練，心茫茫無所憑。女更加力吸
> 之，邱覺丹田痛如刀割，五內欲裂。（卷八，葉二十下至葉二十一上）

同樣以美色相誘的還有〈骷髏〉。某甲見一美婦人獨坐於草屋炕頭上，笑容可掬對其招之，喜而入後，卻發現是骷髏就嚇昏不省人事，隔天才被救活。此外尚有〈蝟精〉。諸童瞥見一醜女人徑入余棚，而余夜宿蘆棚後日漸瘠羸；故事中對此醜女人的外型描寫是：「其女人『面色如瓦歠，句口大目，蹀躞而行。』」（卷二，葉三十六下），但根據下文「余氏子獨啜泣，以爲礫其麗人也」（卷二，葉三十六下），可知此醜女人在余眼中是一美女，於本故事中無法得知是蝟精入棚後幻變容貌抑或施以幻術迷惑余雙眼所見所致，但不管是哪一種，余確實有在遭遇危害的當下認爲蝟精是一美女，而導致日漸瘠羸的情形，故仍歸於美色相誘。

以上數則故事的共通點爲男子貪美色，異類投其所好，以美貌誘之，使男子掉入溫柔陷阱中而面臨凶境，究其根本原因便是「無法自持」。

（二）殘害掠取

殘害掠取有〈烽子〉，當地「露宿者往往失去小兒，或腦破漿空而死，……。雖夏夜酷暑，亦必局鍵戶牖，甚有藏小兒於箱篋中者」（卷五，葉三十三下）的離奇情形，後有烽子某乙適巧目睹屍變之婦人，並以火槍擊斃除害，方才解除當地小兒失蹤、失腦的驚悚氛圍。故事中以「紅衣白面，披髮跣足，兩眼赤大如燈，蹲身仰首，手持白絹一幅，長五六尺」（卷五，葉三十四上），臉和手皆有長寸許的白毛，又敢與雷鬥，並致使受害者「腦破漿空」勾勒屍變婦人之怖狀；〈吳喆〉二狐危害，欲取元精，致使張女「鬱鬱成疾，漸發狂語，哭笑不恆巫醫不能救」（卷十，葉二十九上）；〈靳總兵〉有竊食羊豕、小兒的黑魚怪，時而幻化人形，其貌「黑人，高丈餘，烏衣長鬣，猛鷙驚人」（卷十二，葉三十一下），導致村人通宵邏守，比戶戒嚴。後有到此本欲祛邪怪的道士，亦被黑魚怪支解，眾驚而四奔。直至靳總兵遣兵三百，將河水疏往他渠，使黑魚怪藏身之潦乾涸，進而捕捉到黑魚怪，殺而烹之，自此怪絕。

上述故事均未提及異類危害的動機，全文著重在異類危害的行爲、人類的慌怖反應，時而搭配異類恐怖的外型描繪，更增添故事的驚悚色彩。

（三）誘騙投繯

屬於誘騙投繯的有〈某馬甲〉、〈青衣女鬼〉、〈施二〉、〈劉大賓〉四篇，在危害類型故事中佔了三分之一的高比例，其中有三篇是縊鬼受阻型故事。

中國鬼話中，縊鬼受阻型故事佔有重要的份量，光是清代筆記小說便計有 16 則〔註 19〕，結構發展有三，依序是「一人在偶然的機會裡發現縊死鬼企圖害與別人以求替代」，次之「縊死鬼施展種種技倆引誘一女子上吊自殺，被此人阻撓」，最後是「縊死鬼受阻懷恨在心，與此人搏鬥，一般以鬼失敗告終」〔註 20〕，但是《夜譚隨錄》這四則關於誘騙投繯的故事結構又不完全同上述，雖然第一、二步驟相同，但是縊鬼受阻後反應有惶遽不安、消失無蹤等，卻無懷恨、搏鬥等情節發生。

〔註 19〕顧希佳：〈清代筆記小說中的縊鬼受阻型故事〉，《民間文化》，1992 年 02 期，頁 52。
〔註 20〕同前註。

對於縊死鬼的描述，有兩則都是用「僵屍」狀之，〈某馬甲〉中述及「驀見一曲背婦人，蹣跚入室，……，面目醜陋，類酷僵屍」（卷三，葉三十七下），〈青衣女鬼〉中是「忽一青衣婦人，自角門出，……，直起直跌，形如僵屍」（卷五，葉三十六上），〈施二〉中的縊死鬼，出時僅聞其聲，後推波助瀾引人自經時身著白衣，〈劉大賓〉中的縊鬼是較特別的，一開始如前文所述，先以美色示人，後來被害人杏花出現自縊的舉動時，雖無縊死鬼在旁誘從，從故事中僅能得知杏花失神後，有數次投繯舉動，而失神的原因與劉大賓撞邪後也失神有關，後經由劉大賓之手親自縊死杏花再自縊。此鬼容貌描述為「面白如粉，眼赤色，舌出唇外三寸餘」（卷八，葉十八下）因此將此則出現的鬼魅歸為縊鬼。

縊死鬼加害意圖之安排，僅有〈劉大賓〉一則無法窺知縊死鬼之意圖，其餘三則均十分明顯，如〈某馬甲〉中，甲看到屈背婦人到佛案前塞紙錢十餘枚，之後乙妻便投繯；乙妻獲救後，屈背婦人又出現，覓先前所塞之紙錢，不得，反應是「惶遽之狀」，可見屈背婦人確有加害意圖；〈青衣女鬼〉中表現的意圖則更為明顯，青衣婦人「向少婦以兩手做圈示之，更以手頻頻指廁」（卷五，葉三十六上），少婦便開始精神恍惚走向廁所。少婦入廁後，「輒解足纏，繫橫木上。青衣婦復左右之，意得甚。」（卷五，葉三十六下）；〈施二〉中的縊死鬼為「抓交替」，更直言：「地方已許我矣。有隙可乘，即得代也。」（卷六，葉三十六上），施二並目擊「方隱隱見一人懸梁上，又一人白衣背立其前，雙手捫其足。」（卷六，葉三十七上）。

縊鬼受阻的情形，見於〈某馬甲〉、〈青衣女鬼〉、〈劉大賓〉，前兩則阻止成功，受害者存活，最後一則是失敗，當事人劉大賓及無辜受害者杏花雙亡。〈施二〉故事中，並未有縊鬼明顯受阻之情形，略述如下：施二起先雖曾告知受害者徐四縊死鬼已選定他當替代者，並勸徐四改居，但徐四並未在意，之後施二目睹縊死鬼加害過程，但受到驚嚇，並無阻止之舉，最後縊死鬼成功以徐四代之。

此異類危害與作祟方式相比，前者更具有主動性、積極性及侵略性，是以有必要呈現受害者被加害後的身心狀態，更能凸顯出危害與作祟在程度上的差異。受害者受到戕害後，通常在身體方面容易疲倦、食慾大減、日漸尪羸、患病夢魘、自傷等，在精神方面有精神恍惚、狂語、獨語、鬼語、哭笑不恆等，最嚴重就是造成個體死亡。通常被女色相誘的受害者，其狀態以疲

倦、食慾頓減、日漸尪羸此三者最多，誘騙投繯的受害者，其狀態不外精神恍惚，縊死鬼方能趁虛而入。

若把作祟類型故事中的受擾者和危害類型故事中的受害者經「摧殘」後的狀態相較，可明顯發現受擾者至多遇鬼驚嚇、夢魘或對於惡作劇感到十分困擾，但並不危及性命，從故事中也無法看出作祟者有「毀滅」企圖，但是危害者就不同了，〈莊斸松〉中受害者邱生之友找來薩嘛來驅逐黑狐，黑狐不但不畏懼，更抱著同歸於盡的心態：

> 女忿然，以兩手捧邱之頰而接吻曰：「我即死，汝豈能獨生耶？」即以舌啓唇吸之，颼颼然，氣出如綆，心茫茫然無所憑。女更加力吸之，邱覺丹田痛如刀割，五內欲裂。（卷八，葉二十下至葉二十一上）

又如〈青衣女鬼〉中的青衣婦人向少婦（受害者）「以兩手作圈示之，更以手頻頻指廁」（卷五，葉三十六上），少婦隨即精神恍惚，進入廁所開始著手自經，此時青衣婦人「復左右之，意甚得」（卷五，葉三十六下），這些具積極性、毀滅性行爲，在作祟類型故事中是沒有的。

六、復仇

中國以復仇爲主題的文學作品，作者大多從三個層面開展：其一，復仇主體何以復仇？即深究復仇之因，其二作者如何佈局情節，展現主體堅定的復仇意志，其三，支配著復仇慾望的文化背景及價值觀念的體現〔註21〕。而復仇故事在《夜譚隨錄》中有 4 篇，分別是〈棘闈誌異〉之四、〈白萍〉、〈倩兒〉、〈龍大鼻〉。復仇主體均爲女性，前三篇是女鬼，第四篇爲牝狐，復仇動機皆是關於婚戀情愛。前文已說明將復仇歸爲一類的動機，以下分述之。

〈棘闈誌異〉之四中，康生設帳於巨紳單氏家，後因想玷汙婢女小蕙不得，又得知小蕙已與文炳通，加上惱羞自己才不如人，便潛告家法極嚴的單翁，單翁極怒，怒笞小蕙，「並褫其衣，綁庭柱上，以巨砧杵塞其陰，呼文炳至前合觀之」（卷六，葉八下），小蕙受到凌虐，死前大聲曰「奴死必爲厲鬼，以報豎儒矣！」（卷六，葉八下）。

小蕙的復仇手段先是以慘死厲鬼狀現形，「裸形浴血而立」，康生入棘闈後，當晚場內咸聞女子哭聲，方寐，卻覺簾外人聲往來。最後康生「裸身坐房檐下，引手自摳其舌，極力拔之，出口四五寸，血流吻外，……，

〔註21〕王立：《中國古代復仇文學主題》，長春：東北師範大學出版社，1998 年 11 月，頁 9。

手爪透入舌根，牢不可脱，……，當下連根拔出，斯須而斃。」（卷六，葉十一上）

〈白萍〉故事主人翁為林澹人（簡稱為林生），復仇主體為余白萍。白萍先勾引林生與之相好，但是「林知其異，然對此麗人，殊不畏甚」（卷八，葉十三上），色欲薰心，後友人符生知曉事件始末後，撮合內人之女弟和林生，林生「久聞符內娣之美，族巨而家富」（卷八，葉十五下），欣然接受，是典型的「薄情郎」。

白萍的復仇意圖甚為明顯，首先，白萍復仇的時機選在男女雙方親戚滿堂宴會時，當眾斥責林生是「薄倖人」，且質問林生「兒何負於君，遽以苎菲見遺？」（卷八，葉十六上），復仇手段則更加激烈，「命二嬛褫林衣，折柳枝鞭之數十，更以溪沙覆其陰，置諸石上，而後捨去。」（卷八，葉十七上），此後林生雄風盡失，新婦也外遇了，終身無子嗣，幸祖上積德，以符生一子為螟蛉收場。

〈倩兒〉描寫出復仇主體倩兒生前與堂哥江澄極盡曖昧，但因倩兒妒心，怕婢女春蘭媚惑江澄，防之甚密，致使春蘭心懷怨念，日伺其釁。後春蘭無意窺見倩兒與江澄有接吻之情事，向倩兒的母親王氏告密，導致倩兒當夜投繯白盡，江澄被父親鞭撻數十。倩兒死後化為鬼魂，遇春蘭挾舊怨，復仇手段先是「直前批頰」（卷九，葉三十一下），後又「命江澄褫春蘭褲並淫之，最後取泥土實陰中」。（卷九，葉三十一下）

以上二則在復仇主體的性別、手段有些許共同點。復仇意念皆與情愛、性事有關，復仇手段呈現出對性器官傷害、性能力剝奪，前因後果有著高度關連性。

〈龍大鼻〉較特別，故事前半的主角為董韶，以狐狸精美色相誘展開，後半因龍大鼻為董韶驅趕狐狸精，而躍升為故事第二主角，董韶重要性退居第二。從故看來，狐狸精有五，一白四黑，黑狐之一是復仇主體──春翠，五狐與董韶縱情聲色，但董韶的身心狀態均無任何改變，可推知四狐精並無害人之意。龍大鼻先以李道士之符尋獲失蹤已久的董韶，後又覓得狐穴，欲除之而後快「多取槁木枯枝，填塞穴口，燃火燻之」（卷十二，葉四下），使得五狐倉皇而逃。文中藉由董父之口明確提出「報復」二字，果不其然，春翠在龍大鼻於溷時，向龍大鼻切齒大罵，並極力排擠，導致龍大鼻仰面顛墜，倒置溷中，兩足伸縮，糞蛆無處不有。

春翠後又再次誘董韶盡歡，龍大鼻及時大聲恐嚇，於是春翠再次對龍大鼻展開復仇行動：龍大鼻忽失其所，董韶「聞鼾聲出自一米甕中，甕上覆一瓦盆，泥封甚固，……，急開之，則龍蹲踞其中，周匝皆菜，僅露頭面，撼之始覺」（卷十二，葉六上）。通篇看來，復仇主體事實上並無致人於死之意，與前兩篇相比，復仇主體的性別及原因亦屬同範疇，但復仇意味淡薄許多，戲弄的成分較高。

七、其他

本論文屬性分類以「主體」來分，本屬的主體爲「狐鬼精怪」，之後再按故事情節發展的主線或最突出的主題細分，是故，有些許篇章主體屬狐鬼精怪類，但因篇數較少，無法獨自成爲一類或主題並不明顯，均歸入「其他」，計 13 則。然而本類雖名爲「其他」，但可概略粗分爲三種：異類與人合、異類變形、見鬼實錄，以下分述之：

（一）異類與人合

在六朝時，異類與人相合的主題便能在《搜神記》尋得蹤跡，而屬於本類的有四篇，分別是〈婁芳華〉中的香獐與婁芳華合、〈韓樾千〉中有四女，均不知何物之妖，皆與韓樾千合、〈章似〉與狼女合；另有〈雜記五則〉之二中的狐女憐姐與褚生，此篇較特別的是僅有話言形色流於狎昵，卻終無相合事實，亦歸在此類。

上述諸篇的異類對人類都沒有任何危害之意，多是動眞情，甚至爲此喪失性命，如香獐與狼女，而男子在痛失愛人後的反應均十分悲痛，如婁芳華「眠食俱廢，一個月後病遂不起」、韓樾千「徘徊向夕，大慟而歸」、章似「嚎啕而返，不復再娶……，每詢及女子之事，章悲感之色，猶可掬也」。這三名男子和異物都有過多次的肌膚之親，但卻沒有「日漸尪羸」的現象，並且有上述的情緒反應，與單純建立於「男歡女愛」的關係是截然不同的。

值得注意的是這些異類與男子相遇的情況有一共同點，便是同干寶《搜神記・天台二女》般的情節，男子誤入天台般的仙境〔註 22〕，近似於遊歷型文學，總是遵守著出發——歷程——回歸之基型結構〔註 23〕，作者並且花了

〔註 22〕〈章似〉是章似施從狼女腳步而入仙境。
〔註 23〕李豐楙：《誤入與謫降：六朝隋唐道教文學論集》，台北：臺灣學生書局，1996
年，頁 295～296。

大量筆墨描繪「他界」〔註24〕建築之雄偉，器物之富麗，異類幻化成女子容貌、體態之妍姝，最後幻滅成「荒山流水」、「頑石寒泉」。

（二）異類變形

「異類變形」是一個意義範疇極為廣泛的詞彙，在此稍加定義。廣義來說，只要任何「非人」的「物」幻化成其他任何型態均可屬之，如前類的狼女、狐女均可屬之，但本類將範圍縮小並把焦點只放在「變形」上，屬本類的有4篇，分別〈張老嘴〉、〈戴監生〉、〈陸珪〉、〈鼠狼〉。

〈張老嘴〉中，張老嘴發現一人「面闊尺餘，吻角入鬢」，蹴之，後竟變成一黑雄雞，最後並烹煮佐酒。故事中，「變形」是一瞬間發生的，異類變形前並非純然人形，而是具有其他物種的特徵。

〈戴監生〉則是戴監生聽到有老人與少年對於命和運之課題的辯論，並涉及預言自己並非科甲中人，如此執著，只是自加戕賊，戴監生才明白老人和少年並非人類，並對他們擲磚頭。擲中後，二人「同撲於地，並化為狐」。

〈陸珪〉是一篇典型的物語類作品〔註25〕，物語體小說的特點便是將動物、植物、器物等非人之「物」賦予人的身份，所描寫的是一種擬人化與神怪化相結合的藝術形象與藝術境界〔註26〕。本則故事敘述陸珪在荒野中迷路，借宿在寺中，察覺某僧「形貌奇佹，行復僂蹇」，並被「褐衣三五輩」邀至山樓，私潛跟蹤，看到「靚妝女子一人」，眾人喚其酈三妹、「白衣少年」、「黃衣體重者」、「黑衣長鬣者」，眾人尊稱其熊公、「褐衣奴」、「雙鬟女郎」，眾人對話時曾出一語：「昔胡大師作蜘蛛隱時……。」，談話內容不外是眾人對居安思危的想法，後來有將軍突然來此狩獵，陸珪「如夢初醒」，但又覺如真非夢。隔日得知參戎就是昨日前來狩獵的將軍，得熊一、虎一、猿一、狐狸二、兔三五頭，及白馬一匹。當下對昨日所見了然於心：

> 黑衣者熊，黃衣者虎，僧稱是袁師，即為猿，女稱酈三娘子，則二女為狐狸，三五褐衣奴，即為兔，而白衣少年，女嘲其踣鐵未脫，其為白馬無疑矣。（卷八，葉十上至葉十下）

〔註24〕他界（The other world），泛指一切與現實世界相異、相對的世界而言。諸如天堂、仙鄉、夢境、冥界、地獄等等，皆可以視之為他界。參見葉慶炳：〈六朝至唐代的他界結構小說〉，收錄於《台大中文學報》第3期，1989年12月，頁1。

〔註25〕詹頌：〈乾嘉文言小說作者閱讀視野與作品來源〉，收錄於《蒲松齡研究》，2003年01期，頁150。

〔註26〕薛洪勣：《傳奇小說史》，浙江：浙江古籍出版社，1998年12月，頁53。

這些動物幻化成人形後，仍然保留了本性或特徵，如袁僧體態高大，姓氏恰巧與原形「猿」音同，黑衣、黃衣、褐衣、白衣均和原形外貌熊、虎、兔、白馬色澤吻合，二女妍麗絕倫，恰巧與大部分狐女幻化人形後形象一致；另外也文中點出其他特徵，如白衣「蹄鐵未脫」、黃衣「體重」、黑衣「長鬣」，由此可歸納出：異類幻化後仍保持高度「本性」，所變化的，僅是「外形」。值得注意的是本則故事似前有所本，構思近於〈東陽夜怪錄〉〔註27〕，敘寫元和八年，秀才成自虛於雪夜中投宿於東陽驛南一廟宇中，與僧智高、盧倚馬、朱中正、奚銳金、苗介立、敬去文、胃藏瓠兄弟吟詩夜話，實際上這些「人」的原形分別是駱駝、驢、牛、雞、貓、狗、蝟，眾獸所化之人界詩隱喻身份，相互讚美或譏諷；另外《傳奇》中的〈寧茵〉也有異曲同工之妙，同樣是寧茵夜吟，詩聲招來斑寅、斑特齊飲酒賦詩，翌日寧茵發現門外有一牛、一虎腳印，方之昨日斑寅、斑特是牛虎所化，這也算是同一類的作品。

〈鼠狼〉中，某佐領見裝束如時人的小人十餘個，在他腳邊撿拾食用完畢的羊蹄骨入背後竹匡，佐領跟上述的張老嘴、戴監生一樣，對所見到的異類做出「攻擊」的動作，擊中者倒地滾動，化為鼠狼而逝。從小人化為鼠狼，也可以視為是變形。

上述四篇，除了陸珪外，其餘三位都有主動反擊的動作，事後也安然無恙，但這些異類其實並沒有任何傷人的意圖和行為，反而在作祟一類的故事中，被擾者動輒心驚膽跳，心神耗弱，更甚者有間接死亡的情形，若有主動反擊的行為出現，則下場更加慘烈，兩類故事主體雖然都屬「異類」，但形象卻完全迥異。

（三）見鬼實錄

此類故事的共同點是情節主線為「見鬼」。與本類雷同的是前文提及的「原因未明」的作祟，在此稍做區別。見鬼實錄故事中的主角在見鬼前後，生理、心理均無太大改變，「見鬼」僅只是一個客觀又具體的存在事實；原因未明的作祟故事，類別名稱已點出異類有「作祟」的客觀事實，只是「原因未明」。屬於見鬼實錄的故事有4則，分別是〈清和民〉、〈白衣怪〉、〈鬼哭〉、〈某別駕〉。

〈清河民〉中異類近距離的觸覺摹寫：「兩手環抱甲腰。手如冰，且牢不可脫」（卷二，葉三十九下），〈白衣怪〉中透過主人翁之眼所見「且所至之地，

〔註27〕〈東陽夜怪錄〉卷490，收錄於北宋・李昉等編：《太平廣記・雜傳記七》冊5，台北：文史哲出版社，1987年11月，頁4023～4030。

雨水隨步劃然開數尺，哭哀哀而過。……，其面白如粉，巨口至耳，吻若塗朱云」（卷九，葉三十五下），〈鬼哭〉中從聽覺摹寫著手，只簡略勾勒「三更後，忽有哭聲，越北窗外，類少婦而音甚慘切。……，於月下見一白衣婦人，循牆而西，逕入角門去」（卷十一，葉三十下），但是對於喪家低迷又哀傷的情緒來講，這名婦人的出現更增添毛骨悚然的氣氛。〈某別駕〉中守貞鬼魂「女驟驚，戛然一聲，破窗而去。急起索衣，杳無所見。窗紙如故，衣飾亦亡。」（卷十二，葉十七上至葉十七下）。以上這些見鬼情節，各有不同。清和民對鬼絲毫不畏懼，甚至「主動捉鬼」，似與《列異傳・定伯賣鬼》有些許雷同；〈白衣怪〉僅呈現主人翁眼見的情狀，〈鬼哭〉疑與俗諺「喪門弔客」之說有關，寓意刻畫較深刻的是〈某別駕〉，許氏閨女因訂親對象不幸早逝，許女後抑鬱過度，未嫁而死，死前曾對母言：「兒死亦不下此樓矣，望母勿忘珍愛，勿撤床第，凡夙昔玩習之物，妝奩之具，悉位置如生前。」（卷十二，葉十七下至葉十八上），直到臨終前仍貞烈守志，死後遇外人有輕薄之舉，也瞬間消失，相對於書中其他淫尼、豔狐，形象鮮明，作者和友蘭岩在評點中也給予極高度評價。

第二節　仙道術士之屬

　　第一節論及《夜譚隨錄》中型態多樣的異類及其發展出來五花八門的故事，「異類」在本書佔了極為龐大的篇幅，而本小節轉移焦點，側重於「人」。此人非凡人，而是具有一般凡人不同的特質、技能，多半帶有宗教色彩，且道、術數符籙做結合，而有「仙道術士之屬」此節，《夜譚隨錄》中渡化成仙及幻術符籙類型的故事便歸於此，計有 14 則。

　　原始時代有巫覡可與天地萬物溝通，遇到任何無法解釋的情形多向巫覡徵詢意見，因此古代的巫覡在貴族佔有一席之地，身份崇高。之後，道教興起，方士、道士可以說是承繼了巫覡的角色，並且更加多元化。除了消災、祈福外，更有煉丹、渡化、役使〔註28〕、幻戲等多項功能，鑑於本屬名為「仙道術士」之屬，故最大的共通點就是身為凡人又異於凡人，有著奇特的本事，故納於此。

〔註28〕王國良曾於《魏晉南北朝志怪小說研究》中提及道士：「多通曉法術，能畫符設禁，役使鬼物」，台北：文史哲出版社，1984 年，頁 179。

一、渡化與成仙

　　屬於渡化的有〈賣餅翁〉、〈宋秀才〉、〈周琰〉，文中明白點出成仙的有〈春秋樓〉、〈汪越〉。以「渡化」為故事主線，必須要有一渡化者，通常渡化者有著先知般的預知力、洞察力，能預知受渡化者的本質，貼切的給予受渡化者個性上建議，並且擁有一些特殊技能，以適時引導或協助受渡化者；受渡化者多半限於困境或抉擇，無法突破，最後由渡化者從旁協助，突破盲點，協助受渡化者超脫。

　　〈賣餅翁〉中的渡化者為賣餅翁，後又化為乞丐，無從得知其真實身份。其預知力表現在先是在十年前告知某公有仙骨：「吾觀子神氣清明，非凡品也，會將有一事奉邀，能從我乎？」（卷一，葉四十四上），不久後賣餅翁死亡，十年後竟然又出現在某公眼前，再一次提起某公有仙緣之事：「吾明告君，昔吾所以約君者，以君有仙骨故也。惜君俗緣未盡耳」（卷一，葉四十四下），最後引領某公入仙山，在山中顯露出其身手矯健不凡：「丐乃報罵，縱步如飛，予亦急走相逐，不離跬步，力亦不少乏。指顧間，入一深山，丐攀附滕葛，步履如猿猱之捷」（卷一，葉四十五上），可惜某公塵緣未盡，雖有仙骨，亦有官祿貴命，賣餅翁僅贈『「躁進」不可犯，「勇退」不可忘』一句便消逝無影，消逝的方式也十分特殊：「躍入江中，履水如平地，轉瞬而逝，唯剩江心月白，一望無涯」（卷一，葉四十六上）。綜合上述種種特點將賣餅翁歸入仙道術士之屬。

　　〈宋秀才〉故事內容大體與〈賣餅翁〉相似，僅在情節安排上有所不同。渡化者為一道士，故事對於道士形象勾勒是藉由宋秀才之眼描繪：「醢面重頤，鬚長四尺許，白如雪，宋奇其貌，邀至寓所進酒食，皆不辭。及對酒縱談，語多玄妙」（卷九，葉三十八上），宋秀才欲求「長生之術，道士頗有智識的認為長生之術即「去賓務實」，擺脫七情六欲即可。文中有道士攜宋秀才乘紙鶴遊覽江山的情節，也是出神入化：

> 道士乃於懷袖間，出紙鶴二，以水噀之，暴長如生者。與宋各跨其一，囑勿回顧，以掌拍鶴背，祝曰：「起！」鶴即鼓翼長鳴，飛翔雲表，鶴背安穩如北地冰床。俯瞰下土，歷歷如掌上之紋。（卷九，葉三十八下）

宋秀才於空中遨翔雖曾一度勘破塵俗，但宋秀才未能斬斷妻子情緣，功虧一簣，道士喟然撒手，而宋秀才從高處墜落竟如因風飄葉，毫髮無傷，此又是

一奇。到此渡化結果同〈賣餅翁〉雖未成功，但「自是神仙之事，汲汲求之，不復仕進」，於心靈層面上，宋秀才至少突破了功名利祿的枷鎖。

從以上兩則渡化故事可發現，《夜譚隨錄》對於渡化者的描寫必定會有預知、遠見、奇技三種，揉合三種特質並造出一個超脫於凡夫俗子的奇人角色；另外對於渡化的結果也可發現並不完全採用「圓滿」做結，而是貼切人性，表現出人對於「超脫」與「塵務」間的拉鋸，並從中取得折衷。

〈周琰〉是《世說新語》中的周處自新故事揉合《宣室志・李徵》李徵化虎的作品〔註29〕，而人化為虎的故事其實在更早的〈述異記〉〔註30〕中便有宣城郡守封邵化虎食郡民的故事，封邵民稱之為「封使君」；本書〈陳寶祠〉中亦有「封生」、「封使君」之事，並明白道出《廣異記》載有封使君事。〈周琰〉中道士知道周琰前世是虎，今世因一善念為人，但性情仍暴戾，周琰若繼續魚肉鄉民，秋天將回復虎形。這位渡化周琰的道士，故事中對其的道術描寫背景是周琰欲攘臂而前，揠道士胸口，「道士以袖拂之，顛仆丈餘，伏地不能便起」（卷十，葉三十二上），周琰膽怯，道士贈一言「無他術，靜氣平心，勉為善事，可以挽之」（卷九，葉三十二下）、一藥便去。初始周琰暴戾如故，後皮膚漸露虎紋，方憶起道士之言，服藥後謹遵道士指示，此後改過自新，可謂渡化成功。此位渡化者亦具備預知力、洞察力，知曉周琰的前世今生，並洞察周琰性情難移，除了給予建言並贈良藥；在奇技方面周琰欲攘臂而前，揠其胸，道士以袖拂之，顛仆丈餘，伏地不能便起，此舉剛好挫了周琰銳氣，也間接呈現將道士超凡的道行。

此類渡化故事，實隱含作者勸人向善，勿過度貪戀名利的深意，〈賣餅翁〉文末評點亦可「天下事當作如是觀」佐證。

《夜譚隨錄》中對成仙有描寫的故事並不多，篇幅也少，如〈汪越〉有三千多字，但是關於成仙部分只有短短一句「汝父在世，忠直信義，不修城府，今受帝命為辰龍關土地之神，使人取我暨爾姊爾弟，往享禋祀」（卷五，葉四十一下），本篇故事主要是發揚孝順及果報觀念，待後討論。〈春秋樓〉一則是說某公聚精會神，甚至到達廢寢忘食的地步替春秋樓作記，記寫成後，關聖帝君為感謝某公，延攬某公為幕僚。作者並未採用細筆描寫成仙過程，

〔註29〕詹頌：〈乾嘉文言小說作者閱讀視野與作品故事來源〉，頁148。

〔註30〕北宋・李昉等撰：《太平御覽・獸部四・虎下》卷892引南朝・梁任昉〈述異記〉，上海：上海古籍出版社，2008年，頁6983。

僅以某公自知將不久於人世，「恍然悟，沐浴具衣冠，屏去僮僕，端坐樓上而逝，空中隱隱有音樂聲，逾時始歇，合刹莫不聞之」（卷五，葉四十七下）從整個場景來曉喻某公已成仙。

二、術數符籙

在所指的術數符籙包含有：表演性質的幻術、祛祟的法術、害人的妖術、仙道術士所懷之「異術」。術數符籙實為一中性技能，全憑施法者的一念之間。而這些作品雖添加了大量的想像與虛構元素，但多少反映了清代市井風貌。當百姓遇上了官府、醫生無法解決的離奇事件，便轉向求助於有著神通、法術的「仙道術士」。

《夜譚隨錄》對於這些仙道術士的敘述並不完全平鋪直敘，有些有著凡人——受阻——仙道術士——助人的結構，亦有假借宗教名義，行訛騙、好色，甚至害人性命之實，最後慘遭果報的反噬描寫。《夜譚隨錄》中對於依術數符籙的使用性質中性、良性、惡性均有述之，並沒有特別偏袒，其中中性與幻術、戲法較密切，良性與救助、祛邪較密切，惡性則有濃厚的宗教意味，是頗特殊的地方，以下分別介紹之：

屬於幻術、戲法的術數符籙有兩則，分別是兩道相鬥法的〈潘爛頭〉與具幻術表演性質的〈請仙〉。〈潘爛頭〉敘述潘爛頭以其瘡之膿血少許塗於患者患處，無不瘥，後因遊戲無忌與張真人相鬥法，最後張真人因小怨而致使潘爛頭慘遭毒手。其中對於二者鬥法的描寫十分精彩：

> （潘）乃注水於盆，取竹篾編小舟，如掌大，系以線而引之，至東復西，往來不已。時張之舟已掛帆，乘風破浪而渡，甫能近岸，則為逆風所薄，仍還故處。如是十餘次，（張）竟不得渡。……張環視觀前，指石橋謂其徒曰：「此橋大礙風水，盍毀之？」（潘）其徒曰：「未奉官，勿敢專也。」張曰：「無傷也，吾為爾召役。」亟命鳩工毀橋，未及半，得一白鶴，羽毛未充，引頸長鳴，見人驚舉，飛不逾丈，墜於水湄，視之，斃矣。張乃去。潘自此得病，半月乃亡。（卷五，葉二十九下至葉三十上）

〈請仙〉可歸於表演性質實因故事中直接點出「薦一戲術人來，觀其術，平平耳」、「做戲法，環觀者數十百人」等句。故事完整呈現幻術表演的始末，先是術人炷香焚符，再請二童子俯身，從胯下反視几下圭竇。童子從圭竇間

先後看見兩名女子，並伸手拉之。主人後詢問童子適才所牽引是否爲人，童子亦無所適從，僅言若非術人命之放手，再兩三扯即可扯女至主人面前。這一次的幻術表演給和邦額留下了極深刻的印象，並認爲應該是「障眼法」。

施用術數符籙以救助、袪邪的故事，通常內容中會有求救者，此求救者遭遇到莫名難解的困厄，如〈伊五〉中某貴公之女，爲邪物所憑、〈夜星子二則〉之二中小兒不明原因夜啼，越兩月不癒、〈佟觭角〉中傅九被鬼魂上身，批頰撞頭，自殘不顧、〈王塾師〉中王子「忽患瘮疾，日漸尪贏。易醫數十，藥石罔效」（卷十二，葉三十八下）等，此種困境，皆非官府、醫術之所能，此時求救者或其家屬便轉向訴諸以超自然的方式來解決問題。

《夜譚隨錄》對於術數符籙等作法過程，描寫甚爲詳細，〈夜星子二則〉之二，幾乎用全篇文字詳細的記錄降夜星子的過程：

> （老婦）是夕就小兒旁，設桑弧桃矢，長大不過五寸，矢上系素絲數丈，理其端於無名之指，而拈之。至夜半，月色上窗，兒啼暫作，頃之，隱隱見窗紙有影，倏進倏卻，彷彿一婦人，長六七寸，操戈騎馬而行。捉者擺手低語曰：「夜星子來矣，來矣！」亞彎弓射之，中肩，唧唧有聲，棄戈返騎，捉者越窗引線，率眾逐之，拾其戈觀之，一搓線小竹籤也。（〈夜星子〉二則之一，卷六，葉二十二下至葉二十三上）

> 唯用木作方籠，四麵糊白紙，罨灶上，灶窟內設油燈一盞，燃之，光射紙上。俟小兒啼作，即灶前覆一粗磁碗，碗上橫置一菜刀，踞小凳面灶門而坐。……嫗一手叩刀，噥噥不解作何語。食頃，燈驟暗，紙上隱隱見黑影，往來閃爍不定，或人、或馬、或貓犬，悉彷彿其形。嫗詛咒愈急，燈愈暗，黑影往來愈伙，最後一影，色黯黝，映紙獨眞，止而不動，形頗似槎。嫗急舉刀背，力碎覆碗，舂然一聲，燭中燈忽大明，黑影印紙上不滅，如淡墨所染。嫗舉籠以火焚之，兒啼頓止。
> （〈夜星子〉二則之二，卷六，葉二十三下至葉二十四上）

〈佟觭角〉中先是以威嚇方式驅逐附於傅九身上的鬼魂：

> 佟瞠目視之曰：「何處鬼魅，敢來此處祟人，不實供，即叉汝下油鍋矣！」傅瞠目不言，但吱吱切齒不已。佟大怒，命傾油於巨鑊中，燒柴煎之。油沸，旋捉一鋼叉，向傅面上旋繞，故振響其環以恐嚇之。復叱曰：「不速供，則烹矣！」傅哆口長號曰：「嗟乎，冤哉烹

也！」佟曰：「無故祟人，罪固當烹，何冤之有？」傅倚壁戰慄，計
甚恐怖。佟復振叉作欲刺之勢，喝令速供。傅肘膝投地求免。（卷七，
葉三十五下至葉三十六上）

見成效後，鬼魂自述冤情後願離去卻未見動靜，方知其生前在獄中天寒境瘳，
步履甚艱，求氈襪一雙，佟觭角作法允之：「亟命傅之家人，取白紙糊作襪形，
每隻畫一符，書一氈字，焚之」（卷七，葉三十六下），最後佟觭角憐鬼魂處
境，探囊出一黃紙小會，焚之，將鬼魂收納之，而一陣子後傅九也甦醒了。〈莊
斸松〉有穆薩嘛降狐妖的作法過程，亦為施法現場實錄代表：

穆冠兜鍪，腰金鈴，搵鼓咚咚，口誦神咒，繞園而走。至園後廢樓
前，瞑目仰視。旋棄鼓，捉鐵叉趨步登梯，若有所逐。至牆角，極
力叉之，聞之聲，如犬之被撻然。設鼎鑊，提叉烹之。咸見一黑狐，
大如獾，脫腸而死。（卷八，葉二十一上）

值得一提的是這些奇人高士雖然有著高強的法術，但是和邦額仍賦予這批人
物一些現實的基礎，如：伊五身短貌醜，貧不能自活，本欲自縊於林中，遇
一老人開示並授與符籙之書，盡學之而後助人，扭轉自己前半生悲慘命運，「儼
然素封」是伊五下半生的寫照。

〈堪輿〉是關於青鳥之術也就是堪輿風水之術的故事，參領某征青海卻
遭賊所擄，並械送他到喇嘛處，參領某只求解脫，喇嘛卻未卜先知其回中國
本是定數，並授與參領某青鳥術，後參領某賴以此維生，「宦囊頗裕」是其乞
休歸里後的寫照。王塾師的形象尤其貼近真實生活，不管從職業或從平日作
風，都相當世俗：「家有塾師王姓者，教授有年矣。往往作戲術，頗奇幻；偶
一炫露，漸為家人所知。」（卷十二，葉三十八上），由其戲術過程來看，應
是使用了搬運法：

（王）乃覓一籃子，命館僮提之，閉目繞地而走，僮且走且作摸魚
狀形。有頃，王曰：「止！得之矣。」果得一魚，長尺許，撥刺籃內。
烹食之，味極鮮美，眾詰館僮何來此魚，則云：「在水中摸得耳。」
或又思市賣餚饌，王即取錢如價，置籃中，仍命僮閉目行。隨見多
品在籃，烹飪之美，如初出鑊者，熱爍唇齒。（卷十二，葉三十八上
至葉三十八下）

王塾師除了變戲法外，也曾使用法術讓自己靈魂出竅深入冥司，以探求小王
爺的病源之前因後果，並成功治癒。可惜最後因王常炫露法術，招致術亦精

湛大如牛的黑物較量，二者較量過程惟聞蘆荻中奔騰迅蹂，或見白光亂鬥，橫若掣電，旋若匝火，如數百金戈鐵馬之聲。翌晨視黑物身中萬箭，伏地不動，王赤身僵臥潭邊，鬚眉毛髮皆盡，待王甦醒後詰問其故，方知殺黑物之箭均爲王鬚眉毛所化。這則故事從三個不同層面來呈現王塾師的法術高超，由氣氛由輕鬆到緊張，由家常到決鬥，循序漸進，並且寓含樹大招風的警戒意味，此種在根植於現實基礎上的超自然神秘性書寫方式，更能增加小說的娛樂性。

如前文所言，術數符篆爲一中性技能，助人或害人，端看施法者一念之間。在《夜譚隨錄》中，可以同時看見這批仙道術士的良善面與邪惡面。同樣有著高強的法力，實則姦淫、盜騙的僧道不在少數。清太宗及乾隆均曾頒管制令〔註31〕與佈禁令〔註32〕以遏止不法之徒打著宗教幌子而行招搖撞騙之實，因此《夜譚隨錄》中這批招搖撞騙甚至傷天害理的奇人僧道們，可以說是眞實反映出當代社會的弊病。

〈詭黃〉一開頭便點出這是一則頂著宗教光環，行姦淫女子之實的故事：

> 以所爲詭秘有邪術，往往以術致良家婦女於幽僻之處而淫之，不啻
> 什伯，故人皆稱之如此。……，黃偶遇之於佛會，神爲之往，乃僞
> 爲星士，得其生身甲子，黃夜作法，致之於書齋，恣意淫媾。興闌，
> 仍以法遣之去。（卷二，葉四十一上）

詭黃不僅淫人妻女，對男色也有偏好，豢有男寵。男寵想如法炮製淫詭黃妻妾，最後姦淫得逞法術卻失靈，妻妾裸臥於市，爲游人所見，可謂現世報矣。

另有一則故事，篇名即爲宗教名：〈白蓮教〉，內容敘述當時湘漢一帶，胎婦被剖者甚多，究其原因竟然是「白蓮教妖人之黨，取小兒心肝者，亦行持邪術必需之物也」（卷十一，葉二十九下），文中描寫對於妖人施法，剖婦取小兒心肝的情節有著逼眞的描寫：

> 其人戟指閉目，口中喃喃似有所詛，隨以手指婦背者三，婦忽蹶然
> 而起，向其人赤身長跪。其人開布囊，出一小刀，剖腹取胎，破胎
> 取子，復剖子腹取其心肝，貯小磁罐內，納裹囊中，背負之徑出房
> 去。婦屍隨撲床下。……，即奪一罐開之，見鮮血滿中，腥氣觸鼻。

〔註31〕詳參清・覺羅勒德洪等奉敕修：《大清太宗文皇帝實錄》，台北：華文書局，1964年，頁146～147。

〔註32〕詳參清・覺羅勒德洪等奉敕修：《大清高宗純皇帝實錄》，台北：華文書局，1964年，頁148。

> 取器傾視，盡小兒心肝，數之得七罐，尚空三罐。（卷十一，葉二十
> 七下至葉二十九上）

白蓮教徒犯下刳剖孕婦，破卵傷胎等令人髮指的罪行，原因居然是小兒心肝
修煉法術之必需品，相當荒謬。此外，本則對於該名教徒教徒持有法術也略
有描寫；情況是當眾人發現該教徒身懷小兒心肝磁罐數枚後詰問之，該教徒
據實以告，眾人怒之，競揮老拳，竟發生奇特情況：

> 其人忽瞑目大叱，眾拳到處，如觸木石，指節損破。主人大驚，倉
> 卒間急提一罐，自其人頭上傾之。其人連作恨聲，曰：「罷了！罷了！
> 莫非數也。」眾復毆之……（卷十一，葉二十九上至葉二十九下）

由內容可見小兒心肝是行持邪術的必需品，也是破邪術之物。在歷史上確有
白蓮教，且多次組織農民起義，其中一次就是在清代嘉慶元年的川楚白蓮教
之亂（1975～1804）。白蓮教由南宋的蓮社演變而成，到了清代演變爲反清的
秘密組織，並有許多支派，倡言「日月復來」，故長期受到清統治者的鎮壓，
視爲「邪教」。雍正、乾隆兩朝，皇帝一再諭令地方大臣查禁「邪教」，從諭
令中可以看出官方眼中的白蓮教在當時的活動情況及官方立場：

> 湖廣、山東、河南之省常有邪教之事，豫民尤愚而易誘，每有游棍
> 僧道，假挾治病、符咒諸邪術，以行醫爲名，或指燒香禮斗，拜懺
> 念經，求福免災爲詞，哄動鄉民，歸依其教。……倘邪教有據，嚴
> 挐究辦，務盡根株。（乾隆四年十二月下）〔註33〕

可見白蓮教確實以宗教名義行作亂之實，《高宗純皇帝實錄》中上有其他相
關記載，但多半不出此類範圍。史冊記載清代時白蓮教受官方鎮壓，並以
邪術治病、念經求祈福消災等來吸引市井百姓加入，但卻從未見過類似《夜
譚隨錄》中記載的刳婦傷胎取小兒心肝以練就邪術等事，在此僅可以得知
白蓮教在清代的影響之廣，間接影響到小說〔註34〕，並反映出當代社會現
實。

　　〈雙髻道人〉一則是敘述呂驊與二妹甚迷信符咒之事，雙髻道人先是略
施小計取得呂驊信任：

〔註33〕清・覺羅勒德洪等奉敕修：《清實錄・高宗純皇帝實錄》，台北：華文書局，
　　　　1964 年，頁 385。
〔註34〕袁枚的《子不語》及蒲松齡的《聊齋誌異》都有〈白蓮教〉的故事，其中《子
　　　　不語》與《夜譚隨錄》二書故事雷同，《聊齋誌異》是另一個故事，大意仍不
　　　　離白蓮教徒會使用法術，能將人變成豬，也能編草爲舟等。

道人令閉目，去其履襪，以指蘸唾書符於兩跖，喝曰：「起！」便覺兩耳風濤沟湧之聲，一食頃，足已踐地，開眼見白雲滿衣，罡風砭骨，蓋已立五峰絕頂。……驊不覺自投於地，涕泗交流，千萬首肯。

（卷十二，葉二十上至葉二十下）

之後以傳授「奇術異法」為由，入住呂驊家後園，接著用「使二仙姬懷聖胎」的說法淫二妹。半年後，呂驊雖然能使些法術，但是面色卻「日漸青白，二目瞠然」，呂驊妻妾便效仿《孟子·離婁下》中的齊人妻妾暗地跟蹤呂驊及二妹，卻意外發現有六七人在密謀叛逆之事，事後發現這些人都是「髑髏」、「僵屍」，最後呂驊、雙髻道人被燻斃，二妹被雷殛，背有竟朱書曰：「左道惑眾，妖人呂氏」。整則故事除了呈現出雙髻道人的惡行外，也點出呂驊和二妹的愚執，替自己惹來殺身之禍。

從上述內容可發現《夜譚隨錄》中關於將術數符籙用於負面的故事總伴隨著濃厚的宗教意味。從清代統治者的立場來看，對於宗教的態度並沒有很開放，甚至對於某些宗教抱持著打壓態度，將之視為異教、邪教，上述的白蓮教即為一例；而和邦額雖然於《夜譚隨錄》中揭露出清盛世下的真實面貌，甚至暗諷當代不平的事件，如陸水部、某王子等篇，以表達心中之不滿，但和邦額仍是滿人，在宗教立場這一塊所秉持的立場是同清代統治者的。和邦額將白蓮教故事寫入《夜譚隨錄》中，而這個故事卻是帶有負面性質的，又小說是通俗性極高的載體，此舉間接便能擴大發揮清統治者對於祕密宗教打壓的效應。

第三節　異聞軼事之屬

和邦額在《夜譚隨錄》自序中曾言「談虛無勝於言時事」，這樣的說法對一本志怪小說集是符合邏輯的。細覽內容，全書絕大部分的故事都帶有著志怪的成分，而這些志怪故事有些僅以體裁短小精鍊的「筆記體」呈現，著眼於奇物怪事本身的記錄，如〈大眼睛〉、〈三李明〉等，但是有更多志怪故事「前敘事緣，後發議論」，從奇物怪事中引出生活的哲理或對世事的感嘆〔註35〕，如〈梨花〉、〈袁翁〉等，這些故事帶有濃濃的傳奇色彩，表面上披著引人入勝的玄妙面紗，但背後卻隱含更深層的意義，或而針砭時

〔註35〕方正耀：〈和邦額《夜譚隨錄》考析〉，收錄於《文學遺產》，1988年第3期，頁107。

事或而反映出世態炎涼，一反歷來神怪小說作家「發神明之不誣」的寫作態度。和邦額所秉持的是「志怪而不悖其理」，也就是在小說創作中務求「傳奇性」與「眞實性」可以相互協調整合〔註36〕。

　　本小節異聞軼事之屬包羅萬象計有21則，以下略分兩類，其一是「前敘異聞軼事緣，後發議論」的「言時事」，其次是「著眼於奇物怪事本身的記錄」，歸類於「談虛無」。

一、言時事

　　此處的「言時事」僅是爲了與後文著重於記奇物怪事的「談虛無」做區分對照，並非絕對的言時事而無奇異色彩。奇異並不等於靈異，在此所謂的奇異是指難以理解、無法解釋、稀有罕見等特質，也就是和邦額在自序中所說的「世人於目所未見，耳所未聞，一旦見之聞之，鮮不爲怪者，所謂少所見而多所怪也」（冊一，葉一下）。歸於本類的故事，多半篇幅較長，採「傳奇體」創作，以現實事件爲基礎，共同特點是爲人津津樂道，但均帶有批判當代世風意味，符合和邦額的寫作態度「當求其理而不必求其怪」。屬於本類的〈梨花〉、〈米薌老〉、〈袁翁〉，以下分述之：

　　〈梨花〉一則並無任何靈異成分，但卻情節跌宕，是時人茶餘飯後的話題，因故事一開始便點明發生地點在「京師時雍坊，有以十歲女來鬻者，孝廉舒樹堂以錢三十千得之」（卷一，葉十七上），又恩茂先、介夫置身於故事中，不僅強化故事的眞實感，也間接反映出當代現象，故歸於本節。故事一開始先是極力鋪陳梨花之慧黠妍麗，但是介夫卻目睹怪狀：

> 見一女子出船邊，立而溺。雖隔兩船，而月光朗映，陽具彷彿甚偉。審諦女子，則梨花也，心竊異之。……，顧船是公子之船，人是梨花之人，而陽具則又居然陽具也。此疑團終難打破。……，介夫怪而詰之，張（姓老僕）曰：「……，丫頭梨花，人雌而聲雄。此吾之所不解也。」（卷一，葉十八下至葉十九上）

張姓老僕甚至認爲梨花是妖怪，最後驗明正身，舒公憐梨花有苦衷又潔身自愛，故事以梨花「擁美妻，獲厚利」做圓滿結局。

　　梨花伴伴女裝的苦衷是因「曩歲迫於饑寒，父母鬻子謀朝夕，是時女價十倍於男，故作此弊，以求多售」（卷一，葉二十上），此句點出了即便在和

〔註36〕戴力芳：〈和邦額評傳〉，收錄於《廈門教育學報》，第6卷第1期，2004年3月，頁29。

邦額身處的康雍乾清朝盛世下仍有陰暗面存在，也間接反映出滿人眼中的清朝盛世。

同樣提到「人口販賣」的故事還有〈米薌老〉，內容是寫：

> 康熙間，總兵王輔臣叛亂，所過擄掠，得婦女，不問其年之老少、貌之妍醜，悉貯布囊中，四金一囊，聽人收買。（卷三，葉三十九上）

交易的過程也有所描寫：

> 原民米薌老，年二十，未娶，獨以銀五兩詣營，以一兩賂主者，冀獲佳麗。主者導入營，令其自擇。米逐囊揣摩，檢得腰細足纖者一囊，負之以行。……叟自述：「劉姓，蛤蟆窪人，年六十七，昨以銀四兩，自營中買得一囊人，不意齒太椎……（卷三，葉三十九上至葉三十九下）

後來發生「老翁配少女，青年配老嫗」的妙事，故亦歸爲本類。本則故事和〈梨花〉有著圓滿的結局，但是這兩則異聞軼事爲人津津樂道的背後，也相同透露出清朝盛世由盛轉衰的痕跡。和邦額身爲京師滿州作家群之一，是目睹歷史的「在場者」，爲了表達對於現實生活的感觸，他採「反應現實社會道德走勢」的小說創作〔註37〕，這一點可以在此獲得證實。

〈袁翁〉是寫袁翁在困潦倒之時，在當鋪被人羞辱，誓約苟有發跡之時，一定要開當鋪，連當鋪最忌諱以死孩兒典質也照單全收。誓畢竟出現意外之財，從此一帆風順也守信開了當鋪。彼時的當鋪主人在袁翁當鋪開市之日特覓二死孩兒前往典質，袁翁信守諾允之並安葬之，下葬之時又再次掘得意外之財，此後兒孫滿堂皆上達仕途，亦是一圓滿結局。〈袁翁〉歸類到異聞軼事類是因爲前後出現兩次意外之財，一次是他窮困潦倒向上天號泣一生所行之事，皆問心無愧，另一次是他信守承諾並秉持善心葬死孩兒，最後福延子孫。但若從另一角度審視，當鋪主人的態度，顯示了人情險峻、世風日下的社會現實。

以上三則故事的本質是嚴肅的，但是和邦額卻以調笑的態度創作並賦予圓滿結局，也可以認爲是旗人特有的樂觀性格標誌之一〔註38〕。

〔註37〕 關紀新：〈杖底吼西風，秋林黃葉墜——清代滿州小說家和邦額與他的《夜譚隨錄》〉，收錄於《海南師範大學學報（社會科學版）》，頁10。

〔註38〕 管謹嚴：〈《夜譚隨錄》對清中期京旗生活的描畫〉，收錄於《民族文學研究》，2008年3期，頁136。

二、談虛無

　　和邦額在自序中曾言「喜與二三酒朋，於酒觴茶榻間，滅燭談鬼，坐月
說狐，稍涉匪夷，輒爲記載，日久成帙，聊以自娛」（冊一，葉一下至葉二上），
可以視爲《夜譚隨錄》成書的動機，在〈雜記五則〉有「予與諸同學偶談及
狐怪，擇尤者五則，記之」（卷四，葉十四下）之言，在〈請仙〉中也表明自
己喜歡讀志怪小說：「予閒覽《太平廣記》及誌異諸書，其所載怪異之事，不
勝枚舉」（卷八，葉二十八上至葉二十八下），甚至在〈市煤人〉開頭云：「見
一人……，怪而詢諸將軍。將軍曰……，乃煮酒設饌，爲予詳述之」（卷十一，
葉二十三下至葉二十四上），表明自己對狐鬼奇異之事有著高度濃厚的興趣，
文末也以「志怪之書」自居，因此本書以狐鬼精怪爲主體的故事佔了相當大
的篇幅，其次便是純粹對於奇物怪事的記錄佔了大宗。這些記錄多半採「筆
記體」，有時以敘述奇異事物本體爲主，有時以營造事物奇異氛圍爲主，描寫
簡練凝賅，甚惜筆墨，時有給予讀者想像空間的寫法，計有 16 篇：〈龍化〉、
〈李翹之〉、〈某僧〉、〈王京〉、〈大眼睛〉、〈栢林寺僧〉、〈塔校〉、〈呂琪〉、〈陳
守備〉、〈高參領〉、〈那步軍〉、〈地震〉、〈紙錢〉、〈三李明〉、〈瓦器〉、〈巨人〉，
以下將內容擇要以表格示之：

▼表 3-4：《夜譚隨錄》談虛無類型故事歸納表

篇　名	故　事　概　要
〈龍化〉	李高魚目睹龍之變化：黑紅二物如細線追逐之，後入壁上古劍鞘中，後落下鱗數片，鋒刃、劍鞘盡穿小孔，密如蟲蛀。
〈李翹之〉	李翹之目睹菩薩寶相、琉璃世界，頃之始隱，詢之同人，悉蔑之睹也。
〈某僧〉	有人誘某僧爲之龍陽，某僧不拒，上人聞而責之：「此間不可復居矣」，某僧承師命，至日，房中寂然。視之，已化去矣。
〈王京〉	王京遭炮震，皮膚如墨，而兩目獨炯炯，纓帽直飛去十五里外，竟完好不毀。雖妻子亦不復識，無論親故。七情俱昧，不言不笑，亦不行立，但能坐臥。每見人來探，或獨居一室，輒舉手向天，張口作炮聲云：「轟！」
〈大眼睛〉	雙豐將軍，夜坐讀書。忽見一物，類蝙蝠，直撲燈來，急以手格之，拍然墜地。化一大眼睛，闊數寸，黑白極分明，繞地旋轉不息，久之方滅。
〈栢林寺僧〉	寺僧失藏金之處，終日失神，寺中淤坑竟出蝦蟆緊抱荷囊，眾人忽憶某僧失金事，持以示之，僧乃蹶然而興，蝦蟆倏不見。

〈塔校〉	塔校目睹月影中有黑物一段，長七八尺，闊三四尺，倏縮，有聲啾啾然。塔就觀之，則飛去不能審諦，乃以石擊之，紛然四散，盡作小旋風，狀濃黑色，羊角而起，至人家屋簷下，遂不復見。
〈呂琪〉	呂琪聞井中有聲不絕。憑欄而窺，見井中水中有紅丸，大如彈子，約數十百點，光明如火，向上競相跳躍，次日得隔年桂子數十枚，鮮赤如新，琪即戲以井水服之，琪後至九十九歲，終身無疾病。
〈高參領〉	高參領與林某比拳，相搏甚久，後人勸停，兩人乃止。後眾人始悟交手時，林齒已中高拳，故高之無言，林之閉口，各已默喻之矣。十餘年後，高不及迴避，為馬頭所觸，正中口齒，落十數枚。
〈陳守備〉	陳守備得一古寶鏡，提督索之不成欲坑之，陳憂忿成疾目雙瞽，後為婿盜去，不知所終。
〈那步軍〉	那步軍於三更見二青衣人，驅鴨數百，欲過柵南去。過柵欄若無阻礙，自是小兒多患痘疹，百無一生。
〈地震〉	一小兒啼不止不欲入茶肆，曰：「今日各肆賣茶人，及喫茶人，皆各頸帶鐵鎖，故不欲入。且今日往來街市之人，何帶鎖者之多耶？」次日地大震，人居傾毀無數，凡小兒不入之肆，無不摧折，竟無一人得免。
〈紙錢〉	景君祿半夜返家途中，倏見二粉蝶，定睛一看，則二紙錢也。無風卻旋轉對舞不已，景好事，追紙錢，越兩年後死。
〈三李明〉	鍾秀逢難三次，均為李明所救，三李明不同人卻同姓名。
〈瓦器〉	某佃戶墾田時得瓦器一窯，緣口綴磁珠如雞頭人，佃戶觸落十餘枚，越宿完好如故。陳扶青先生試之，果然，深以為怪，覆命葬之。或有言：「鑿而復完，必聚寶之物。」再命發之，不可復得。
〈巨人〉	有村氓十餘輩，聚飲月下，倏有旋風自北來，忽停吹不動，形如浮圖。但聞聲震如雷，化為巨人，白衣白冠，手持白幡，向眾一揮，仍為旋風向南去。伙中有三人，一持觀音咒已三年，一不食牛肉，一大醉熟睡。遲數日，十餘人接踵暴死，唯三人無恙。」

以上篇章，以〈三李明〉篇幅最鉅，計有 550 字，其餘均在一兩百字左右，〈大眼睛〉最短小，僅有 65 字。這些故事著重於「罕聞罕見」、「難以解釋的巧合」層面，但是這些類型的故事有些仍有批判意味，如〈栢林寺僧〉中的佛僧，本應追求六根清靜，卻專心致力於積聚財物，甚至化為蝦蟆尋找遺失的財寶，在《夜譚隨錄》中，可以看到和邦額對於宗教中立又矛盾的態度，對於佛、道、薩滿均有論及，不絕對支持也不絕對排斥，既相信因果輪迴、神仙方術，對於道士、僧侶又持理性態度。〈陳守備〉則蘊含道家「福禍相倚」的觀念；〈巨人〉中，倖免於難的三人分別為持觀音咒者、不吃牛肉者、酒醉酣睡者，可見誦咒戒牛的行為是受到肯定的，至於酒醉酣睡的行為，蘭岩評曰可能是連冥間都唾棄這樣的行為。

第四節　勸善懲惡之屬

　　中國的志怪小說特別具有勸善懲惡的社會教化功能，最常使用的手段便是因果報應觀的呈現。因果報應是來自佛教的觀念，包括了「因果報應」、「生死輪迴」，合成業報輪迴的基本內容。業，有善、惡、無記三種性質，眾生按照業因的善惡得到相應的果報。果報依時間點又可分爲三種：現報，現報者善惡使於此生，即此身受，《夜譚隨錄》中的果報故事多半屬於此種；生報，指來生受報，〈再生〉一則即是此類；後報，指經過二生、三生、百生、千生，然後乃受〔註39〕。佛教的因果觀有很濃厚的道德色彩，傳入中原之後，便與中國儒家的立命觀、道家安命觀和陰陽家的窺命觀三種中國傳統的面對命運態度一拍即合〔註40〕，並被納入鼓吹道德、移風易俗的說服策略。因果報應不僅是小說喜用的題材，其已成爲小說情節組織的一部份，成爲勸善懲惡的一種手段，因此「因果報應可說是宗教賦予中國傳統小說的金科玉律」〔註41〕。

　　《夜譚隨錄》中勸善懲惡的篇章不在少數，可分爲善報、惡報、輪迴、單純勸誠數種，區分善惡報的標準是道德的行爲，偶有夾雜神道設教念經崇佛的的內容。果報與勸誠常互爲表裡，難以區分，無論善惡報或輪迴，都帶有勸誠意味，而輪迴可以視爲是善惡報的一種方式，因此上述種類無法截然劃分；有若干篇章僅帶有勸誠意味，而無果報內容的描述，在此一並歸入勸善懲惡一類，計有 24 則，此點宜先辨明。以下便略分爲果報、勸誠兩大類論述之：

一、果報

　　《夜譚隨錄》的因果報應理論基礎是「善有善報，惡有惡報」，因此本類分爲善報、惡報兩部分說明。在善報部分，《夜譚隨錄》呈現出助人義行、與人爲善、修身養性三種原因可致獲善報；貪財、貪色、殘暴三種行爲將導致惡報降臨。

〔註39〕尹飛舟等著：《中國古代鬼神大觀》，南昌：百花洲文藝出版社，1992 年 5 月第 1 版，頁 467～471。

〔註40〕王溢嘉：《命運的奧義》，台北：野鵝出版社，1993 年 7 月初版，頁 29～49。

〔註41〕周策縱：〈傳統中國小說觀念與宗教關懷〉，收錄於《中國小說與宗教》，香港：中華書局，1998 年，頁 6。

（一）善報

有善行，才可能會有善報，屬於本類的有：〈慳子〉、〈再生〉、〈孝女〉，其中〈新安富人〉中清楚呈現了因果報應的必然性，完全體現了「善有善報，惡有惡報」的觀念，故以下會分別陳述於善、惡報部分。討論「果」前，必須先明白「因」，《夜譚隨錄》中致獲善報的善行有助人的義行，與人為善，如〈慳子〉中的慳子對主人直言不避，始終如一，對主人忠心耿耿，對於即便主人獲罪下獄仍不離不棄，且有拾金不昧的行為，如此義行，慳子的善報是「衣裘羊馬，金十兩，塞外王侯，皆加殊禮，……，壽至九十，無疾而終」（卷三，葉三十六上至葉三十六下），並於文末直接點出此為「忠義之報」。〈再生〉中的某翁有著「遇有橋樑道途朽敝泥淖者，則出所蓄資，極力修補，數十年如一日也」（卷十，葉四十上）的善舉，某翁的善報採的是輪迴的方式，投胎後仍保有前世記憶，生於富貴人家，擁資千萬，母愛之如掌珠，文末亦點出是「善人之報」。

除了助人義行，與人為善之外，個人也可以藉由修身養性的努力來扭轉危機，獲得善報。如〈孝女〉中的某女，因孝性篤厚，聞山頂娘娘最靈驗，俟病父寢後，「則潛於院中，持香一炷，計其里數，繞院而拜」（卷八，葉二十六上），日夜不輟，半月有餘，最後，父病癒百歲令終，中涓魏公收某女為義女，一家獲得溫飽，某女妝奩不下千金，婿家緣此，累世為富商。〈新安富人〉中的富人性貪淫殘忍，又交結官府，人多畏之，有一妻一子一女。山神曾預告女兒果報將禍殃全家，但因「大士以汝母日誦經咒，繡佛長齋，發大慈悲，令解汝難」（卷十一，葉十九上），後女而果遭凶險而順利脫困，返家後秉告其母，「嗣此戒律愈嚴，女亦信心奉佛焉」（卷十一，葉二十一下），最後作惡多端的富人與兒子皆遭現世報喪命，母親和女兒安然無恙。

以上這些善行都符合道德規範，並採取即時又具體的回饋，可以強化讀者行善，有助於社會教化，並肯定了人性中積極的一面。

（二）惡報

「多行不義必自斃」可以說是惡有惡報的最佳寫照。會遭受惡報，大部分都是與道德倫常抵觸的行徑，尤其是個人行為不檢點以及傷及無辜甚至傷害他人等等，這些行為若從因果報應的觀念來說就是「傷陰德」。

在《夜譚隨錄》中遭到惡報的故事也佔了不少篇幅，分別是〈張五〉、〈棘闈誌異八則〉之一、二、四、六、七、〈某太醫〉、〈韓生〉、〈護軍女〉、〈屍異〉、

〈貓怪二則〉之二、〈某王子〉、〈梁氏女〉，大部分是現報，少部分採投胎輪迴方式受報，亦有禍延子孫者，是為生報，較特殊的是〈棘闈誌異〉八則中有四則都是遭到惡報，並寓含和邦額所想表達的深意，容後再論。

在這些遭受惡報的故事中，可以概分出兩種令人譴責的惡行，分別是貪、暴。貪可以分為貪財和貪色，先敘述貪財部分：〈張五〉中的知縣「貪財好色，濫殺酷刑」，兼具貪財、貪色與殘暴三種惡行，最後被鬼差勾走；〈棘闈誌異〉之二中的俞生在考場中三登藍榜便是因為「先祖任某縣令時，曾受賄二千金，冤殺二囚，為大罪惡，陰報當斬嗣，……，五世不得溫飽」（卷六，葉三下）；〈棘闈誌異〉之七中的蔡生曾侵佔老僕寄放的財物，並推卸責任，導致老僕自縊，最後在闈場中「親筆備錄其事於紙，自述昧心蔑理，罪不可逭，解帶自縊於黃茆白葦中，……，帶環去喉寸餘，不解何由至死」（卷六，葉十五下至葉十六上）；〈某太醫〉中的太醫每看診一次就寫一藥方，「不論效不效，例奉千錢，否則不至也」（卷八，葉三十一下），亦不顧病者之望眼穿，非日晡不到病家，最後生一子來「索債」，視父母為寇讎，看錢財如糞土，致使家道中落。

貪色惡行的部分，不限性別或有無實際傷人舉止，有〈韓生〉中的韓某莫名死亡，「唯陰囊腫起如豬脬，陽具青黑，堅硬如鐵，自臍下中分一線，直至肛門，紅似胭脂」（卷三，葉四十二下），後來才得知該生生前漁色無厭；〈護軍女〉中，隔鄰惡少見護軍女獨自在家，竟鑿牆穿孔欲調戲護軍女，護軍女先以言語誘騙惡少，待惡少上當將勢納入牆孔中，護軍女以鬢釵貫之，並即刻回房置惡少哀嚎若罔聞，待家人返家後再處理。雖然主角為護軍女，但一切事均由惡鄰色念所起，最後自食惡果，實涵有勸誡之意；〈屍異〉是則公案故事，因一連串的陰錯陽差後，最後竟莫名揭發另一樁妻私通惡少，並以釘殺夫的命案，可謂「初不意如此發覺，誠為天網不漏矣」，是很典型的現世報；〈棘闈誌異〉之一的常熟某生以媚藥入酒，強柳生盡一巨觥後玷汙之，導致柳生次日投繯，而常熟某生最後在鄉試第三場前被人發現縊死屎號中；〈棘闈誌異〉之四中的康生因慕使女小蕙，然小蕙已屬意文炳，康生竟對主人單氏密告二者私通，致使小蕙慘遭毒打斃命，後康生入棘，於夜半時突然發狂，並引手自拔其舌，手爪透入舌根，牢不可拖，斃之；〈棘闈誌異〉之六中的監生潤玉常偷窺尚書之女，後女出閣，潤玉無法再窺，竟冥想該女私處，後入字號，夜夢一人抉其目，痛甚而寤，遂繳白卷而出，但當時曾正言斥潤玉者則

已魁列；〈新安富人〉中的富人生性貪淫殘忍，曾臨時起意捉女入林欲汙之，有客附庸爲虐者劉姓者，將該女子縛其手足，裸捆於石上，使主客僮僕遞淫之，後女不能任死於林中。富人不信鬼神地獄之說，仍恣意橫行，最後該女魂魄於夢中索命，富人暴斃，劉某亦自殘而死。先前曾提到的〈詭黃〉也是貪色招致惡報的典型，使邪術淫人妻女無數，最後妻妾被玳官所淫並裸身曝市。

殘暴惡行部分，如〈貓怪〉之二中，藉由一隻能言人語的貓點出某筆帖式「出知二州，愈事貪酷。桁楊斧鑕，威福自詡。作官二十年，草菅人命者，不知凡幾」（卷六，葉二十九上）的惡行，並反諷該筆帖式爲獸心人面，人中妖孽；半年後家族大疫，幾殆滅族；〈某王子〉中的某王子殘忍至極，全文花了四分之一的筆墨來描述其暴行：

> 媵侍小有過，輒燒鐵裩衣烙之，或將未爐煙灰置其掌中，灰爐皮焦而後已；不容轉側，苟不隱忍，則非刑復更矣。貓犬稍不愜意，貓則縛四足於四犬，鞭之四走，以分其體；犬則用四驢或四馬，蓋仿古車裂刑也。嘗設巨鑊於殿中，沸油滿之，捕燕雀蝙蝠生煎之，俾焦黑，蘸椒鹽以佐酒，逐一下箸，數十枚不厭也。（卷十，葉三十七下至葉三十八上）

某王子死後備嚐地獄之苦，陰譴定其托生爲驢，其母陰賊悍妒亦托生爲一瘦而禿尾的牝驢，閑齋評點「夫福善禍淫之理，毫髮不容假貸也」（卷八，葉三十三上），並言之鑿鑿因果、托生之事必不誣；〈梁氏女〉中梁氏女爲繼室，日夜虐待前妻所生子女擊刺熨烙，體無完膚，後前妻鬼魂現身並上梁氏女身，梁氏女自批其頰，此後精神失常，往往自褪其衣，令兒女極力撻之，方以爲快，最後燒火筯，自烙其陰大叫快活而死。

《夜譚隨錄》中的善惡故事，常常都會賦予善有善報，惡有惡報的明確結局，而現報是最具勸善懲惡效果的方式，也最能深入人心。果報的方式相當清晰，多半是因果關係的相對補償，若逞言就受拔舌根之報；若淫人妻女，則自己的妻女便被淫之；若鞭笞他人，則受己身箠楚之報，給予當事人具體可見的懲罰。

〈棘闈誌異八則〉在一開頭便云「果報之異，在在有之，而見於棘闈者尤著」（卷六，葉一上），原因是將因果報應之說，鎖定讀書人爲對象，並以考試結果威嚇讀書人，一方面可以彰顯國家取士重德行的用意，另一方面表達「墮行喪德之徒」並沒有取功名享富貴的資格，即便他們進入考場也會遭

到淘汰，因此故事都會交代這些舉子曾有過哪些惡行導致惡報，在第八則閒齋的評點曾言：

> 棘闈之地，國家設以取士者也。墮行喪德之徒，冥報昭然，毫釐不爽。如是，何關節懷挾者，猶敢於光天化日中，行險以僥倖哉？（卷六，葉十七上）

便是此想法的最佳註腳；此外，通常這些舉子遭惡報時，通常會傳揚附近字號，其他考生或而目睹或而聽聞現場的吵雜聲，也有因被貼藍榜，落得全盤皆知的下場，這樣的安排讓舉子的醜事公諸於世，從積極面來說是強調「愼獨」的君子精神，從消極面則是彰顯報應的可怕，讓人引以爲戒。

　　以上這些遭受惡報的起因於受害者遭到不平等的傷害，加害者卻沒有得到法律的制裁，不符合公平正義的餘則與善惡報應的邏輯，在此體現了和邦額強烈的正義感，但也間接反映其缺乏其他更有制裁力量的無奈；藉由惡人受惡報的故事可滿足市井百姓無力伸張正義不滿的心態，適時修補公平正義的平衡，又可彰顯報應的必然性，達到勸善懲惡的目的。

二、勸誡

　　中國的志怪小說特別具有勸善懲惡的社會教化功能，可以說是儒家思想薰染的結果。儒家思想具有濃厚的功能導向與實用主義的色彩，作家們在擷取世間鬼神靈異、光怪陸離的素材時，總是希望嘗試導向有益世道人心的方向，進而增進社會或個人的福祉〔註42〕，和邦額作《夜譚隨錄》本以「理」字爲主要核心，怪之所以爲怪，是因「少見多怪」，故「有其事必有其理」。在勸善懲惡的篇章中，理字可以解釋爲「道理」、「道德」、「準則」之意，前文所提的善惡報，實皆蘊含「勸誡」深意，但有另一類型的故事主人翁的行爲不至於令人髮指，但卻深足警世，故另闢勸誡類歸納之，屬於本類的有〈蘇仲芬〉、〈維揚生〉、〈閔預〉、〈陳景之〉、〈驢〉、〈薛奇〉、〈柴四〉、〈修鱗〉、〈鐵公雞〉、〈三官保〉、〈孿生〉，而〈周琰〉因故事著重於渡化者及被渡化者，故歸類於第二節仙道術士之屬，但渡化過程及結果又蘊含勸誡深意，故也將勸誡部分呈現於此，以求周詳。《夜譚隨錄》的道德觀可由惡報及勸誡兩部分查其端倪，從遭惡報可見誡貪、誡色、誡暴，到勸誡分別有愼言、悔改、不殺生、戒吝、戒疑等。

〔註42〕王溢嘉：《不安的魂魄》，台北：野鵝出版社，1993 年 7 月初版，頁 181～198。

　　謹言慎行在儒家學說中，是君子的特質之一，論語中曾載道：「君子恥其言而過其行」，又認為侍君子有三愆，其一是言未及之而言，這叫做「躁」；其次是言及之而不言，叫做「隱」；最後是未見顏色而言，可以說是瞽了。《夜譚隨錄》中有兩則勸誡「慎言」的故事，〈蘇仲芬〉一則是說蘇仲芬因氣勢高昂，每從輕薄朋友，務為諧謔，又齒牙餘慧，而必以樸訥為恥，極愛逞舌尖之巧，故科舉無望。若能從此自新，功名中尚可小就，否則可能淪為餓殍；〈維揚生〉則是前文所提典型的「未見顏色而言」，因一時的狂妄之詞，在西楚霸王廟中大肆狂言，詆侮項羽，後在夢中慘遭項羽拔舌，終身不瘥。

　　勸誡若能發揮作用，促成知錯能改、回頭是岸的效用，便是功德圓滿。〈閔預〉中的閔預受眾淫尼們誘惑而樂不思蜀，後體力不堪負荷又思家之念無刻不迫，方才幡然大悟，後日夜誠心持誦觀音咒，總算化險為夷；前文所提的〈周琰〉也是本性暴戾多力，後因受道士渡化，改過自新，勉為善事；〈陳景之〉中並未敘述七囚的罪刑，僅簡單呈現陳景之目睹役卒領七囚入客棧後方，隨後旋即發現圈中母豬剛好產下七小豚，卻遍尋不著役卒與七囚身影，警世之意極為濃厚。〈三官保〉中三官保以勇結黨，常在鄉里問逞兇鬥狠鄉，後折服於余斑龍鬼魂，折節讀書，謙讓有埋，最後從軍並為國捐軀，留下英勇的形象。

　　關於職業應慎選，和邦額也載了兩則故事，〈驢〉的主角是屠夫，卻因為其職業目睹婦人被支解的幻影，後以「改業，誓不殺生」為結局；〈柴四〉因以販羊為生，錯失一段美好姻緣。顯然殺驢與販羊在本書中都是擇術不仁的表現，販羊雖不直接扼殺生命，但羊隻卻間接因此而死。二者皆因為職業的關係而有不順遂的遭遇，世間職業之多，何必選擇會扼殺生命的工作？這可以說是和邦額留給讀者思考的問題之一。〈薛奇〉中薛奇任職之地多虎，而薛奇好殺之，並誓獵百虎用其骨煎百虎膏，後再獵第一百頭虎時失利，虎放薛奇一馬，薛奇虎口逃生後誓不殺虎，虎患亦平。〈修鱗〉一則是以異境奇遇的方式包裝人生如夢的思想，是《南柯》之續，顯示出和邦額對於傳奇體作品情持著偏好的態度〔註43〕，文中勸人「功名富貴夢一場」；〈鐵公雞〉是說某富翁性極慳吝，甚至敝衣破帽，向親戚故作貧窮狀，

〔註43〕如〈崔秀才〉中曾提到唐傳奇的〈杜子春〉，〈雜記〉五則之二提到了〈任氏傳〉。

辛苦五十年，未得一文享用，後遇狐女捉弄，大批財寶瞬間消失，竟大慟而絕，家人草草殯殮，瓜分所遺財產各自散去。文中除了警惕守財奴心態不可有之外，也更進一步的點出錢財乃是流通物也，使之流通可以幫助更多人，若深藏於鐵公雞手中便無所用處了；〈彎生〉一則毫無志怪色彩，乃是一公案故事，故事中的彎生兩兄弟性皆多疑，娶妻後防嫌甚嚴，甚於縲絏，並無端滋事生疑，最後具牒鳴於太守，才發現是烏龍一場，相當可笑，此案例實涵反諷、勸誡之意。

第五節　朔方市井紀實之屬

和邦額廣見博聞，足跡遍及大江南北，有著廣泛的生活閱歷並對社會有直接的接觸，因此《夜譚隨錄》中的作品，呈現出「取材廣泛」的鮮明特色。作品所涉地區相當遼闊，北自關外，南及琉球，東起吳中，西至巴蜀，展現了《聊齋誌異》所沒有的他族風尚習俗，異地的旖旎風光〔註 44〕。魯迅曾讚《夜譚隨錄》「記朔方景物及市井情形者特可觀」〔註 45〕，孫楷第也讚其「所記多京師及河朔風物，以耳目切近，敘述描摹，往往得其似，其勝處亦自有不可沒者」〔註 46〕。

和邦額記載風光名物時，總是把其納入完整的故事或幻化情節中，即在故事情節中描景狀物，在記錄時事的同時也增強文學性〔註 47〕，因此這些類型的故事具有民俗、歷史、地理等方面的參考價值。朔方市井紀實之屬的涵蓋範圍包括邊陲異地的自然景觀及各地的市井風情兩大類，除了異地風光部分外多為複合類型，故篇數不予計算，另外關於「語言風格地域化」的部分留待第四章再行討論。

一、異地風光

異地風光指涉的範圍主要在於該地的自然景觀，屬於此類的有〈蜃氣〉、〈落漈〉、〈人同〉和〈怪風〉四則，囊括陸海空。

〔註44〕方正耀：〈和邦額《夜譚隨錄考析〉，頁 108。
〔註45〕魯迅：《中國小說史略》第二十二篇，上海：上海古籍出版社，2004 年 2 月，頁 149。
〔註46〕孫楷第：《戲曲小說書錄解題》，北京：人民文學出版社，1990 年，頁 49。
〔註47〕吉朋輝：《和邦額及其夜譚隨錄考論》，指導教授：陳桂聲，蘇州大學，中國文學系碩士論文，2007 年 7 月，約 70000 字，頁 37。

「蜃氣」就是海市蜃樓，這種景象通常見於平靜無風的海面、海邊或沙漠等，需要嚴格的氣候條件，故並不常見，而〈蜃氣〉便是描寫某陶賈販貨至巴里坤（即今新疆自治區），目睹蜃氣的發生、消散全過程：

> 俄而霧散，隱隱見海中，有兩山並峙，中間一抹雲氣，橫如白練。
> 雲漸闊，忽現一浮屠頂，金光四射，瞬息高出雲表，數之得五級，
> 俄九級。一餉時，得十三級。色如虹，繞塔盡現樓閣，千層萬疊，
> 悉如五色玻璃。出沒隱現，須臾變化。陶，市井人，初不知有蜃氣
> 變幻事，驚怪而已。少焉，樓閣半泯，浮屠亦漸斂縮，只餘八九級。
> 大風忽起，波浪拍天，樓閣浮屠，片片吹如碎錦，頃刻都滅。（卷二，
> 葉三十九上至葉三十九下）

通篇百餘字，讓百年前海市蜃樓的奇幻景象躍然紙上，也間接反映了當時商業貿易活動的範圍是有達到新疆的。

「落漈」就是海域陷落之處，也可以指漩渦，〈落漈〉描寫澎湖列島附近的海象，驚濤駭浪：

> 海水至澎湖，勢漸低，近琉球，則謂之落漈。落漈者，水趨下而不
> 回也。洋船至澎湖以下，遇颶風作，漂流漈中，回者百一。蓋海水
> 之中，又有急流以海水為崖岸焉，斯亦奇矣。（卷三，葉二十四下）

有許多文獻記載著，清朝時大量閩南人渡海至台，必須先安全渡過黑水溝、落漈，方能抵達，而和邦額也曾聽聞過這樣的情況：「聞閩人過台船，漂入落漈者，其迅如飛，瞬息不知行幾千里，舟中數十人，咸以為斷無生理，但相顧傍徨，任其漂泊顛沛」（卷三，葉二十四下），因此黑水溝與落漈是昔日先人渡台的共同記憶，而和邦額恰巧也記錄了這樣的情形，透過閩南漁民飄入落漈後，漂流至台灣後幸運脫險，後又遇鬼的相助，最後得以歸返故鄉。他們所遇到的鬼有兩種：一種是形狀如鳥，味似鵝，喜夜間繞船盡鬼，啾啾不絕，至曉乃歿，化為鳥形是因歷年既久，精氣耗散；另一種鬼對人類相當友善，告知漁民潮汐週期以利漁民返鄉，漁民出航時，鬼竟然群哭送之，並取岸上金沙贈之，期許漁民返鄉勿忘為其超渡之。其中較特別的是鬼似乎有自己的語言，因此漁民才能「漸與鬼習，可通語言」，此又是另一奇事。姑且不論真實性與否，本則故事間接記錄了乾隆時期台灣的風情人物及當朝人對台灣的看法處於「未開發」的蠻荒之地：

> 久之，忽聞大震一聲，人人顛倒，船遂不動，眾莫測其故，徐出視

之，方知抵一荒一島。船爲潦水所推，直上沙岸，故擱不行。眾告
語歡呼。岸上砂石悉赤金，怪鳥頗伙，不一其形，見人亦不驚飛。
饑則捕食之，有如鵝者，味獨美。夜間繞船盡鬼，啾啾不絕，至曉
乃歿。夜則復然。（卷三，葉二十四下至葉二十五上）

故事中所提到的鬼爲何物目前不得而知，而「岸上砂石悉赤金」一句間接記
錄了當時台灣的地理景觀，是研究台灣史相當珍貴的史料，此外本則故事也
透露出漁人對落潦的恐懼和敬畏。

〈人同〉一則透過老僕來存講述了蒙古喀爾喀至巴里坤的人情風土，其
中包含了歷史、地理、風俗、語言、飲食、物種、礦石、植物等各方面資料，
並與漢制作比較，較特殊的是有野人的記載：

李又言其於康熙五十二年，由喀爾喀至巴里坤。其地有獸，似猿非
猿，似猴非猴，中國呼爲人同，甘涼人呼爲野人，番人呼爲噶里。
往往窺視穹廬，見人飲食，輒乞其餘。或竊取煙具、小刀之屬，爲
人所見，即棄擲而奔。……嘗狎一人同，每莝豆樵汲等事，喚之悉
能任使。至其寢食，雖不能言，頗能察色。居一年，治任將歸，啾
唧馬前，捉銜捩鐙，淚下如沈。李亦爲之酸鼻。相從十餘里，揮之
不去。（卷四，葉十三上）

至今野人傳聞仍層出不窮，和邦額的記載無疑對於野人傳聞更增添幾分神秘
性。以下將〈人同〉篇中出現的人情風土以表格示之：

▼表3-5：〈人同〉中出現之風土人情一覽表

類　別	風　土　民　情	地　點
交通、文化	人騎獸，似鹿而非，有語言，無文字，亦無機械，如游循蜑因提之世。其俗無主客，客至張幕，輒走乞煙食，坐而眙脾脯醢齏，與之，乃去。客至其幕，逕入啜且啖，夜宿氈炕前，主代牧，不償。	喀爾喀
氣候	杭藹山之西北。近黑道，故寒。七月雨雪，五月始釋；山之巔，六月不釋。築土爲屋，屋內紙糊數寸。氈帷暖炕，早起，被池堆霜。出門數步，凌封髭鬚。手僵不得呵，耳鼻窒窣有聲，或爛且脫。幸風自東南來，夏風始反，不爾，凍且死。然南人至此地，亦罕有凍而死者。	陀羅海
貿易情況	苦塞矣，而不苦饑。茶一斤易一羊，十斤易一牛。中國人至彼，恣烹炙，饜膇膷，頭蹄滿衢，血骨遍地，回思羹藜藿，飯糲粱，茲誠樂郊矣。所惜多苦塞，否則誠樂。	陀羅海

動物	似麋而大者，曰堪達爾汗，疑其即麈也。前昂後低，多力。毛粗而長，為裘暖，角扁而厚，為決良。人以其皮可裘而角可決也。馳馬彎弓，逐而殲之，獲厚利。其唇方大而厚，多膏，味極美。八珍中有猩唇，即此物也。以角試水，毒則角綠色。又有掃雪者，大於貂，絨白毫長，光遜之；人制為冠，以其似貂也。	陀羅海
	其地亦產良馬，汗不血。中國人以地非大宛，貌非汗血也，未有過而問者。昔日夫子稱驥以德，後人稱駃騠、稱腰褭以力。今捨德與力，而以地與貌，是紫燕白兔伏櫪而嘶寒風，九方歅執靶而笑者也。	戈壁
	有獸，似猿非猿，似猴非猴，中國呼為人同，甘涼人呼為野人，番人呼為噶里。往往窺視穹廬，見人飲食，輒乞其餘。或竊取煙具、小刀之屬，為人所見，即棄擲而奔。殺之不忍，逐之復來，胥無如之何。	喀爾喀至巴裡坤間
植物	有木，曰查克，產推河，似絲柳而不垂，耐霜雪，堅而且材，灼為炭，置徑寸於爐中，數日始盡。治產難，亦治心痛，然大者拱，高者尋，風斯拔之，蓋地沙且鹹，根難聚而易朽也。	推河
	一木而萬木之葉皆具，名楞，以其冒全材而實不成一材也。	戈壁
礦物	戈壁即瀚海也，內多奇石，石之色大者如馬肝，小者如珠、如玉、如瑪瑙、珊瑚、蜜蠟。金中虛而外朗，起膃紋，皆馬肝石所孕也。初剖之，癩，日炙雨濯，風掃霜雪浸，剝落盡，則光璀璨矣。	戈壁
飲食	有穀穀湎醷而蒸之，曰阿拉氣，薄甚。唐人所謂十鍾不醉人者。阿拉氣釀取斗曰阿拉旃斗，取升曰科爾旃升，取合曰波羅搭拉蘇，一名哈喇，以次厚合。又取會曰賒爾旃，則會敵斛矣。	戈壁

〈怪風〉是描寫游擊將軍塔思哈因公過涼州沙漠，目睹沙漠風暴時旋風之狀。和邦額從形狀、聲音、色澤、力道多方面描寫旋風，並通過將軍、士兵的痛覺和行為表現出極為具體的震撼感：

> 白草黃雲一望無際。忽見一山，高約數千仞，色蒼紫，中有火星，萬點如螢，蔽日而來，有聲若千雷萬霆。眾皆失色，馬亦驚嘶。塔驚疑，謂此必山移矣。俄而漸近，不及迴避，乃同下馬，據地閉目，互相抱持，自分齏粉。頃之大震，天地如黑，人人滾跌，不由自主，馬踣人顛，逾時始定。次第甦醒，彼此懼呼，幸不失一人，但皆脫帽露頂，滿面血流，石子嵌入面皮，深者半寸，抉之乃出。大者如豆，小者如椒。驚定知痛，超乘即馳，回望高山，已在數十百里之外矣。（卷五，葉二十一下至葉二十二上）

由上述不僅可窺知塞外氣候的驚撼的氣勢，對於戍守邊塞將士們的辛勞及其生活的艱困給予最眞實的寫照。

二、市井風情

和邦額在其戲曲作《一江風》的凡例曾指出「近日塡詞中多昧於地理，紊於天時，此病不特詞家犯之，成書中亦不能盡免。總之文士閉門，未行十里路，但憑輿記所載，毫無確據，往往錯以欺人，甚可恥也。」〔註 48〕，不僅指出當代創作的通病，也意味自己的作品是不容許犯此謬誤的。和邦額自幼隨祖父轉宦南北的人生經歷，替《夜譚隨錄》提供了相當豐富的創作素材，是以故事具備「地域性」的特點。除了上述異地風光外，尚有許多地區的民俗風情與文化記錄，可謂自然、人文兼備，以下區分爲地方民情、社會風氣及滿族特色三方面說明之。

（一）地方民情

前文提及〈人同〉一則有集中描寫塞外風土民情的情形，但實際上在《夜譚隨錄》中也散落著各地方的地方民情，多是記載該地區物產、民族性或盛行風氣，點出地點及民情物產不僅能增加故事的眞實性，剛好呼應了和邦額閱歷廣闊，並秉持著天地廣大，萬物分賾，皆有其理的小說觀，以下以圖表示之：

▼表 3-6：《夜譚隨錄》地方風情一覽表

篇　名	地域性記載內容	備　註
〈洪由義〉	西安爲省會之處，漢唐故都，俗尙豪華，人情奢侈。	民情、文化
〈段公子〉	平陽，陶唐氏之故都也。其俗勤儉，多窯居，富室尤盛。	民情、建築
〈章佖〉	五涼之地多狼，金城（今永昌縣）猶甚。	動物
〈癩犬〉	粵西某村，居民數千家，俗尙蓄犬以爲食。	民情
〈獺賄〉	涼州多獺，吐魯番醃而貨之，百錢一頭。味似南方果子狸，而肥大過之。	動物、民情、經濟
〈新安富人〉	新安風俗勤儉，雖富家眷屬，不廢操作。	民情
〈白萍〉	閩中俗尙龍陽。	民情

由上表可發現記錄地點均較遠離中原地區，而是較靠近塞外，大約與和

〔註48〕郭英德：《明清傳奇綜錄》，石家莊：河北教育出版社，1997 年，頁 944。

邦額年少時隨宦祖父的行跡相差不遠，此舉間接保存了當時該地的建築、經濟、文化、動物到民情的珍貴資料。

（二）社會風氣

社會風氣並不以地域爲明顯標誌，而是指在當代瀰漫的現象、氛圍，有〈梨花〉指出的「曩歲迫於饑寒，父母鬻子謀朝夕，是時女價十倍於男，故作此弊，以求多售」（卷一，葉二十上）；〈米薌老〉中「康熙間，總兵王輔臣叛亂，所過擄掠，得婦女，不問其年之老少、貌之妍醜，悉貯布囊中，四金一囊，聽人收買」（卷三，葉三十九上）；〈莊斸松〉記錄了當代對服裝的審美觀「人言京師婦女，裝束醜怪，既無旗人大方之度，又無南方裊娜之風」（卷八，葉二十上），另外從〈回煞〉五則、〈鬼哭〉、〈夜星子〉二則可發現民間相信「回煞」之俗、「喪門弔客」之說，小兒夜啼是「夜星子」作祟所致，〈袁翁〉則提供了當鋪店肆最忌質死孩兒的說法。關於回煞之俗《夜譚隨錄》有以下的記錄：

> 人死有回煞之說，都下猶信之。有舉詀出避者，雖貴家巨族，亦必空其室，以避他所，謂之躲殃。至期，例掃徐亡人所居之室，炕上地下，遍篩布蘆布；凡有銅鏡，悉以白紙封之，恐鬼畏之也。更於炕頭設矮几，几上陳火酒一杯，煮雞子數枚，燃燈一盞，反扃其戶。次日，鳴鐵器開門，驗灰土有雞距、虎爪，馬蹄、蛇足等跡，種種不一。大抵亡人所屬何相，即現何跡，以卜亡人罪孽之重輕，謂鎖罪輕而繩罪重也。草木雞犬，往往有遭之而枯斃者。習俗移人，賢者不免，所謂相率成風，牢不可破者也。第其理未可盡誣，或者死者有知，歸省所戀歟？（卷六，葉十七下至葉十八上）

清楚的記載了何謂躲殃及躲殃之後應有何作爲，並直言雖都下猶信，但事實上回煞之俗已是相率成風，牢不可破的風俗了。

關於喪門弔客之說，見於〈鬼哭〉，該故事是說某婦人瀕死時，親人於當晚三更後忽然聽聞類少婦的哭聲，並目擊有一白衣婦人入角門，不久婦人便離世了，和邦額由此推該名白衣婦人應爲喪門弔客，而〈朱外委〉一則是朱外委夜半在林，忽聞有哭聲甚哀，見附近有一婦人，朱把弓抽矢，向空施箭，哭聲忽止；再施箭，婦人忽急起直追，只見披髮白面云云，事後聞者揣測婦人爲魃魈，或以爲喪門之神不得而知。本則雖無定論，但與〈鬼哭〉出現的喪門弔客都是婦人且有哭聲，故在此可將喪門之神與喪門弔客視爲一物。

　　至於夜星子的說法可見兩處，《夜譚隨錄》的說法是：「傳小兒夜啼，謂之夜星子」，在《子不語》中有更進一步的說法：「京師小兒夜啼謂之夜星子」，故事內容大同小異，但《子不語》卻特地把範圍給縮小並點明；用現代的說法就是「干擾小兒導致夜啼的異類」就是夜星子。雖然關於夜星子的資料並不多見，然小兒夜啼之事層出不窮，故出現負責解決此困境之人也是再自然不過的事了。〈袁翁〉中提到「店肆最忌質死孩兒之說」，於歷史無據，但以死孩兒典質本是有違常理，中國人向來講究死者為大、入土為安等觀念，由此便可理解何有此一說。

　　「男色盛行」可以說是《夜譚隨錄》中相當明顯的特色。自春秋戰國時代以來，「男色」一直都是屢見不鮮的現象〔註49〕，到了明代更是前所未有的盛行，上至天子，下至庶民，無一不狎男娼〔註50〕，這樣的風氣延續到清朝，並且反映在《夜譚隨錄》中。其中〈梨花〉是恩茂先口述、和邦額記錄而成，內容詳實記載著恩茂先與介夫對龍陽之技的看法：

　　　　茂先神馳者一晌，又問：「龍陽君伎倆，介夫亦當識之否？」介夫笑曰：

　　　　「其人方雄，君又欲雌之也。」相與拊掌而罷。（卷一，葉二十一上）

二位對於龍陽之事並不以嚴肅態度待之，而是帶著輕鬆口吻評論此事。在《夜譚隨錄》中有 12 則關於男色的描寫，表列如下：

▼表 3-7：《夜譚隨錄》男色描寫一覽表

篇　名	內　容
〈碧碧〉	十七八一**變童**也。……，孫素有**斷袖之癖**，一旦值此璧人，欲情火熾，遽前擁之，少年大驚……。 蘭巖曰：**斷袖之癖**，人或有不免者，……。
〈梨花〉	茂先神馳者一晌，又問：「**龍陽君**伎倆，介夫亦當識之否？」
〈劉鍛工〉	許大愧惡，力叩之，乃吐實曰：「初見少年姣好，深慕之。既抵足，肌膚滑膩如脂。試握其足，不動，拊其髀，又不動。不禁心大蕩，欲以**龍陽君**待之，……。
〈詭黃〉	有玳官，年十七八，貌姣好。夗以**龍陽之技**，毛遂於黃。
〈張五〉	役指知縣謂張曰：「彼女子即渠之愛姬翠華，彼男子即渠之**變童**鄭祿也。

<hr>

〔註49〕　王書奴先生認為：「我國男色事情，信而有徵的，是從春秋戰國開始。」，詳參王書奴：《中國娼妓史》，長沙，岳麓書社，1998 年 9 月，頁 156。

〔註50〕　「北宋南宋京師及郡邑，男色號稱鼎盛。元代此風似稍衰，至明復盛。上至天子，下至庶民，幾無一不狎男娼。」，王書奴：《中國娼妓史》，頁 156。

〈梁生〉	劉一妻五妾，汪一妻四妾，又各有美婢**孌童**。
〈倩霞〉	貼旦名珍兒者，尤姣媚。耿少子與結**斷袖之契**。
〈贅子〉	未至，戇者已歸，見二人抱琵琶，率四五**姣童**在門。
〈某僧〉	佑聖寺無凡上人，有弟子某者，少年韶秀，有人誘之爲**龍陽**，某亦不拒。
〈棘闈誌異〉之一	敘常熟生投媚藥入酒，並強逼柳生飲盡，待其醉而汙之之事。
〈異犬〉	敘某侯半路遇三惡少欲奸之，異犬英勇救主之事。
〈白萍〉	閩中俗尚**龍陽**。

　　以上這些男色，絕大多數既能娶妻生子，又能與同性享受龍陽之歡，男色通常只是女色的替代品而已。中國人對於男色的看法較爲世俗、寬容，將其視爲性滿足的一種方式而已，並不會因此而大驚小怪〔註51〕。通常社會愈嚴格控制異性行爲的同時，反而對男色加以放寬，造成男色檯面化〔註52〕，並成爲小說創作中常見的情節。

三、滿族特色

　　《夜譚隨錄》被推崇爲第一部全向度、多側面刻畫旗人生活的文學作品〔註53〕，與《螢窗異草》被並稱爲是滿族文言小說的「雙璧」〔註54〕，書中明確涉及旗人題材的有 26 則〔註55〕，佔了全書 1/5 的比重。這些關於旗人的篇章，所牽涉到的內容包含了旗人在京城目睹的怪狀、日趨嚴重的旗人生計問題及滿人特有的風俗、喜好、市井特性，甚至是滿人漸入漢俗仍保有的獨特民族個性〔註56〕。在此探討的範圍集中於滿人特有的風俗、喜好、民族性，以下表列之：

〔註51〕 王溢嘉：《情色的圖譜》，新北：野鵝出版社，1995 年，頁 313。

〔註52〕 劉臨達：《性與中國文化》，北京：人民出版社，1999 年，頁 588～589。

〔註53〕 管嚴謹：〈《夜譚隨錄》對清中期京旗生活生活的描畫〉，收錄於《民族文學研究》，2008 年 3 期，頁 132。

〔註54〕 張菊玲：《清代滿族作家文學概論》，北京：中央民族學院出版社，1990 年 11 月，頁 117。

〔註55〕 分別是：〈紅姑娘〉、〈阿鳳〉、〈小手〉、〈伊五〉、〈某馬甲〉、〈人同〉、〈永護軍〉、〈鍋人〉、〈紅衣婦人〉、〈怪風〉、〈高參領〉、〈嵩崒篙〉、〈春秋樓〉、〈貓怪〉三則、〈異犬〉、〈那步軍〉、〈佟觿角〉、〈譚九〉、〈額都司〉、〈紙錢〉、〈三官保〉、〈某領催〉、〈護軍女〉、〈多前鋒〉、〈堪輿〉、〈大眼睛〉。

〔註56〕 管嚴謹：〈《夜譚隨錄》對清中期京旗生活生活的描畫〉，頁 132。

▼表 3-8：《夜譚隨錄》滿族特色一覽表

篇　章	滿族特色
〈紅姑娘〉、〈噶雄〉、〈高參領〉、〈三官保〉、〈錮人〉、〈堪輿〉、〈伊五〉、〈某馬甲〉、〈怪風〉、〈人同〉	尚武風氣
〈額都司〉、〈塔校〉、〈嵩柰篙〉、〈永護軍〉	膽大不懼〔註57〕
〈癲犬〉、〈異犬〉	愛犬
〈阿夙〉	旗俗
〈譚九〉	旗妝
〈春秋樓〉	滿文歷史短
〈伊五〉、〈佟觭角〉、〈莊斸松〉。	薩滿教作法過程

　　上述這些篇章，故事中主角不必然都是旗人，但是卻都帶有滿族特性。滿人本是在馬背上的民族，自幼習弓馬、射騎，且八旗組織集生產、軍事為一體，再加上和邦額祖父任聖安佐領，和邦額自幼隨之遊宦，可以說是生於武將世家，長期耳濡目染下，自然帶有尚武氣息，故《夜譚隨錄》以武將、士兵或習武之人的故事就有三十幾則。表格上所列的故事，均是以軍士習武者為主角，這些人通常為民除害，並表達出軍旅生活之艱苦。〈紅姑娘〉中的步軍校赫色「當壯歲時，為驍騎校，從征葛爾丹，凱旋至松亭，同人捕得一黑狐，欲殺之以取其皮，狐向校哀鳴，校心動，以金二兩贖而縱之」（卷二，葉九上），三十年後初見狐化為美女紅姑娘絲毫不動心，反應是「素有膽，驚定，即悟其為狐」，且不把當年救狐之事放在心上，直到紅姑娘點出「翁乃忘松亭贖兒之事耶？」赫色始大悟；由此可見赫色不貪色、有好生之德，是相當正面的形象。〈噶雄〉的故事發生在武將家庭，是一離魂型的愛情故事，最後以圓滿結局收場。〈高參領〉的主角是鑲白旗漢軍高參領，以拳勇聞；林某，為香山教習，亦負盛名，述二者以武術較量之故事。

　　〈三官保〉中的主角三官保是居住北京的滿州旗人，美容貌卻負氣凌人，好勇逞力，往往於喧衢鬧市間，有花豹子的稱號，又先後以英雄氣魄和毅力伏佟韋馱與張閻王，結為朋黨，魚肉鄉里，後因三官保過於猖獗，嘆生平不逢對手，佟某十分景仰已逝的余斑龍，並希望三官保在余斑龍墓前能虛心，免斑龍地下揶揄。無奈三官保置之不理，不久後斑龍竟現身較量，保不力，

〔註57〕關紀新：〈杖底吼西風，秋林黃葉墜——清代滿州小說家和邦額與他的《夜譚隨錄》〉，頁12。

自此爽然若失，幡然而悔，遂折節讀書，後入籍為羽林軍。形象鮮明的三官保代表的是京城滿人貴族子弟的形象，甚至有學者認為「清朝前期滿族絕大多數是三官保式的，尤其是在京旗之中」〔註 58〕，雖然三官保常在鄉里間滋事擾民，但其伏韋馱與張閻王除了靠利器、武藝外，從不怕打、不怕痛可看出其更講究英雄氣慨與堅忍毅力〔註 59〕，表現京旗文化的俠義精神〔註 60〕。出從一個逞兇鬥狠的擾民者，一消戾氣變為見人謙抑巽順，犯而不較的善士，最後再變為國捐軀的羽林軍，恩茂先、蘭岩對此都給予極高的評價。

〈鍋人〉中的主角是護軍某，見一巨蠍伏樑上驚魂甫定後竟取鎗擊斃之，可謂真勇氣也；〈堪輿〉中的主角是護軍參領某，述其少時從征青海，為賊所擄，械送某喇嘛處後，因緣際會下習得堪輿之術，相地神準；〈伊五〉中的主角伊五是兵丁，似〈堪輿〉中的護軍參領某遭遇困境，本欲自我了斷，因緣際會下得一老人傳授法術，後以該法術替人祛邪避凶，兩則都是否極泰來的例子。〈某馬甲〉中的主角馬甲某乙家極貧，竟遭衰鬼弄人，想誘惑乙婦自縊，即時為其佐領遣領催某甲所救，後文中和邦額對於馬甲某乙的貧苦處境描寫仔細，塑造出淒清感，並藉甲白諸官乙事，聞而異之，因亦憐而宥之矣，表達自己的關切。

〈怪風〉描寫游擊將軍塔思哈因公過涼州大靖營所汛有松山者處，卻遇上怪風夾雜石子嵌入面皮，並歎沉浮宦海中，歷有年所，衝鋒破敵，幾歷危途；〈人同〉中有描寫屯軍地氣候惡劣，間接道出軍旅生涯的辛苦：

> 杭藹山之西北，地名陀羅海，即振武軍駐防處。近黑道，故寒。
> 七月雨雪，五月始釋；山之巔，六月不釋。築土為屋，屋內紙糊
> 數寸。氈帷暖炕，早起，被池堆霜。出門數步，凌封髭鬚。手僵
> 不得呵，耳鼻窸窣有聲，或爛且脫。幸風自東南來，夏風始反，
> 不爾，凍且死。然南人至此地，亦罕有凍而死者。（卷四，葉十上
> 至葉十下）

上述是尚武風氣的例子，主角不約而同都是軍士習武者，有的善良如〈紅姑娘〉，有的勇敢如〈鍋人〉、〈三官保〉、〈高參領〉，有的否極泰來如〈伊五〉、〈堪輿〉，有的反映現實並寄予同情如〈某馬甲〉、〈怪風〉、〈人同〉，也有單

〔註 58〕 金啟孮：《北京城區的滿族》，遼寧：遼寧民族出版社，1998 年，頁 14。下引本書，只標頁碼，不另出詳註。

〔註 59〕 同前註。

〔註 60〕 管嚴謹：〈《夜譚隨錄》對清中期京旗生活生活的描畫〉，頁 134。

純以軍人為背景的故事如〈噶雄〉，這些只是全書中部分例子，但大致不出這幾種類型。

在膽大不懼的特色中，主角均為軍職，只有〈嵩崧篙〉中是為文職筆帖式，在此又替本書尚武之風的特色多增加亮點。〈額都司〉中的額都司適巧引見入都，下榻於德公宅廳之東院，於酒酣耳熱之際，德公自白舍下多鬼，都司獨夜宿得不懼乎？額都司的回答是：「我輩作武將者，皆亡命徒，死且不避，庸懼鬼哉！」，夜間果遇厲鬼，以正心觀之，料其去必復返，亟移燈近榻，抽刀置枕畔，著衣踩靴而臥，待物徑撲臥榻，額大叫，捉刀斫之；〈塔校〉中護軍校塔某夜半見異類，欲審諦之，奈何異類飛走不能觀，塔校竟以石子擊之，導致異類紛然四散。上述二則都是遇怪異事物臨危不亂，且主動反擊並且成功的例子，但也有雖具勇氣，卻過於自滿反遭異類反擊的例子：〈嵩崧篙〉、〈永護軍〉，詳見本章第一節慾念招祟的部分，此不再贅述。

滿族有不食狗肉的習俗，傳說曾有一大黃狗救了努爾哈赤一命，為此習俗的由來〔註61〕。和邦額藉由〈癲犬〉告誡人們不要屠狗、食狗肉，否則可能會招致惡報；兩廣人吃狗肉的風氣至今仍存，但故事一開始剛好點出事發地點便是在「粵西某村」，在吃狗滿人不食狗肉的眼裡看起來是難以接受的，故以「廣西人因食狗肉而導致狗盡癲傷人」的故事來勸世人不肉。〈異犬〉則描寫大黃犬生前護衛主人，死後仍借另一犬身還魂，替主人解圍，蘭岩並於文末以反詰語氣道出：「犬固不昧其靈，而能如是，可以人而不如犬乎？」（卷六，葉三十四上至葉三十四下），以人、犬相比，愛犬、尚犬之意不可言喻。

〈阿穉〉有「旗俗不親迎，且既承慨許，當即令其趨事舅姑，敢議禮乎？」（卷二，葉二十三下）之句，可見與漢俗之別；〈譚九〉中說明婦人「著紅布短襖，綠布褲，藍布短襪，跋高底破紅鞋」（卷八，葉二上）這樣的裝扮是旗妝，至於〈春秋樓〉有將軍曰：「我滿洲之不讀書者也」（卷五，葉四十五下），究其因是女眞族長久來都沒有文字，直到1599年努爾哈赤才下令創建滿文；清軍入關後雖創建一系列學校制度，但文字歷史和教育制度施行時間甚短，滿人性格又較漢人豪爽開放，故有「我滿州之不讀書者也」，連為關帝廟作序亦需假手他人〔註62〕。

〔註61〕王佑夫：〈清代滿族文學理論批評述略（二）〉，收錄於《昌吉學院學報》，新疆：昌吉學院，2003年第01期，頁1～7。

〔註62〕梁慧：《夜譚隨錄研究》，指導教授：王進駒，暨南大學，中國語言文學所碩士論文，2008年7月，約45000字，頁14。

　　至於薩滿教起源於舊石器時期，崇拜自然，認爲萬物皆有靈。滿族、蒙族、早期的維吾爾族和藏族均曾信奉此教〔註63〕。「薩滿」接近於今日的神職人員，〈莊劚松〉中所說的「薩嘛」譯爲「巫覡」，該名薩嘛是「鑲白旗，蒙古人也，爲羽林軍」，伊五也是兵丁，恰巧分別符合上述的蒙族和尙武之風兩項條件。《夜譚隨錄》記載了薩滿作法降妖過程，如〈伊五〉中伊五一見受害者便識出是何方妖物，再作法：

> 伊入室，女屛息屋隅，提熨斗自衛。伊周視動止，出謂貴公曰：「小
> 姐之病，器物之妖也，今夕當爲公誅鋤之。」……夜漏下，伊啓囊取
> 一小銅劍，其鋒叟叟，吐光如彗，仗之入室，貴公率家人院外伺之。
> 尋聞室中叱吒撲擊之聲，與物之騰擲聲，女之詬詈聲，喧嘩龐雜。良
> 久寂然。但聞女叩頭有聲，切切哀懇，語悲苦哽咽，不甚了了。尋聞
> 伊呼燭甚急，婢嫗爭相執炬，一湧而入。伊已收劍入囊，女伏床下不
> 動。伊指地一物示貴公曰：「此即爲祟者，今見擒矣。」視之，則一
> 籐夾脈也，聚薪焚之，精血流溢，氣味如燒肉，逾時始盡。伊復書符，
> 令女吞之，病遂若失。（卷三，葉二十八下至葉二十九上）

〈佟觭角〉、〈莊劚松〉中薩滿的作法過程可見於本章第二節仙道術士之屬的術數符籙部分，此不再贅述。

　　此外，滿族豪爽較不受禮教拘束的性格還表現在書中一些態度主動、舉止率性的女性上，如〈碧碧〉中的碧碧主動求婚，事後對於屢次犯錯的情人也毫不留情的給予懲罰，諸如此類尙有〈婁芳華〉、〈阿鳳〉、〈倩兒〉、〈白萍〉、〈香雲〉，其中形象最鮮明莫過於〈護軍女〉。鄰家少年因慕護軍女美色，竟鑿壁孔言語調戲之，護軍女卻壓抑在心中，等待時機予以反擊。後少年竟「解裩出其勢，納入孔中」（卷九，葉四十下），護軍女「即捉之，伴爲摩弄，潛扳鬢釵橫貫之，脫穎而出。少年僵立痛甚，號叫聲嘶。女出房扃其戶，置若罔聞」（卷九，葉四十下），以退爲進的勇敢自衛，施予嚴懲不手軟，這樣的形象在漢人婦女中並不常見；另外恩茂先和介夫對於男色的輕鬆態度、蘭岩評〈碧碧〉時也認爲「斷袖之癖，人或有不免者」，這與蒲松齡在《聊齋誌異・黃五郎》中不惜以近兩百字來諷刺「斷袖分桃，難免掩鼻之醜」的態度可以說是大相逕庭的〔註64〕。

〔註63〕王佑夫：〈清代滿族文學理論批評述略（二）〉，頁12。
〔註64〕同前註，頁13。

　　小說常常通過具有一定社會意義的人物或事件來描寫複雜的社會關係和社會矛盾，並揭示出一個當代社會生活的本質和特徵來表達作者自己的情感與追求〔註65〕，《夜譚隨錄》便有這樣的特質；此外，又常在開頭交代故事來源，並對各地自然人文多有記載，加深了「史學」氣息，文史二者兼容並蓄。

　　大部分的人都把《夜譚隨錄》視為《聊齋誌異》的擬作，但是就時代意義及滿族文學發展史而言，該部作品滿漢思想文化交融的痕跡清晰可見。

〔註65〕張佳生：〈滿族小說產生於清代中期的原因〉，收錄於《滿族研究》，頁 59。

第四章　《夜譚隨錄》寫作技巧

　　小說要引人入勝，內容與形式兩方面必須相輔相成，相互協調，取得平衡。一般在文學研究上，對於小說類的研究多半是由內容與形式兩方面著手，而第三章的故事類型與解析即屬於「內容」方面的探討，第四章將由「形式」方面切入，擬從敘事特色、形象塑造、情節結構和語言風格等方面，討論《夜譚隨錄》的藝術表現與技巧，最後以本書各家評點者與其評論內容為主線進行分析，以期在藝術表現與技巧層面的探討更臻於完備。

第一節　敘事特色

　　敘事就是對一個或一個以上真實或虛構事件的敘述〔註1〕，而小說可以說是敘事文本的一種。中國小說的敘事模式包含敘事時間、敘事角度、敘事結構三個層次〔註2〕，長久以來，小說主要是以情節結構為中心發展，在此，情節結構與敘事結構可以視為等同，故本節先討論《夜譚隨錄》的敘事時序與敘事角度。

一、敘事時序

　　敘事時序可以說是對照事件或時間段，在敘述話語中的排列順序或時間段在故事中的接續順序〔註3〕，因此一部敘事作品，必然涉及兩種時間：敘事

〔註1〕羅剛：《敘事學導論》，雲南：雲南人民出版社，1994年5月1版，頁2。

〔註2〕陳平原：《中國小說敘事模式的轉變》，北京：北京大學出版社，2003年，頁4。

〔註3〕（法）熱拉爾・熱奈特：《敘事話語・新敘事話語》，北京：中國社會科學出版社，1990年，頁14。

時間、故事時間。敘事時間就是故事在敘事文本中具體呈現出來的時間狀態，即文本展開敘事的先後次序，從開端到結尾的排列順序，是敘述者講述故事的時序；故事時間是指故事發生的自然時間狀態，亦即被講進故事的自然時間順序，是故事從開始發生到結束的自然排列順序。故事時序是固定不變的，敘事時序則可依作者需求而變化不定〔註4〕。兩者時序可依作者依照情節編排所需而產生不一致的現象，熱奈特將此稱爲「時間倒錯」，又可衍生出倒敘、預敘、插敘、補敘等多樣性的敘事時序，相較於兩者時序重疊的正敘，可讓情節更加曲折複雜，增添精彩度。

　　若依上述敘事時序理論來檢視《夜譚隨錄》中的故事，可以發現《夜譚隨錄》大多也是依照中國古典小說敘述時序的常軌——正敘，來展開故事的敘述。正敘就是故事時間與作者敘述情節的進展順序相同。特色是遵循時間的自然向度，平鋪直敘、一氣呵成，相當簡便，如〈孝女〉先寫父久病，是年愈甚，其次寫孝女擔憂並每日誠心禮佛以祈求父病癒，最後寫至誠感神，父果然病癒，並得溫飽且長壽，而孝女被富人收爲義女；又如〈袁翁〉先寫袁翁之窮困潦倒對天發誓，其次寫轉機出現致富，最後寫袁翁能守信，自此富甲一方，子孫科甲綿延。由上述兩則例子可以發現故事中的兩種時間接順著「過去——現在——未來」的時序模式自然發展，這種敘事時序貫穿了《夜譚隨錄》全書。

　　除了正敘之外，《夜譚隨錄》也會打破原有時空，採用正敘以外的敘事時序，如倒敘。倒敘意即「對往事的追述」，熱奈特的說法是「對故事發展到現階段之前的事件的一切事後追述」〔註5〕，是一種先果後因的敘事模式，如〈屍異〉先寫有老人暴死於車中，其次寫老人屍首不翼而飛，守軍心急覓另一無名屍首替代之，未料該無名屍被官府認定爲謀殺，守軍莫名含冤，最後時空拉回最初，老人出現並表明當時自己只是昏厥，甦醒之後逕自離去，而無名屍引出另一樁兇殺案，最後緝拿眞兇，守軍與無名屍均得以昭雪；〈市煤人〉採用標準的倒敘手法，一開始然寫雙豐將軍看見市煤人胸前背後各有明顯傷痕，之後再由市煤人娓娓道來傷疤所由何來；〈鬼哭〉先敘述哭聲呼起，並類少婦而音慘切，並有白衣婦人現身，才說明原來是太夫人氣絕，哭聲與白衣婦人是喪門弔客現身；〈鄧縣尹〉一開始就寫有婦人與豪右私通而謀殺親夫，

〔註4〕羅剛：《敘事學導論》，頁132～133。
〔註5〕同前註，頁135。

奸夫並以多金賂忤作行人,逍遙法外,其次敘寫冤魂向鄧縣尹申冤,最後再次檢驗屍首,並得忤偽證證據,一併將奸夫淫婦繩之以法,乃告結案。倒敘手法常見於公案故事,一方面可以是敘事的主軸,另一方面產生強調與設置或解開懸念的效果。

預敘和倒敘相互對應,在中國古代小說中,預敘也運用得十分普遍。所謂的預敘就是提前將未來會發生的事件敘述出來,熱奈特認為預敘就是「事先講述獲提及以後事件一切敘述活動」〔註6〕,通常有明示、暗示之分,內在式、外在式之別,《夜譚隨錄》中大部分採明示內在式〔註7〕預敘手法,如〈某王子〉由府中長史某的夢預敘某王子生時不仁至極,死後陰譴已定,當托生為驢,其母亦托生為牝驢,並告知某可於何處覓得懷駒牝驢,請求贖之,翌日某果然於該處覓得懷駒牝驢〈新安富人〉中,新安富人性貪淫殘忍,結交官府,山神預告富人女其母因日誦經咒,大士可祐你解難,其父作惡不悛,慘禍行將至矣,後其父果遭橫報,母女均倖免;〈周琰〉中渡化道士曾對周琰道出周琰前生本為虎,因一念之善而今托生為人,但今世肆行無忌,不過今秋將復化為虎,周琰不信依然故我,秋至果真遍體隱起虎皮紋。預敘雖然會先揭開故事的發展或結果,可能會破壞讀者的閱讀期待,但亦能促使讀者思考事件發生的因果關係及背後深含的寓意。

《夜譚隨錄》也有運用補敘的敘事技巧,所謂的補敘指某些情節先概略帶過,在其他適當時機才加以補充說明,如〈紅姑娘〉中狐女化為姝麗紅衣女子,自動接近步軍校赫色,並投赫色所好——獻美酒,每值赫色值宿,紅衣女總進獻酒饌珍餚,赫色有急需,紅衣女子必周以巨金,赫色不解,誤以為紅衣女有所求,紅衣女才道出因赫色有恩於己。此番回答便將原有故事情節的疑問解開,並在故事最後補上赫色三十年前曾救一黑狐之事,使整則故事的情節更為完整;〈高參領〉一則中,高參領與林某兩人比試決勝負,後眾人慮有一傷,請高、林二人停止,林閉口不言掉頭離去,高亦獨笑不答,留下一團迷霧,之後補敘林嘔鮮血,血中有牙齒八九枚,眾人始悟交手時,林已中高拳,至此解開勝負迷團;〈譚九〉亦使用補敘技巧,全文花了大幅份量

〔註6〕同前註,頁135～141。
〔註7〕明示的預敘即是清楚的交代出在某一具體時間之後發生的某一件事;內在式預敘則是指發生在第一敘事時間以內的預敘,功能是填補未來敘事中出現的省略或空白。同前註,頁143;王平:《中國古代小說敘事研究》,石家莊:河北人民出版社,2003年,頁181。

在敘述譚九在荒野迷路，受到婆婆與少婦收留恩情，直到最後才補敘荒野中的婆婆與少婦原來已過世兩年，譚九迷途所在正是兩人的墳塚，〈崔秀才〉、〈陳寶祠〉、〈婁芳華〉、〈梨花〉等篇都可見到補敘的運用，補敘可以補足故事中的因果關係，使情節明朗化。

總而言之，《夜譚隨錄》的敘事時序以正敘爲主，輔以倒敘、補敘等，讓故事情節跌宕有致，增加閱讀性。

二、敘事角度

任何敘事文學作品都必須具備兩個不可或缺的要素：一個故事和一個故事敘述者〔註8〕。而故事敘述者可自由的採用不同的觀測角度來敘述故事，因此敘事者選擇角度與敘述對象呈現了遠近正側各式變化，連帶的小說也將呈現各式風貌，最終影響讀者所見的視野，因此敘事角度在小說藝術技巧上可謂居敘事謀略之樞紐地位〔註9〕。

敘事角度有著許多別稱，如「視角」、「視點」、「觀察角」、「敘事情境」、「焦點調節」等，但簡而言之即「敘事者與故事之間的關係」〔註10〕。根據敘事角度的不同，各家說法也有差異，大抵不出三種：全知敘事、限制敘事、純客觀敘事〔註11〕。中國傳統小說創作一般都採用全知觀點敘事，這類型的敘述者的主要特徵是作者也常是敘述者，視角寬廣靈活，可以自由的展示小說中人物的觀念與情感，並可以自由的表達自己的思想與愛憎傾向，也可以置身於故事的漩渦中心或置身故事外旁觀，並隨時變換，幾乎不受限制，猶如萬能的上帝〔註12〕。

綜觀《夜譚隨錄》全書，大部分以第三人稱全知觀點爲主要敘事角度，通常故事開始一定先將故事主人翁的姓名、籍貫、職業、身世等背景或故事發生的時間、地點作一交代，繼而講述故事經過，最後於篇末則有全知敘事者發表的議論評點，如卷一〈崔秀才〉開頭先交代主人翁的基本資料：

〔註 8〕 羅剛：《敘事學導論》，頁 158。

〔註 9〕 楊義：《中國敘事學》，北京：人民出版社，2004 年，頁 191。

〔註10〕 陳平原：《中國小說敘事模式的轉變》，頁 62。

〔註11〕 陳平原參照拉伯克、托多羅夫、熱奈特等人之理論，概括區分爲此三種。見陳平原：《中國小說敘事模式的轉變》，頁 62～63。

〔註12〕 此種全知敘事角度，弗里德曼稱爲「編輯者全知類型」，見羅剛：《敘事學導論》，頁 197。

> 奉天先達劉公，未遇時，故世家子。少倜儻好客，揮霍不吝，車馬
> 輻輳，門庭如市，行路者健羨。雖齊之孟嘗，趙之平原不是過也。（卷
> 一，葉一上）

繼而是故事發展，劉公與崔秀才如何相識、相交，及人情冷暖，一一在讀者
眼前展開，作者如置身故事外，進行客觀的敘述，並神通廣大，無所不知，
無所不在，最後於篇末有閒齋曰，是作者現身說法的議論評點，其他篇章幾
乎皆循此體例敘述故事，此種敘事角度給予讀者視野遼闊的閱讀感，並能達
到內容首尾一致的效果，但缺乏驚喜感，因此和邦額亦有採用「限制敘事」
角度進行故事的敘述。

　　所謂的限制敘事角度又稱為「視點敘事」、「人物視點式」，意指敘述者跟
故事人物知道的一樣多，敘述者等同於故事中某人物的視點狀況下所做出的
敘述，簡單的說就是敘述者可以顯現於某個人物或隱身於角色中，由此立場
來觀照反射出外在的人事物，如〈馮勰〉篇首採全知角度交代主人翁汪瑾的
籍貫、年紀和背景，並敘述汪瑾與馮勰的相識，之後變將視角切換成限制角
度，僅由汪瑾之眼所見的一切，呈現汪瑾與馮勰兩人互動，至此馮勰並未透
露鬼魂身份，直到最後馮勰才親自透露，汪聞知悚然，並驗之於燈下果然無
影，大懼，故事最後再切換為全知角度，由蘭岩評論作結。汪瑾的情緒由疑
惑、酣樂、憤怒、悚然、大懼、戰兢、心安，視角也從全知、限制、全知切
換，敘述者和讀者知道的一樣多，由其立場觀照一切，達到讀者身歷其境的
感受；本書以超現實題材為大宗，屢屢使用了以全知敘事為主，限制敘事為
輔的技巧，來營造各類奇幻事物的神秘感。

　　敘事人稱與敘事角度關係甚密，中國古典小說習慣採第三人稱敘事，
且第三人稱最容易轉換視點與空間，故上文提《夜譚隨錄》主要採第三人
稱全知觀點敘事，即使採限制視角敘述時，也是採第三人稱敘述，只是代
名詞不一定是「他」，而可能轉換成人物的名稱、身份或隱藏在故事中，但
和邦額在自序時即明言「妄聽妄言而即妄錄之」，《夜譚隨錄》中有部分篇
章為搜奇記逸並證明其真實性，而採第一人稱敘述，如〈請仙〉：「而予生
四十年矣，何曾未一目睹也？唯憶從先子隨宦於宜君時」（卷八，葉二十八
下）、〈某僧〉：「銘鏡石三為予言」（卷一，葉二十六下）、〈市煤人〉：「乃煮
酒設饌，為予詳述之」（卷十一，葉二十四上），在敘述故事部分則以全知
視角呈現。

敘述視角及敘述人稱的多樣化，可以增強故事眞實感並吸引讀者目光，並滿足作者志怪錄奇的心理，營造出詭譎的氛圍，也顯出和邦額創作技巧的功力。

第二節　形象塑造

人物是構成小說的主要元素之一，我們可以把小說視爲現實社會的縮影，因此小說必須藉著人物來串連情節，方能展現作者所欲傳達的主題，因此人物形象塑造鮮活與否，便與小說成敗有著高度的密切性。在此有必要將「人物」一詞作更周詳的說明，所謂的人物指的是小說　中的「角色」，其範圍並非狹隘的只限於「人類」，在《夜譚隨錄》中有許多超現實的題材，書中的異類皆以「擬人化」，在故事中扮演著舉足輕重的角色，亦應視之爲「人物」〔註 13〕。在此筆者將人類與異類等角色都視爲人物而論，並就其形象塑造特點及藝術技巧討論之。

一、形象塑造特點

《夜譚隨錄》是部志怪小說，因此異類出現的比例甚高，但是人類的形象塑造並不因此打了折扣。在和邦額的筆下，各行各業的人物蒐羅豐富，旗人有步軍、護軍、甲兵、炮手、筆帖式、領催、都司、侍衛、前鋒、參領、統領、佐領、中書舍人、驍騎校、太監、福晉、宗室王子、薩滿、僕人、婢女等，其他人物更爲廣泛，有秀才、監生、富商、小販、屠夫、僮僕、婢女、戲子、剃頭者、鍛工、船工、幕僚、役卒、知縣、縣尹、私塾先生、僧人、道士、巫覡、術士、花戶、農民、市民、醫生、汛兵、力夫、店主等，對於這些人物的描寫不僅形成了一幅多采多姿的市井風情畫，並且也能夠對不同身份的人物運用符合其特點的外貌描繪、行爲舉止和人物語言進行刻畫，可參見第三章故事類型與解析，在此不再舉例贅述，歸納形象塑造之特色有二：

（一）具有鮮明特色的概括性角色

承上文，如此龐大的角色數量，和邦額雖能運用符合該角色特點進行初步的塑造，但由於篇幅侷限之故，亦僅限於此，無法全面的針對書中每個出

〔註 13〕　《小說創作論》：「童話、寓言或神話小說中的動物、神鬼、妖魔，因其皆已『擬人化』，所以仍應視之爲人物」，見羅盤：《小說創作論》，台北：東大圖書公司，1980 年，頁 25。

現的角色進行深刻的著墨，故整體而言，本書「依循一個單純的理念或性質而被創造出來」〔註14〕的扁平人物的數量大於「有眞眞實實思想情感」〔註15〕的圓形人物，不過相較於漢魏六朝時代，有些作家創造人物只是爲了製造情節離奇怪誕而言，《夜譚隨錄》業已脫離此種人物爲情節服務的階段〔註16〕，和邦額依照人物的身份、職業，打造出合適的言行，創造出許多概括性角色，但是其中不乏性格鮮明的人物形象，如鬼類有：〈施二〉中思家迫切，思念子輩的老鬼，苦等不到替身投胎；新鬼百日以來，飢寒交迫，甚至偷肉反被惡犬齧，最後幸得地方許之得一替身；〈倩兒〉中還魂復仇並復活續前緣的倩兒；〈某別駕〉中死後仍流連閨房中遇輕薄者破窗而去的守貞女鬼等。精怪類有：〈異犬〉中死後仍忠心護主的忠犬；〈周琰〉中前世爲虎，今世爲人，暴戾如故，後經渡化而成居士的周琰；〈董如彪〉中報恩嫁女的黑狐胡叟；〈藕花〉中與人相戀，後被人強摘而斷魂的花妖藕花；〈劭廷銓〉中以美色誘人，欲吸人精氣以復活的紅衣骷髏等。

相對於異類五花八門的形象，人類形象亦不遜色，因爲《夜譚隨錄》中本有一定比例的篇章是根基於現實，全無志怪成分抑或帶有些許奇幻色彩。如〈潘爛頭〉、〈伊五〉、〈夜星子〉二則、〈佟犄角〉、〈莊斸松〉、〈堪輿〉、〈王塾師〉中替人解惡祛邪的奇人術士，令人感佩；〈詭黃〉、〈白蓮教〉中假借宗教之名，行傷天害理之事，則令人髮指，〈梨花〉中男扮女裝數年未被察覺的梨花，令人嘖嘖稱奇；〈棘闈誌異〉八則中，數篇遭果報的舉子，足以警惕讀書人；〈某王子〉、〈新安富人〉、〈梁氏女〉等生性兇殘，後分別受到輪迴、天譴、復仇等報應，亦足以振聾發聵；〈永護軍〉、〈那步軍〉、〈施二〉等不怕鬼的膽大形象，令人稱奇；〈栢林寺僧〉、〈鐵公雞〉中嗜錢如命的貪婪形象，令人欷歔。以上這些列舉的例子，都可以說是具有鮮明特色的概括性角色。

（二）人性、物性兼具的異類形象

《夜譚隨錄》中的異類形象揉合了人類、異類外貌與性格，並且擁有凡人所無的能力，時常帶有「擬人化」前原先型態所具有的習性或外貌特質，

〔註14〕　（英）佛斯特著、李文彬譯：《小説面面觀》，台北：志文出版社，1980 年，頁 59。
〔註15〕　同前註，頁 65。
〔註16〕　唐富齡：《文言小説高峰的回歸──〈聊齋誌異〉縱橫研究》，武漢：武漢大學出版社，1990 年，頁 231。

甚至流露出異於常人的的神韻，如〈張老嘴〉、〈陸珪〉等，可參閱本論文第三章第一節中異類變形的部分，在此不再贅述。

通常人性、物性兼具的異類形象是以現實人生為藍本，先完成異類的「人形化」，再將各式的異類以他們原有的特性、特色，化成人形再來到人的世界，異類的形象便可獲得突出的效果，這些化為人形的異類與人類往來，最終仍有回歸本質的現象，化成人形多半是暫時性的，有其本身的需求及意圖〔註17〕，如〈陳寶祠〉中封生性暴戾，並有跳怒咆哮之舉，和邦額以「聲如虓虎」形容之，並於文末提及《廣異記》封使君之事；〈章俶〉中和邦額對於某女的食量以「特饕餮殊甚」形容之，「每食禽獸之肉，腹笥兼人。雖至饜飽，猶眈眈於餕餿」，文末才點出某女原來是狼所化，為求愛情化為人形，但食性仍保留未變，死時以原貌呈現。

雖然異類化為人形後，或多或少保留原初特質，但是如何在異類形象中，取得物性與人性的最恰當的比例則考驗著作者的藝術技巧；不過小說終究帶著濃厚的為現實服務的主旨，因此「人情化」是人形化後更深層的藝術運用。異類不僅有衣食娛樂的需求，也會有生老病死的生理情況，更有喜怒哀樂等情緒及精神意志，這些擬人化因子的增添，使異類的形象更加栩栩如生，縮短與讀者的心理距離，如〈龍大鼻〉中有通音律的狐女，後被龍大鼻驅逐竟在廁所向龍大鼻切齒表憤怒，最後又把龍大鼻封於泥封甚固的米甕中以洩恨；〈麻林〉中宋姓鬼魂不斷於夢中向故友麻林要錢，麻林以乏錢對，宋姓甚至坐榻上哭泣，不斷以舊情施壓；〈某倅〉中莊秀才生前質直好義，拯救多人，死後仍規友以義，並囑父留心無主之魂，以上數例讀者都可以看到人情投射於異類形象中，堪為人性、物性兼具的異類形象之代表。

二、形象塑造技巧

《夜譚隨錄》形象特點討論完後，接著便需更進一步探討和邦額是採何種藝術技巧來進行形象的塑造。大抵而言，可歸於兩種方式，分別是正筆刻畫及側筆烘托，以下分述之。

（一）正筆描寫

所謂的正筆描寫指的是作者直接以文字敘述，將人物的容貌、裝束、性

〔註17〕徐夢林：《螢窗異草研究》，指導教授：喬衍琯，台北：政大中文所碩士論文，1995年，約180000字，頁121～123。

格、背景、言行、心理狀態作一交代，以初步塑造出該人物的雛形，再透過情節發展，慢慢豐富人物內涵，使藝術形象趨於立體化之技巧，是和邦額最常使用的形象塑造技巧之一，在此略分爲靜態描寫與動態描寫兩部分。

1、靜態描寫

如前文關於敘事角度部分所述，通常故事開始一定先將人物的身世、性格、職業等作一客觀交代，此亦屬正筆描寫的範疇，交代身世者如〔註18〕〈香雲〉：「零陵喬氏子，少孤貧，失業，依外舅爲操舟，嘗往來於襄漢間」（卷一，葉二十二上）；〈梁生〉：「汴州梁生，少失怙恃，家極貧」（卷三，葉一上）：〈霍筠〉：「大興霍管，霍筠，霍筬，皆瘍醫之子」（卷九，葉一上）等；交代性格者如〈崔秀才〉：「奉天先達劉公，未遇時，故世家子。少倜儻好客，揮霍不吝，車馬輻輳，門庭如市，行路者健羨。雖齊之孟嘗，趙之平原不是過也」（卷一，葉一上）；〈三官保〉：「三官保，滿洲某旗人也。……，乃負氣凌人，好勇逞力，往往於喧衢鬧市間，與人一言牴牾，或因睚眥小怨，必致狠鬥凶毆，雖破腦裂膚，終不出一軟款語」（卷九，葉二十下）；交代職業者如〈秀姑〉：「太原布客田耕，美姿容，喜吟嘯，少失怙恃，兄弟皆故，一身僅存」（卷十，葉一上），不僅交代了職業也交代了身世及容貌；〈龍大鼻〉：「咸寧龍大鼻，販皮貨於天津」；〈劉人賓〉：「劉人賓者，河州副總戎周公之常隨也」（卷八，葉十八上）等。這些背景介紹的功用在於總啓下文，揭開故事的序幕，而對於人物個性交代的部分，僅是一概括性介紹，多半屬於「扁平人物」式的描寫，必須藉由之後的情節逐步補充、深化，方能進一步窺知人物的全貌。

「白描繪形，略貌取神」是中國小說的傳統敘事技巧〔註19〕，對於人物的容貌與裝束，多半採簡潔的印象式文字進行描繪，女子者如：〈陳寶祠〉：「女容華絕代，面色如朝霞和雪，光艷射人。雖未睹姑射飛仙，即此竊懸擬之」（卷二，葉十一上）；〈棘闈誌異〉八則之四對小蕙的描寫：「翠衣素裙，冶容媚誠，風致嫣然」（卷六，葉六下）；〈阿樨〉：「年約十七八，婷容修態，光彩照人，繡衣畫裙，儼似畫中仙子」（卷五，葉二下）；美男子者如〈碧碧〉：「草笠布衫，彷彿甚美。既辨眉目，果然美甚，丹唇皓齒，華發素面，十七八一變童也」（卷一，葉十上至葉十下）；〈閔預〉：「閔生預，浙西世家子，貌既都美，且善修飾，年二十有一」（卷五，葉九下）；〈戴監生〉：「一老人傴僂侏儒，扭

〔註18〕 爲求版面簡潔，若同類例子超過5個，則不另標頁碼。
〔註19〕 吳士余：《中國小說美學論稿》，上海：復旦大學出版社，2006年8月，頁135。

結一少年，稚齒韶顏，容色如玉」（卷七，葉三十四上）；〈白萍〉：「林澹人，延平諸生也，貌姣媚如好女子，見者無不嘖嘖而目送」（卷八，葉十下）；容貌不佳者如：〈狷精〉：「諸童戲於塍上，瞥見一醜女人徑入余棚，諸童恐怖，奔告其家」（卷二，葉三十六上至葉三十六下）；〈伊五〉：「兵丁伊五，身繩侗貌么麼，貧不能自活」（卷三，葉二十六下）等；異人者如〈裩襠〉：「通體烏黑，無頭無面無手足，唯二目雪白，一嘴尖長如鳥啄」（卷九，葉三十四上）；〈傻白〉：「高不過三尺，塊然一物，淡黑色，別無頭面耳目手足，如一簇濃煙，且月下無影」（卷十，葉三十四上）；〈紅衣婦人〉：「婦人回其首，別無眉目口鼻，但見白面模糊，如豆腐然」（卷四，葉四十三上）；〈某領催〉：「見一無首婦人，裸身浴血，雙手自奉其頭，口眼向天，頸血作碧光，如螢火，如小鏡，瞬息已遠」（卷九，葉三十六下）等恐怖描寫。以上皆採用白描筆法進行靜態描寫，勾勒出人物的形象，雖然平實，但卻可以「賦予人物以具體、可感的外在形態，為揭示人物的心靈（包括思想、氣質感情）提供血肉之軀」〔註20〕，意即雖然是質樸的白描手法，僅能給予讀者初步的印象概念，但是主動提供讀者參與印象的彈性與空間，並促成讀者自行想像並創造出更鮮活的人物形象，更是一種別出心裁的藝術手法。

2、動態描寫

靜態描寫雖然能給予讀者初步印象，若能搭配動態描寫則二者相輔相成，更能傳神的顯現出人物的細節與性格，並揭示人物的心理狀態，因此人物的言行舉止、談吐對話也是角色塑造的重要媒介。

透過言行塑造人物者如：〈維揚生〉是敘述某生猖狂的在西楚霸王廟大放厥詞，詆忤項羽，導致項羽夢中顯靈拔其舌懲之，和邦額塑造此狂生角色便使採用了言語與行為的的動態描寫；故事一開始便說明背景是某同二友謁西楚霸王廟，並話及鉅鹿之戰、垓下之敗，而「生獨以為不然，曰：『千古無才無識，庸而且碌者，項王一人而已』」（卷十一，葉二十二上），二友駁之，生的情緒轉為憤怒，並斥二友：「生艴然曰：『君輩不足論古人。我與我周旋久，自為酬酢可也。』」（卷十一，葉二十三上），接著提筆在牆上書文，內容盡是褒劉貶項之語，題畢後，情緒又再度轉變成「擲筆大笑」，二友默然。由上述某生的狂言、狂行，又以二友默然的反應反襯，一個猖狂的形象躍然紙上，

〔註20〕 李希凡：《論中國古典小說的藝術形象》，上海：上海文藝出社，1980年，頁
10～11。

又如戇子一則，故事通篇以黠者、樸者、戇者三者的言行作對照，烘托出戇者的難能可貴。主客酒酣之際，有客提出找歌者助興，黠者應聲「有」，並慮戇者作梗，令樸者附庸司閽，戇者看見歌者在門，「嗔目屬聲」斥之：「自我門下十餘年，未嘗見此輩出入，必醉命也」（卷三，葉三十四下），「揮拳逐去」。主人出獄治裝，黠者逋矣，樸者亦力求他去，只有戇者攘臂而前曰：「此吾主報國之時，即吾儕報主之時也。僕願往。」（卷三，葉三十五下）市馬造車，制穹廬，備糧糗以從。以上兩個例子皆能從言行舉止顯現出人物的性格、情緒，替角色的塑造注入生命力。

透過談吐對話塑造角色形象者如〈護軍女〉，因鄰家惡少常以言色挑之，當時僅護軍女及一老嫗在家，惡少得知先是拍牆搭訕借煙具，之後又以小刀鑿牆，並以目就孔持續騷擾之，和邦額先寫出護軍女的情緒爲「勃然怒」，接著寫護軍女冷靜解圍：「尋即色定，靦然曰：『素不相識，那便以物相假？』」（卷九，葉四十上），惡少得護軍女回應，以爲有機可趁，復以言語挑之，女亦回應，並故作媚態誘之——「話間眄睞其目，愈增嫵媚」，惡少將手指伸入孔中，護軍女的反應是「遽握之」，至此惡少已經完全鬆懈心防，竟「解褌出其勢，納入孔中。女即捉之，佯爲摩弄，潛扳髮釵橫貫之，脫穎而出」（卷九，葉四十下），惡少妹及母百計，均不能救，護軍女態度堅持曰：「待娘回，當釋汝兒」，由上述護軍女的談吐對話，塑造出一個冷靜、機智、勇氣、有原則的女性角色，突破一般扁平人物式的形象，躍升至情緒鮮明、個性突出的圓形人物。

（二）側筆烘托

所謂側筆烘托即不正寫其意，只以他意烘托陪襯，而所欲表現之意，卻已含在言外，和邦額在《夜譚隨錄》中採用了視點轉移及背景襯托兩種側筆烘托技巧間接塑造角色，以下分述之。

1、視點轉移

視點轉移即前文所提的「敘事角度轉換」，由正筆描寫的全知觀點轉換成限制觀點的側筆烘托，藉由故事中的第三者的耳目去觀察所要刻畫的人物之活動，進而達到展現該人物個性之目的〔註21〕。視點轉移可運用於簡介人物，藉故事中其他人物之耳目、動作來介紹主角，如〈秀姑〉中以老嫗之目所見，

〔註21〕謝昕、羊列容、周啓志：《中國通俗小說理論綱要》，台北：文津出版社，1992年，頁 133。

寫出田嶙相貌及對山西人相貌之印象:「舉燭審照曰:『頸以山而瘦,齒以晉而黃,水土使之然也。視小郎面白髮濃,腳大腿長,大類山西人,郎豈山西人耶?』」(卷十,葉三上);〈棘闈誌異〉八則之四中對小蕙美貌的描繪除了採正筆靜態白描外,也有採用側筆動態對話的方式烘托出其美令人垂涎:

> 所見翠衣婢質之,保曰:「先生所諮,得非白皙如雪,眸黑齒皓,多
> 髮如雲,黝粲可鑒者乎?」曰:「然。」曰:「此三姑母房中使女小
> 蕙也。」丫頭極慧黠,善針黹,一定皆偏愛之。年十九矣,猶未有
> 婿也。」康擘杯戲問曰:「如此珍美,日日在前,汝弟兄亦各嘗其滋
> 味否?」保微笑曰:「疇不垂涎,第恨其有卻要之狡獪,往往交臂失
> 之,獨文炳夙與之交好而已。(卷六,葉六下至葉七上)

又如〈董如彪〉中,因如彪宅心仁厚不願射殺獵物黑狐,父親勃然大怒,並奪如彪弧矢將其棄於山中曰「不得狐無以相見」,弟如虎作壁上觀,僅老僕派子印兒隨之。後來如彪歷盡萬苦返家,和邦額透過如彪家人之口道出家道中落之實,並細緻描繪家人的動作是「爭為泣告」:

> 大郎在外二載餘,豈知家中一敗塗地。主人自棄大郎,歸來三日,
> 即捐館矣。二郎病癲癇,接踵而歿。唯葛封於一月前,自云上帝命
> 為某山之神,是夜無疾而逝。房中諸姨,均已改醮。奴婢之所以不
> 致星散者,徒以有大郎生母在耳。(卷十二,葉十五上)

由他人眼中所見、口中所言,更能提高作者全力塑造之角色的客觀性,並賦予讀者自行評斷角色的空間,相較於全知觀點的正筆描寫下讀者被動吸收,側筆烘托的技巧更能與讀者產生互動。

2、背景襯托

適當的背景描寫,可以烘托出人物的身份或個性,並與人物心境交互作用,有助於情節氛圍的塑造,舉凡景色建築、家具擺設均屬之,如〈陳寶祠〉中杜陽入異境後所見:「漚釘獸環,宛似王侯第宅,歷院落數重,悉雕牆峻宇,刻桷丹楹,僮僕往來,絡繹不絕」(卷二,葉十下);〈韓樾千〉中對韋阿娟閨房的擺設也作了描寫:

> 閨中位置,精奇雅潔,又為改觀,几案皆檀楠,爐瓶悉金玉,北設
> 鈿榻,南列蛋窗,東壁懸古畫,西壁懸合歡圖也,聯為董思白書。
> 廳上置金猊,爇異香,地平如鏡,不染纖毫塵翳。(卷四,葉二十八
> 下至葉二十九上)

〈邱生〉中的異境：

> 未一里，即至一巨室，雕甍畫棟，榱桷連延，五步一軒，十步一閣，
> 迴廊曲欄，花木幽深，應接不暇。惟自忖度，非凡有仙緣烏能得此？
> 雖南面百城，弗與易矣。既而入室，陳設尤華美（卷七，葉六上）

由上述例子可發現採背景襯托技巧進行描繪的對象多半是異類所居住的環境，而當男主角進入異境中，多半驚豔無比，異類滿足男主角色與財兩個因素後，男主角便隨之進入溫柔鄉而息功名之念，絕鄉國之情。這些奢華氣派的背景，多半是在荒野中的柳暗花明之處，恰巧凸顯了異類非世間人物的氣息，並暗示異類想要以此羈絆凡人男子的心態，因此採用背景烘托之側筆技巧可間接暗示異類之身分與意圖，從而確立角色塑造的圓滿。

第三節　情節結構

情節是小說三要素之一，小說的基本成分為故事，故事透過作者匠心獨運的技巧重新佈局、組織、塑造後，便成為小說；而那些匠心獨運的藝術手法便是結構，因此情節與結構兩者關係甚密，本節將探討《夜譚隨錄》的情節特色與章法結構。

一、情節特色

佛斯特認為情節近似故事，但其實情節更重視因果關係與邏輯組成，並將情節定義為「將故事依時間順序而整理的各種事件的敘述，而敘述的重點在於因果關係」〔註22〕。在小說之中，因果關係由事件構成，事件由人物所致，因此情節包含了人物之間錯綜複雜的關係及其衍生出來的大小事件，高爾基認為情節是「人物之間的聯繫、矛盾、同情、反感和一般的相互關係——某種性格演行程長的歷史」〔註23〕。

小說要引起讀者的興趣，情節的豐富與生動占有舉足輕重的份量，也就是故事的密度必須夠強，具有足夠的故事性，才能引人入勝。志怪小說「以奇為美」〔註24〕，和邦額往往創造出令人詫異的曲折離奇情節，或荒誕的奇

〔註22〕（英）佛斯特著、李文彬譯：《小說面面觀》，頁75。
〔註23〕轉引自馬振方：《小說藝術論》，北京：北京大學出版社，2004年，頁109。
〔註24〕張念穰〈論中國古代小說情節藝術的演進軌跡〉，收錄於《濟南師專學報》，1991年2月，頁25。

幻情節引起讀者好奇的閱讀心理，曲折離奇情節者如〈白蓮教〉，光看篇名僅能推測故事將圍繞著白蓮教展開，但和邦額先寫許翁之富引起宵小楊三歹念，其次筆鋒一轉寫楊三欲行竊時目睹妖人對許翁新婦剖婦取胎，至此楊三已歹念盡失，並尾隨妖人行蹤。之後楊三告知許翁目睹情況，並揪出白蓮教妖人，妖人本不認，並謊稱己為四川蠟客，楊三直指布囊中磁罐便是證據，妖人惶懼抱罐又辯罐中黃白乃一生衣食之本，最後在眾怒難犯下，楊三娓娓道出其所見，妖人方束手就擒，此時又帶出時湘漢一帶胎婦被剖者眾，蓋出於此妖人之宗教黨派所犯，結局是白蓮教逞兇黨徒被捕數十人，楊三杖二十後給銀五十兩為捉妖獎勵。一千兩百多字的篇幅，先是小偷欲行竊，後見義勇為協助緝兇，連帶的揪出當時其他慘案的實情；白蓮教妖人從逞兇到謊報身份到狡辯磁罐內貯財物，情節曲盡轉折變化。荒誕的奇幻情節者如：〈王侃〉中的白女能使用法術變出各種物品，因應王侃的需求，甚至連孩子也不需經懷胎十月便可得：

> 是夕同坐房中，女戒王且勿便睡，獨登榻下帷，軋軋不知何作，約
> 食頃，忽聞呱呱之聲，女易衣而出，曰：「盍去看兒。」王大駭，啟
> 帷已繃一兒於床，眉目如畫。（卷十一，葉五上至葉五下）

又如〈趙媒婆〉中作媒後飽餐一頓並索取不少佳果返家的趙媒婆，解帕欲取鮮果時卻發現：

> 則見蝌蚪數十枚，半如墨汁，猶有一二蠕蠕者。咸大驚異，急取兩
> 家贈金視之，已俱化為冥鏹，紅綾亦折紙所為。媒木立如偶人，良
> 久，喉中作逆，嘔出濁水升餘，樹葉無數。（卷九，葉十九下）

上述例子不僅符合前文所提的以奇為美的的審美觀，在情節上有意使之荒誕、曲折，變化莫測，時常給讀者柳暗花明又一村的驚喜感，誠為《夜譚隨錄》中最大的情節特色。

二、章法結構

在小說賞析中，結構常與情節並提，但結構並不完全等於情節，所謂的結構可以說是「對人物、事件的組織安排，是謀篇佈局、構成藝術形象的重要藝術手段」〔註25〕。中國古典小說中的結構，基本上指的就是情節的結構，結構的基本任務便是「組織情節」〔註26〕，即對情節與非情節的因素進行組

〔註25〕費文昭、徐召勛：《中國古典小說藝術欣賞》，台北：里仁書局，1983年，頁24。
〔註26〕同前註，頁28。

織安排〔註 27〕。歷來情節結構可略分爲二分法、三分法、四分法以及五分法
等數種〔註28〕，《夜譚隨錄》中的故事大多屬短篇，結構單純，主要是以人物
的縱向發展與事件的橫向連結交錯織成，以下就《夜譚隨錄》的中常見的章
法結構介紹之。

（一）三分法

三分法在規範小說結構中，是運用最廣泛的。所謂的三分是指「開端」、
「發展」、「結尾」，早在劉勰的《文心雕龍・鎔裁》便提出「始、中、終」的
三分法：

> 凡思緒初發，辭采苦雜，心非權衡，勢必輕重。是以草創鴻筆，先
> 標三準：履端於始，則設情以位體；舉正于中，則酌事以取類；歸
> 餘于終，則撮辭以舉要。然後舒華布實，獻替節文，繩墨以外，美
> 材既斫，故能首尾圓合，條貫統序。若術不素定，而委心逐辭，異
> 端叢至，駢贅必多。〔註29〕

三分法是結構最爲完整，最簡明扼要，也最合乎事理發展與自然法則的，《夜
譚隨錄》中的三分法多依循開端、發展、結尾的模式，此爲依時間順序所安
排，爲行文方便，以下將《夜譚隨錄》的故事略分爲志怪、人事兩大部分並
舉例說明之。

1、志怪部分

〈譚九〉的結構爲：a、**開端**：譚九奉父母命探親於煙郊，但日已向夕，
道中遇一老嫗問路並邀至家中留宿，譚九允之。b、**發展**：譚九至老嫗家中，
家徒四壁，僅有老嫗、媳婦、孫共住，飲食、器具、衣著均十分匱乏，但仍
待之有禮。c、**結尾**：翌日譚九醒後發現身臥於松柏間，附近古塚頹然，遇上
守墳人，告知婆媳孫三者爲鬼的身份。

2、人事部分

〈劉鍛工〉的結構爲：a、**開端**：劉鍛工入都宿逆旅，少年每容貌，爲劉
之同舍，後旅店已無隙地，少年好心收留許生。b、**發展**：許生夜半欲以龍陽
君待少年，卻遭少年厲聲斥喝，並有白光旋出於帳，繞室如電等情節，並說

〔註27〕 同前註，頁 29。
〔註28〕 傅騰宵：《小說技巧》，北京：中國青年出版社，1992 年，頁 111～115。
〔註29〕 （南朝梁）劉勰著、范文瀾注：《文心雕龍注》，台北：台灣開明書店，1967
　　　　 年 5 月，卷 7。

明因劉鍛工在此，方能放許生一馬，同時向劉生致歉留下一布囊於劉枕畔。c、
結尾：翌晨劉許二人鬚眉盡削，劉啓布囊內有白金二笏，爲少年致歉金，二
人方明白少年劍術之神。

（二）四分法

元朝范德機曾於《木天禁語》中提出詩有四法：「起要平直，承要從容，
轉要變化，合要淵永」〔註30〕，此四法恰如文章中的起、承、轉、合，可以
說是文章的結構，本論文用於小說上，便成爲「開端」、「發展」、「高潮」、「結
局」，二者只是稱謂不同，在結構原理上卻是相通的〔註31〕，在此仍略分志怪、
人事兩部分舉例說明之。

1、志怪部分

〈周琰〉的結構爲：a、開端：周琰暴戾多力，家人不相安，鄰里不敢犯。
b、發展：道士渡化周琰，周琰膽怯，壯氣頓消，收斂數日，道士贈言留藥後
離去。c、高潮：周琰玩心旋生，故態復萌，後於寤寐中發現漸化爲虎身等情
節。d、結尾：憶起道士贈言，服藥後皮膚復原人形，自此改過自新，勉爲善
事。

2、人事部分

〈梨花〉的結構爲：a、開端：舒樹堂購得一女，命名梨花，既長，豔麗
無雙，與春棠均爲舒女陪嫁丫鬟。b、發展：恩茂先與介夫談論先前曾窺得梨
花有陽具，且人雌聲雄，迷團難解，疑爲妖怪。c、高潮：公子（按：舒女之
婿）驗明正身，梨花果爲男子，並欲刑求逼之吐實。d、結尾：公子憐梨花處
境，且念其自愛仍爲童身，賜名珠還，並以春棠妻之。

（三）包孕式

包孕法又稱爲盒套法，是英譯中的技巧之一，但用於小說結構審美中則
又稱爲盒套法，是指「作品在敘述主人公經歷時，把其他人物相似的經歷，
或表達同一主題的其他事件，巧妙的編織成一體」〔註32〕，簡單來說就是在
一個大故事中套入小故事，呈現包孕的姿態，在中國古典小說中，該結構並

〔註30〕 轉引自王明通：〈文章結構試探——以散文爲主要考察對象〉，收錄於《文學
新鑰》，嘉義：南華大學文學系，2010 年 12 月，第 12 期，頁 23。
〔註31〕 同前註，頁 27。
〔註32〕 余姒：《晚清短篇小說研究》，指導教授：李瑞騰，桃園：中央大學中文所碩
士論文，2002 年 6 月，約 130000 字，頁 4。

不是那麼的常見，但《夜譚隨錄》中確有這樣的結構，如：〈邱生〉一則，主要故事爲莘女與邱生相戀，並營救邱生，期望爲之遷墳；輔助故事有二，分別是衛素娟、楚楚魅惑邱生，並採邱生元精；莘女生前故事及贈邱生玉章延伸出玉章來由。

　　邱生與莘女的故事結構：a、**開端**：娟攜邱生遷新居，莘氏母女攜盒前來祝賀，因而結識邱生。b、**發展**：邱生與莘女相戀綢繆。c、**高潮**：莘女告知娟姐乃老狐，專媚男子洩慾並採取元精，贈邱生一符、一白玉小印，自白鬼魂身份，緣分至此以盡，期望邱生日後爲之遷墳。d、**結尾**：邱生安全逃離狐窟，並因白玉印獲贈千金，並守信替莘女遷墳，於新墳前祝而焚符，莘女似地下有知。

　　邱生與衛素娟的故事結構：a、**開端**：邱生於一廢棄庭園散步，誤入一軒被二嬛捉去。b、**發展**：二嬛進獻邱生給主人素娟，兩人終日盡床第之歡，息功名之念，絕鄉國之思，丫嬛楚楚亦與邱生雲雨。c、**結尾**：邱生隨素娟遷居至莘女附近。莘女生前故事與白玉印來由過短，在此不作結構分析。

　　全文將莘女生前故事、白玉章由來及素娟媚人進而害人的故事鑲嵌在邱生與莘女的悅戀故事中，以邱生誤入廢園庭軒爲開端，續以發展引出素娟、莘女等故事，兩者錯綜重疊，莘女生前故事以倒敘完成，白玉印來由採補敘敘寫，還原莘氏母女清白，故事間彼此相互容套，極盡情節曲折之能事。

第四節　語言藝術

　　語言是人類表達與溝通的工具，而小說可視爲是語言的載體之一；小說承載著作者所賦予它的文化、思想意涵，從而準確、生動的構築成小說世界，故小說世界本身即是語言的世界〔註33〕，而作者的個人特質與所運用的創作語言相互滲透，因此研究文學作品的語言，可揭示塑造藝術形象的語言規律，描述作家語言風格的獨特風貌，並且替文學鑑賞提供了感知活動的鑰匙，和理性認識的依據〔註34〕。和邦額爲官宦子弟，並曾以「八旗俊秀者」入咸安宮官學，也是京城滿族作家群之一；在創作小說時，除了自娛娛眾外，也能藉此小說表現自身才學，除了使用文言文創作《夜譚隨錄》，也夾雜了詩、詞、駢文、方言、典故之使用，構成多元的語言藝術。一般而言，小說語言可分

〔註33〕吳功正：《小說美學》，北京：東方出版社，1991年，頁95。
〔註34〕黎運漢：《漢語風格探索》，北京：商務印書館，1990年，頁25。

爲敘述語言和人物語言兩部分，本節擬從敘述語言、人物語言兩部分來探討和邦額使用語言之風格特色。

一、敘述語言

敘述語言是小說中除了人物對話及內心獨白外的一切語言，即用於敘述小說的故事、情節、衝突、描繪環境、刻畫人物，以及作者抒發感情、發表議論等等的語言，簡而言之就是敘述者的語言或是作者的語言。《夜譚隨錄》向來被視爲是第一部模擬《聊齋誌異》的作品〔註35〕，「筆意純從《聊齋誌異》脫化而出，語妙一時，而名後世〔註36〕」，因此在語言藝術的技巧方面，也繼承了《聊齋誌異》的「用傳奇法而以志怪」的筆法風格，運用精緻洗鍊的文言文營造出情節跌宕曲折的傳奇體及凝煉直白的筆記體，可見和邦額創作剪裁之功力。

《夜譚隨錄》大部分的故事可見「史傳」筆法，也就是前文所述之靜態描寫開頭的部分：「故事開始一定先將人物的身世、性格、職業等作一客觀交代」，而撰寫交代的筆法便是本節所要討論的敘述語言之一；和邦額以史傳筆法介紹人物時，常雜以對句或駢散相間，且以短句呈現，給人一氣呵成的緊湊感，並善於藉此勾勒出具體形象，如〈秀姑〉中介紹主人翁田驎的描述：

> 太原布客田驎，美姿容，喜吟嘯，少失怙恃，兄弟皆故，一身僅存。
> 年二十，煢煢落魄，親戚多不齒數，頗無聊賴。乃盡鬻田宅，獲百
> 金，入都營運。（卷十，葉一上）

出現了駢散相雜的文句，「兄弟皆故，一身僅存」的對句，最少三字至多六字的短句一連串組合，將田驎的籍貫、職業、容貌、興趣、年紀、家世背景及現在處境鮮明的呈現於讀者眼前。

藻飾文辭也是和邦額語言藝術特色之一，如〈韓樾千〉描述娟姐的閨房擺設：

> 閨中位置，精奇雅潔，又爲改觀，几案皆檀楠，爐瓶悉金玉，北設
> 鈿榻，南列螺窗，東壁懸古畫，西壁懸合歡圖也，聯爲董思白書。
> 廳上置金猊，爇異香，地平如鏡，不染纖毫塵翳，婦捺之使坐，小

〔註35〕 占驍勇：《清代志怪小說集研究》，，武漢：華中科技大學出版社，2003 年 6月，頁 155。
〔註36〕 此爲晚清邱煒萲於《菽園贅談》所言，轉引自占驍勇：《清代志怪小説集研究》，頁 155。

婢沏茗，茗尤香美，一旗一盞，不識何名。（卷四，葉二十八下至葉
二十九上）

金玉、鈿榻、金猊給人富麗之感，古畫、董思白書增加雅致，文中出現整齊
對句，短短 100 字卻揉合了視覺、嗅覺、觸覺、味覺摹寫，除了顯現娟姐的
富裕的物質生活及品味不凡外，合歡圖也暗示了娟姐的本性，爲下文埋伏筆。

　　《聊齋誌異》對於寫景小品文學習化用，再經過明末小品文的探索，富
於個性，而和邦額也承繼此點，以清詞麗句寫幽僻之境，如〈柴四〉中寫世
外桃源之境：「門外細草茸茸，萬花如繡，遠山橫黛，近水拖藍，天朗氣清，
一目千里」、「卒至一村落，清流環繞，綠樹陰濃，板屋竹牆，儼如畫裡」（卷
十，葉二十四下）；〈婁芳華〉中的異境：「約十餘里，於山谷中入一橡林。時
日已西沒，風聲如吼，但覺濃陰染袂，空翠爽肌，漸覺異香撲鼻。宛轉間，
抵一精舍，花木繁盛，泉石清幽」（卷二，葉二十六下），前者以靜態爲主，
以拖字使景鮮活有動態感，並綴有黛、藍二字，增添彩度；後者雜以視覺、
聽覺、觸覺、嗅覺等多重感受，動靜態兼具，逼眞臨場感大爲提升，除了清
詞麗句外，和邦額亦擅用古奧駢儷文字營造出蕭條、幽邃景致，如〈戴監生〉：
「垣外茅屋三間，戶常扃鎖。秋草滿地，落葉堆階，繞屋三四老槐，六七古
塚。屋之西，則連山林，無人跡也」（卷七，葉三十下）；〈董如彪〉：「而蒼然
暮色，自遠而近，漸無所見。四山清寂，繁星滿天。樹響水鳴，狼奔鵂叫……，
久之，月出峰巔，煙籠澗壑」（卷十二，葉九上至葉九下）；〈韓樾千〉：「但見
磧石寒泉，亂雲紅樹，空山寂歷，幽鳥啼鳴，四顧莊莊，杳無人跡」（卷四，
葉三十五下至葉三十六上）；〈譚九〉：「覺草蟲鳴於耳畔，熒火耀於目前，矍
然驚起，則身臥松柏間，秋露濕衣，清寒砭骨，系驢樹根上，齕草不休。茅
舍烏有，媼與婦並失所在，但見古塚纍然，半傾於蒿萊枳棘之中而已」（卷八，
葉四上至葉四下），以古奧駢儷文字寫景，多半發生在主人翁誤入異境之前或
異竟幻滅回到現實之時，具有異境之出入口之意義。此種語言風格多帶有寂
寥、蕭條感，並以聲響、人跡反襯整個空間的孤、寂、靜，充分營造出毛骨
悚然的感覺。

　　最後是典故語言運用的部分，如和邦額曾在本書兩處〔註37〕自言閱讀《太
平廣記》；評點者蘭岩於〈鍋人〉點評中提及「嘗觀《聊齋》」；福霽堂於〈棘
闈誌異〉八則之六的評點中提及《雜事秘辛》；〈修鱗〉一則取自於〈南柯〉，

_____

〔註37〕分別是〈貓怪〉與〈請仙〉。

並由人物直言爲〈南柯〉之續，無論情節、語言文字方面都有高度相似。而最顯著的典故語言是〈段公子〉一則中，開場白介紹平陽之富庶便直接錄新安趙給諫吉士的《竹枝詞》作品以佐證之，均顯現出敘述者閱讀視野的廣度。

二、人物語言

作品中作者所塑造的人物的語言便是人物語言，包括人物心理獨白、人物對話等，可直接或間接的反應其思想、願望和心理〔註 38〕。在作者筆下，人物語言十分重要，通過個性有鮮明特徵的人物語言，是塑造一個成功人物的重要手法。

《夜譚隨錄》的人物語言具有個性化、形象化、生動化的特點，並符合人物的個性身份及情節發展，表現最顯著的莫過於第三章所提到的「語言風格地域化」，如〈阿鳳〉中的宗伯夫人個性嚴厲，斥其子四郎之言：「不肖子！豈不聞不聽老人言，淒惶在眼前耶？」（卷二，葉十九上）；〈噶雄〉中噶雄嬬母對丈夫周文錦詆毀女兒名節之說加以斥責：「正所謂自將馬桶向頭上戴者！尚堪作朝廷堂堂二品官耶？」（卷二，葉三十一下）；〈鐵公雞〉中媒人對鐵公雞的嘲諷：「翁所謂又要馬兒好，又要馬兒不喫草也！」（卷十一，葉十一下），上舉各例皆是市井俚俗語言的化用，不僅具有地域性，又能將人物性格及當下的心理活動表露無遺，最經典一篇莫過於〈三官保〉中濃郁的北京色彩，突破文言體式，對話揉合北京地方的口語：

> 佟大言曰：「汝既稱好漢，敢於明日清晨，在地壇後見我否？」保以手撫膺，雙足並踴，自指其鼻曰：「我三官保，豈是畏人者？無論何處，倘不如期往，永不爲爲於北京城矣！」（卷九，葉二十一上）

兩人對話的呈現富地方色彩，並以口語化語言呈現，使佟某與三官保兩人的形象活靈活現，尤其是三官保可以說是清朝前期京旗滿族少年的典型〔註 39〕。

此外，和邦額多藉人物語言顯其才識，詩詞、戲曲、小說、典故各種文體出現於故事中，達到貫串情節，收言簡意賅之效，進而對故事有深化、對比、貫穿、渲染、鋪墊之用〔註 40〕，以和詩出現次數的頻率最高，如〈崔秀才〉中劉氏父女的因生活困窘而和詩自嘲：

〔註 38〕 馬振方：《小說藝術論》，頁 166。
〔註 39〕 金啓孮：《北京城區的滿族》，遼寧：遼寧民族出版社，1998 年，頁 14。
〔註 40〕 顏慧琪：《六朝志怪小說異類姻緣故事研究》，台北：文津出版社，1994 年，頁 209。

女能詩，戲吟曰：「悶殺連朝雨雪天，教人何處覓黃棉。歲除不比逢寒時，底事廚中也禁煙。」劉見之，笑曰：「此際玉樓起粟，若可煮食，足夠一飽。今得汝詩，能不令人羞也？」因和之曰：「今年猶戴昔年天，昔日輕裘今破棉。寄語東風休報信，春來無力出廚煙。」（卷一，葉一下至葉二上）

〈韓樾千〉中有娟、秀二女與韓對詩；〈棘闈誌異〉八則之一有分韻作詩的遊戲；〈邱生〉有楚楚頌梁武帝〈夏歌〉之句；〈秀姑〉中也有田嶙與秀姑屢次對詩的書寫；〈董如彪〉、〈藕花〉等均有錄詩之處，但其中以〈崔秀才〉中直接錄五言古詩一章爲最鉅，以上各詩作除了〈夏歌〉爲梁武帝作，其他均出自和邦額之手，由此堪見和邦額之文采斐然。詞的部分於〈董如彪〉錄有〈如夢令〉辭曰：「擲果潘郎風味，傅粉何郎風致。底事不同車，忍作執鞭之士？留意，留意，留意詢伊名字。」（卷十二，葉十四上）；用典部分如〈段公子〉中某女曰：「少年不努力，老大徒傷悲。人生世間，如輕塵栖弱草耳」（卷三，葉三十下），此段前句引用自漢樂府〈長歌行〉，後句引用漢‧劉向《烈女傳》，〈雙髻道人〉中呂騂的妻妾想探知呂騂長期晝伏夜出之因，而有以下內容：

其妻告其妾曰：「良人出，則必盡夜而後返，其蹤跡甚詭秘也。汝盍瞯之？」妾諾焉。是夕，施從良人之所之，卒至西門外密林中。……，卻回，相與曰：「良人者，所仰望於終身也，今若此，不我能慉矣！」乃相泣而訕於庭中。（卷十二，葉二十一下至葉二十二下）

無論是敘述語言或人物語言，均用典自《孟子‧離婁下‧齊人》相當明顯。

其他未錄內容但有人物有提及的文體或作品五花八門，經典有《詩》、《周易》；史書有《十三經》、《廿一史》；詩作有《陶詩全集》、〈歸山詩〉等；文〈瘞旅文〉、〈玉台新詠序〉；歌有〈逸狐歌〉、〈懊憹〉、〈子夜〉；賦有〈洛神賦〉、〈慘魂篇〉；詞有〈柳梢青〉、〈長相思〉；小說有〈神仙傳〉、〈廣異記〉、〈金瓶梅〉、〈雜事秘辛〉、〈洗冤錄〉，另有佛經〈貝葉梵宇金剛經〉、戲曲〈肉蒲團〉及〈西廂記〉、誄文〈芙蓉誄〉等，數量甚豐。此類可稱之爲「典故語言」，前已述其優點，但有少部分典故語言如錄梁武帝〈夏歌〉之舉，全文並未透露意義何在，即使捨去亦無礙情節發展，徒增堆砌、逞才之感。

第五章 《夜譚隨錄》評點綜論

　　評點是中國古代文學特有的一種評論方式。評爲「評論」，點爲「圈點」，最初是個人閱讀文本時隨手於書上筆記、總評、眉批、行批、夾批、或圈、或點、或抹等，以標示書中精義所在，後來逐漸演變爲一種特殊的文學批評形式。古代經典中的「箋注」便是以這樣的形式呈現，可以視爲是評點的源頭，曾有學者認爲「文學評點中的總評、評注、行批、眉批、夾批等方式，是在經學的評注格式基礎基礎上發展起來的」〔註1〕，而小說評點是讀者針對故事內容、情節、人物，就己所見聞進行闡述與評論，往往因直打胸臆，因而帶有主觀性、鑑賞性，並較詩評、文評通俗、平易近人；結尾則仍傳承史贊風格，好論人物，喜以議論、感嘆作結。本章擬先簡介傳統小說評點之流變，其次再以《夜譚隨錄》書中評論者爲綱，其內容爲目，探討該評論者的評論特色及其評論內容之作用。

第一節　傳統小說評點簡介

　　正式的小說評點始於宋元之際，以南宋遺民劉辰翁對《世說新語》的評點被譽爲「小說評點的開山之祖」〔註2〕，是文學史上第一位評點大家，曾評點過 46 位唐代詩人作品及宋代王安石、蘇軾、陳師道、陸游、陳與義等詩作〔註3〕，評點著作豐碩。劉辰翁後，小說評點沉寂許久，到了明代萬曆年間方

〔註1〕吳承學：〈評點之興——文學評點的形成和南宋的詩文評點〉，收錄於《文學評論》1995 年 01 期，頁 24。

〔註2〕黃霖、韓同文：《中國歷代小說論著選》，南昌：江西人民出版社，2000 年，頁 81。

〔註3〕孫琴安：《中國評點文學史》，上海：上海社會科學出版社，1999 年，頁 58。

又伊始起步〔註4〕，譚帆的《中國小說評點研究》將小說評點從明代至清代分為四期〔註5〕，分別是萌興期：明代萬曆初年（1573）至萬曆末年（1620）、繁盛期：明天啓（1621）至清康熙朝（1722）的一百來年、延續期：雍正朝至嘉慶朝的一百來年，最後是轉型暨衰退期：道光朝至清末。其中《夜譚隨錄》位於延續期，以下分別陳述各期要點特色，以求掌握《夜譚隨錄》中評論之脈絡。

一、小說評點之萌興期

　　萌興期的時間爲明代萬曆初年（1573）至萬曆末年（1620）。萬曆年間乃小說評點的源頭，萬曆十九年（1591）出現了萬卷樓刊本的《三國志通俗演義》，評點手法有圈點、音注、釋義、考證、補注，隔年陸續出現了書坊主人余象斗及文人李卓吾兩位在中國小說史和小說評點史的重量級人物，分別確立了以書坊爲主體的小說評點的商業性和以文人爲主體的小說評點文人性，往後的小說評點便是分別朝這兩個方向發展。此後20餘年間約出版小說評本20餘種，約佔嘉靖以來出版小說的三分之一強，萬曆中晚期開始出現冒用名人評點之舉，顯示評點在社會上已形成一定影響。

　　此時期的小說評點已漸走出劉辰翁評點《世說新語》在每則之末簡單評論的形式，余象斗刊行的《新刻按鑑全像批評三國志傳》首次明確將「批評」字樣標出並與「全像」並列，二者萬曆年來小說刊刻的重要組成部分，當屬本期之代表作〔註6〕。其他代表作尚有：李卓吾本之《水滸傳》評點、以李卓吾本爲基礎的容與堂本《水滸傳》、袁無涯本《水滸傳》、余象斗刊行的《水滸志傳評林》等〔註7〕。

二、小說評點之繁盛期

　　繁盛期的時間從明天啓（1621）至清康熙朝（1722）。本時期是小說評點最爲繁盛的時期，不僅數量龐大、門類齊全，質量也有所提升。小說評本約有百種之多，約佔明清小說評本的半數。特點有略歸納有三，一是前期確立

〔註4〕譚帆：《中國小說評點研究》，上海：華東大學出版社，2001年，頁10。下引本書，只標頁碼，不另出詳註。
〔註5〕同前註，見該書目錄，分別是上編第一章的第二至五節。下編小說評點編年敘錄之二正文部分也有詳盡的劃分。
〔註6〕同前註，頁15～16。
〔註7〕同前註，頁13～20。

的小說評點商業性及文人性在本時期逐漸達到融合；二是而小說評點三大價值層面：傳播、理論、文本在本時期的小說評點中，都達到前所未有的價值；三是此時期的小說評點因明末清初古代小說有著較大的發展，故共同參與了古代小說的傳播並推動小說藝術的發展；前期冒用名人之舉評點的風氣在本期仍持續存在。

　　本時期的代表作有馮夢龍的《三言》評本採一序一眉，眉批甚簡，但三篇序言均是頗有價值的小說論文，金聖歎批的《水滸傳》、毛宗崗父子批《三國演義》、張竹坡評《金瓶梅》等經典評本，都是在本時期出現，並逐步形成一種定型的小說文本；另外尚有汪象旭、黃周星評的《西遊證道書》。四大奇書的評點具有承上啓下的作用，並且由金聖歎確立眉批、夾批、總評、讀法之綜合型評點型態，陸續經張竹坡、毛宗崗父子完善小說評點系統〔註8〕。

三、小說評點之延續期

　　延續期的時間自自雍正朝（1723）迄於嘉慶朝（1820）。本時期的小說評點主要集中在乾隆、嘉慶年間，金、毛、張三家批在本時期重複刊刻，唯有《西遊記》出現多種不同評本，但仍宗《西遊證道書》，以闡述內容爲主，忽略藝術分析，故質量水平並未超拔金、張、毛三家。代表作品是脂批《紅樓夢》、王士禎評青柯亭本《聊齋》、臥閑草堂評本《儒林外史》。

　　小說評點文人性的增強是本期的標誌，表現方式有二：一爲小說評點源於評點家與小說家之間的個人關係，二是評點者通過一己之閱讀，純主觀的闡明小說的義理，這兩點在《夜譚隨錄》的評點中都可發現蹤跡，評論者有作者自評也有友人評論。小說評點文人性提高雖意味著小說同時受到文人百姓的喜愛，也確立小說評點在文人心目中的重要性，可惜另一方面的意義卻是削弱商業導讀，逐步降低小說特有的通俗性與民間性，間接扼殺了小說的傳布及其評點的生命性〔註9〕。

四、小說評點的之轉型與衰退期

　　轉型暨衰退期從道光朝（1821）後至清末。本時期小說評點略分爲傳統餘波及轉型兩類。傳統餘波的部分是評點者目光從四大奇書轉至《紅樓夢》、《聊齋》、《儒林外史》，在思想內涵與藝術形式上與傳統一脈相承，仍以李卓

〔註8〕同前註，頁20～27。
〔註9〕同前註，頁27～32。

吾、金聖歎爲圭臬，且文人自賞性更強。比較值得注意的是此其《紅樓夢》評點尤爲熱鬧，以王希廉、張新之、姚燮爲最；但明倫《聊齋》評本對後世影響尤大。

　　19 世紀末中西思想交匯，出現「變體」的小說評點。形式方面沿襲傳統評點，但內容方面卻以政治思想爲主，且出現在具有「連載」性質的新小說上。變體小說評點可分爲兩種類型：一是新小說的提倡者運用評點形式爲自創的新小說作評；另一是以評點形式對舊小說做出新的理論批判；代表者前後分別有劉鶚、吳趼人及燕南尚生《新評水滸傳》，此後小說評點走向衰落之路，起而代之的是「論文」、「叢話」等形式替代小說評點，爲小說評點數百年的歷史劃下句點〔註10〕。

第二節　《夜譚隨錄》評點探析

　　《夜譚隨錄》較流通的版本己亥、己酉、辛亥本的評點情況類似，唯獨與《霽園雜記》相去甚遠，可詳參本論文第二章第三節版本介紹及《霽園雜記》與《夜譚隨錄》評點比較的部分，此不再贅述。本論文採用的辛亥本《夜譚隨錄》中，有眉批、行間批、圈點、篇末後評；眉批、行間批主要是針對內容而發，或而表達閱讀情緒或而表達解讀之意涵，雖於前文已證實出自阿林保之手，唯皆不具名，故本論文主要討論範圍設定於篇後有署名之評點，下以表格呈現：（評點分布詳見附錄三）

▼表 4-1：《夜譚隨錄》評點者與評點則術統計表

評論者	數　量〔註11〕	無評篇章
閒齋（和邦額）	32	〈龍化〉、〈蜃氣〉、〈清和民〉、〈某掌班〉、〈大眼睛〉、〈塔校〉、〈春秋樓〉、〈朱佩茝〉、〈褯襹〉、〈再生〉、〈袁翁〉、〈王塾師〉
蘭岩（恭泰）	138	
恩茂先	12	
李伯瑟	1	
李齋魚	1	
福霽堂	1	
總計	185	12

〔註10〕同前註，頁 32～43。
〔註11〕數量以全書每則故事拆開來算，計 160 則。

　　評者爲作者本人及其好友，恭泰、恩茂先、李伯瑟都是文人，從前文對小說評點繁盛期所述，小說評點文人性強是該期明顯的標誌，《夜譚隨錄》的評者與作者的關係友好密切，已於第二章闡明，表現出文友間自賞性及私人性，且從評論內容看來，的確是評點者通過一己之閱讀，注明旨趣，值得注意的是在《夜譚隨錄》的評點中，出現了作者、評者以及評者之間的對話交流情況，這樣的現象在古典小說評點中是很難見的，故以下先列舉出作者與評者對話交流的現象，再以評者爲綱，內容爲目，探討該評論者的評論特色及其評論內容所起之作用。（順序以作者爲先，依次以出現次數多寡爲序）

一、作者、評者與評者間的對話交流

　　在《夜譚隨錄》的評點中，有三則故事的評點屬於此類，分別是〈蘇仲芬〉、〈白萍〉是作者與評者對話，〈張老嘴〉是蘭岩、恩茂先兩位評者承接交流，在〈蘇仲芬〉中，蘇仲芬遇一迷樣女子，女子力勸蘇仲芬遠離輕薄友，勿逞小慧、舌尖之巧，自新後功名仍有望，奈何仲芬仍名落孫山，女雖再三勸慰，但仲芬依然憤懣，又偕同爲失意友人外出，醉後不檢，並把落榜結果雜以因果佛經，女艴然而去，故有以下評點出現：

　　閒齋曰：觀仲芬所遇或謂是鬼，予力辯其爲狐。

　　恩茂先曰：無論是狐是鬼，仲芬儒衣儒冠而爲人師表者，較此女爲
　　何如？（卷二，葉六下）

和邦額於評點中提出蘇仲芬所遇之女的身份是爲狐，並用了「力辯」二字，可見對於該女的身份出現了眾說紛紜的情形，而恩茂先評點內容直接承接和邦額的探究該女身份的話題，並提出自己的想法是不管該女身份是狐是鬼，都比蘇仲芬人模人樣又爲人師表優秀得許多。而在〈白萍〉中，林生爲典型的負心漢，在得到功名利祿後，竟反過來懷疑白萍爲異類，並拋棄她另娶千金閨秀，最後導致白萍復仇，使林生無法人道：

　　恩茂先曰：祖有德，而子孫發甲，固天所以報告人，乃又斬厥祀，
　　殊不可解。

　　閒齋曰：否，否，愈遠愈疏，古聖人所以有承祧之義也。林生絕嗣，
　　天所以報林生，非所以報其祖，何則林祖父有發甲之子孫，而林不
　　得爲人之祖父也？天何負於吉人哉！」

　　茂先大笑叫絕。（卷八，葉十七下）

這兩則評點生動的呈現了作者與評者的之間的意見交流，恩茂先先是在評點中對故事情節提出質疑，而和邦額也以評點的方式提出自己的想法來回應恩茂先，恩茂先雖沒有正面表示肯定，但從「大笑叫絕」的舉動記錄可間接得知是認同作者的說法的。在一般古典小說評點中，往往是作者自評、評者評點兩相獨立，各成系統，甚至更多是只有評者自成體系，以自己的思想爲出發點來闡釋文本，藉此自我抒感發懷，但在這樣對話交流類型的評點中，有作者親自出來解釋，表明看法的例子相當罕見，是研究《夜譚隨錄》非常重要的資料，也是小說評點史中的特殊案例。

　　評者之間的交流反映在〈張老嘴〉中〔註 12〕，張老嘴夜半看到一人面闊尺餘，吻角入鬢，蜷睡於角落，張蹴之竟化爲一黑雄雞，捉之烹酒，故於評點中出現蘭岩與恩茂先有意見交流的情況：

> 蘭岩曰：怪化爲雞，已奇矣。而張竟烹而食之，更奇。張眞口腹人哉！倘食之而有不測，奈何？
>
> 恩茂先曰：有人早起，見床上有凝血一方，約六七斤。問諸家人，皆不知所自，其人乃碎切，炒而食之，味如豬血云。（卷五，葉二十三上至葉二十三下）

蘭岩評點先是對故事情節自我設想提出疑惑，而恩茂先的評點承接蘭岩的自我設想，分享了一則類似的他人經驗。這兩則評點從文意上看來是連貫的，故也歸入對話交流類型中，並可視爲《夜譚隨錄》確爲友朋間談狐說鬼，稍涉匪夷，輒爲記載，日久成帙的又一力證。

二、閒齋（和邦額）作者自評

　　作者自評現象最常見於小說領域，《夜譚隨錄》也有這樣的情形。閒齋評置於篇末，換行後與故事正文齊頭，屬於作者自評。以「閒齋曰」的形式呈現，猶如《史記》中的「太史公曰」、《聊齋》中的「異史氏曰」，多半採「全知視角」，主要是從道德的角度對故事、人物進行評議，抒己所感。屬於閒齋評計有 32 個，如〈崔秀才〉、〈碧碧〉、〈梨花〉等，其評點內容可分爲抒發閱讀感受、對人物進行評價、由小說或分析或引伸至現實，表達啓示或警世之意、補述故事或經驗四種，以下分述之：

〔註12〕此例於《夜譚隨錄》中爲孤證，但《夜譚隨錄》本是《霽園雜記》經過刪改的本子，評點也經過改動，可惜目前並無管道取得《霽園雜記》，在此一併說明。

（一）抒發閱讀感受

　　評點內容屬該類者如〈蘇仲芬〉、〈白萍〉、〈三李明〉等篇。在〈蘇仲芬〉中，閑齋評曰：「觀仲芬所遇或謂是鬼，予力辯其爲狐。」（卷二，葉六下），可以明顯瞭解是和邦額聽畢蘇仲芬的故事後，才有辦法「力辯」是狐，並在後來著書時保留了當時的情況；〈白萍〉中，閑齋評曰：「否，否，愈遠愈疏，古聖人所以有承祧之義也。林生絕嗣，天所以報林生，非所以報其祖，何則林祖父有發甲之子孫，而林不得爲人之祖父也？天何負於吉人哉！」（卷八，葉十七下），本則情況同前，和邦額先後聽過李芰裳、賴冠千述此事，當下表達自己對於這個的故事的不解之處，事後著錄時仍存留，故此當屬閱讀感受的範疇；〈三李明〉中，閑齋評曰：「三李明不奇，奇在皆於鍾有再生恩，皆有恩於鍾不奇，奇在秀皆不聞有以報之，而安心素封也。」（卷八，葉三十八上），本則情況亦同。

　　由上述三個例子可以發現和邦額雖爲《夜譚隨錄》的作者，但這樣的評點可以看出和邦額也是故事採集者，會針對所聽聞的故事藉由篇末評點書其疑惑或提出聆聽後的看法。

（二）對人物進行評價

　　評點內容中對於人物予以褒貶相當常見，這是源自於史傳論贊的傳統，乃小說評點中的大宗。評點者通常從人物人格、行爲風格進行檢視後給予評價，屬此者如〈梨花〉、〈香雲〉、〈高參領〉等。在〈梨花〉中，閑齋評曰：「梨花假女妝而守貞如處子，如其果女子，必非淫亂者，其得擁美妻，獲厚利，去禍而就福也，固宜。」（卷一，葉二十一下），對於梨花男扮女裝卻能嚴守男女分際不踰舉給了相當高的評價，並認爲其福報就是得嬌妻、獲厚利；〈香雲〉中，閑齋評曰：「世間尤物，得一可以傾城。喬以匹夫落魄，寢處諸尤物之間，卒至富豪名，以壽考終。其操持必有大過人者。翠必欲引而登之長生之域，亦婆心太摯矣。」（卷一，葉三十四上），稱讚喬郎定性高，故能由落魄至富豪，翠翠過於積極想引香雲登長生之城，以致喬郎與香雲仳離，對此，和邦額分別給予褒貶；〈高參領〉中，閑齋評曰：「生以拳勇知名，乃死後猶作馬以報，好名之累，亦綦重哉！」（卷五，葉二十七下），認爲林某過於重視名氣，竟連死後化爲馬都還要當初敗北之仇，可見名氣的羈絆甚矣，是爲貶評。

　　上述三個例子都是和邦額從人物的行爲、後果給予評價，這一類的評論帶有強烈的主觀性及道德教化感。

（三）由故事或分析或引伸至現實，表達啟示或警世之意

　　評點內容屬於該類者如〈潘爛頭〉、〈玉公子〉、〈某太守〉等。〈潘爛頭〉中，閑齋評曰：「炫術而失卻一神仙，深堪痛恨矣。乃張以小怨，則下此毒手，亦豈真人作用哉？世之小有才而遊戲無忌者，均應以潘爛頭爲鑒矣！」（卷五，葉三十上），是針對故事中潘、張二人鬥法之事所造成的後果，勸籲世人勿炫才；〈玉公子〉中，閑齋評曰：「淫心一熾，已伏禍機；正念一生，遂登仙籙。甚矣，人之貴能改過也！克己復禮，天下歸仁，一念之善，可不擴充哉？」（卷十，葉二十一下），是和邦額觀照故事全文後，分析眾人下場所得的領悟；〈某太守〉中，閑齋評曰：「人設喻借人之勢，以恣威福者，曰假虎，曰憑城。是天下脅肩諂笑，最工媚人者，莫狐若也。今觀此狐之所以規正太守者，人而狐，狐而人矣。如此狐，固爲僅見，而世之如太守其人者，胡何多也！」（卷十二，葉二十九上），情況同前，也是和邦額對全故事瞭解後延伸至現實層面，有感嘆、警世意味。

　　上述三個例子都是和邦額在對故事有通盤瞭解的情況下，將故事情節分析或延伸至現實面來檢視得出啟示，而這一類的啟示多半帶有反諷及感嘆意味，道德教化氣息也較重。

（四）補述故事或經驗

　　評點內容屬該類者如〈噶雄〉、〈堪輿〉、〈獺賄〉等。〈噶雄〉中，閑齋評曰：「予從先王父鎮河湟時，雄甫二十餘，已在材官之列，女亦無恙。雖一至署中，上下目睹其婉媚，迥異儕俗，洵佳人也。雄後官至參戎。周女誥封淑人。四十即致仕，居河州，猶富甲一郡云。」（卷二，葉三十三下），此爲和邦額補述親身經驗，具有替故事增加真實感、臨場感的作用；〈堪輿〉中，閑齋評曰：

> 參戎公今下世矣，伊君其婿也，嘗爲予言其異績甚多，悉堪紀述。方其爲護軍校時，偶偕三四友人，攜酒郊遊，小歇一墓門下，墓前松楸陰翳，咸嘖嘖以爲佳城，公曰：「此絕地也，何足稱羨！」友問其故，公曰：「此松柏皆百年物也，苟有子孫，則斬伐而貨爲棟樑也久矣，焉能至今無恙乎？」友群笑以爲惡謔。既而坐旗亭，詢及墓主，酒家傭曰：「此漢軍張氏之塋也。張故百萬富，而今已矣，絕嗣數十年矣。」眾大駭，益神之。夫公之術固神矣，乃爲所謔，亦窮理至乎其極者也。（卷十一，葉三十五上）；

〈堪輿〉是一青鳥術神準的奇人故事，和邦額在篇末評點中又多補述另一則朋友伊昌阿告訴他岳父參戎公也精通風水的奇事。評點與正文互相呼應，結構甚為嚴密；〈獺賄〉中，閒齋評曰：「予在五涼，頗亦食獺。獺食草根，冬蟄，啓蟄後兩腋有毒，不可食。人手人足，肝十二葉，閏益一葉。一窟而有前後户，猶二窟也。然而煙熏之，犬逐之，無能免者。嗚呼！魏武疑塚七十二，真塚猶被掘也，二三窟何足恃哉！」（卷五，葉三十三上），該故事以獺為主角，因此和邦額便在篇末補述自身遊歷時與獺相關的所見所聞，該型態的評點詳細說明獺的特性，實具有考據的價值。

上述三個例子各代表一種典型，一是增加真實感、臨場感的經驗、二是具有考據價值的經驗，三是補述新故事和正文呼應，和邦額於篇末評點採補述方式呈現的內容，不出上述三種範疇。

和邦額身為《夜譚隨錄》的作者，我們可由上述評點發現其對於故事採集、著書過程之用心，對於故事提出啓示、疑問、感嘆、補充、評價等，身為作者卻能跳脱作者的框限，從讀者的視角來檢視故事，進行評論，不但可替讀者闡明土旨，更能從中寄託自身理想、情感。

三、蘭岩（恭泰）與恩茂先評點

恭泰是和邦額的好友，目前於徐世昌《晚晴簃詩匯》及震鈞《天咫偶聞》兩處可見到其作品，對戲曲及小說也都有涉獵，有一定的文學素養，詳見第二章第一節的交游情形，此不再贅述。《夜譚隨錄》中，篇末換行空兩格署名「蘭岩曰」計有 138 則之多，可見恭泰曾仔細閱讀過《夜譚隨錄》。在篇末評點排序的部分，往往置於閒齋曰之後，若同時有恩茂先曰，則又後於恩茂先。蘭岩評的內容範疇不出閒齋，但帶有更豐富且鮮明的情緒，常常以憐憫、感嘆或反詰語氣下評點，更有真情流露者如〈韓樾千〉中，蘭岩曰中有「當者傷心，讀者酸鼻」（卷四，葉三十六下）一句；對於故事內容也常提出質疑，不過相較於閒齋評，蘭岩評補述故事僅見於〈棘闈誌異〉八則之五，且字數甚少。其評論內容可分為抒發閱讀感受、對人物進行評價、由小說或分析或引伸至現實，表達啓示或警世之意三種。

恩茂先與和邦額交情匪淺，除了評《夜譚隨錄》外，也曾涉入故事中，如〈梨花〉，並替該書提供故事素材，是所有素材提供者中，提供數量最豐碩的一位；另外和邦額也曾參加過恩茂先所舉辦的湯餅會等等，詳見第二章第

一節交游情形的部分，此不再贅述。《夜譚隨錄》中，恩茂先的評點會輪流以「恩茂先曰」或「茂先曰」呈現，一般是於故事後換行空兩格呈現，有時評點恰好回應閒齋評，便會緊接在後，不換行。排列順序是介於閒齋曰之後，蘭岩曰之前〔註13〕，字數短少，偶爾會補述己所見聞，全書計有 12 則，因則數較少，在此一並列出：〈蘇仲芬〉、〈張五〉、〈詭黃〉、〈梁生〉、〈張老嘴〉、〈栢林寺僧〉、〈棘闈誌異八則〉之八、〈白萍〉、〈請仙〉、〈霍筠〉、〈三官保〉、〈靳總兵〉。其評點內容與蘭岩前兩類重複外，另有補述經驗或故事一類，下以表格示之：

▼表 4-2：恩茂先評點類型分佈表

評論內容分類	篇　　名	備　註
抒發閱讀感受	〈栢林寺僧〉、〈白萍〉、〈請仙〉	
對人物進行評價	〈蘇仲芬〉、〈梁生〉、〈三官保〉	
補述經驗或故事	〈張五〉、〈霍筠〉	經驗
	〈詭黃〉、〈張老嘴〉、〈棘闈誌異八則〉之八、〈靳總兵〉	故事

以下分抒發閱讀感受、對人物進行評價、由小說或分析或引伸至現實，表達啟示或警世之意、補述經驗或故事四類說明之。

（一）抒發閱讀感受

蘭岩評點屬該類者如〈佟騎角〉、〈紙錢〉、〈柴四〉等。〈佟騎角〉中，蘭岩評曰：

> 觀此而哀小民之愚也，饑寒所迫，則相率而為非，朋黨所要，每橫行而不顧。一旦自罹法網，幸脫無由；既已梟示通衢，猶矜奔避。真乃醉生夢死，誰能喚醒其良心？為鬼為人，尚未辨別其形似者也。為民父母者，尚其念氓蚩之可憫，勿以罔民而可為，思人性之皆良，勿致不教而遂殺，則被澤者，可勝計哉！（卷七，葉三十七下）

蘭岩在讀完這則故事後，對於故事中的附身鬼魂處境深表同情，並對地方父母官發出以「教化」為先的呼籲，希望能盡量減少這類犯小罪而致死的百姓；〈紙錢〉中，蘭岩評曰：「豈以二豎之故，而示其怪耶？抑二紙錢作祟以斃人耶？是不可解。」（卷八，葉三十六上至葉三十六下），對於故事情節表達質

〔註13〕〈張老嘴〉一則是例外，蘭岩曰在前，恩茂先曰在後。

疑，由此可見蘭岩是仔細閱讀《夜譚隨錄》，並能自發思考，提出自己的疑惑，是讀者與文本的進行激盪的一種，而我們也能再次思考蘭岩的質疑是否合理；〈鐵公雞〉中，蘭岩評曰：「守錢虜深可憎惡，安得如此快狐，行此快事哉！辛苦五十年，未得一文享用，一旦盡空，大慟而絕，翁亦可憐矣。每讀一過，令人叫快者三。」（卷十一，葉十四上），從評點中可以看出蘭岩的情緒高昂，給人身歷其境之感。

　　以上三個例子各代表蘭岩評點抒發閱讀感受的三個典型，分別是憐憫感嘆、提出疑問及大呼痛快。不管是哪一種，都表達出蘭岩的情感隨著《夜譚隨錄》的情節起跌而轉換，投入之深可見一斑。

　　恩茂先評點屬該類者，如〈栢林寺僧〉中，恩茂先評曰：「苟於道如此專一，何佛菩薩不可到得？惜僧如此精神，用之於十兩金也！」（卷五，葉二十四下），感嘆該寺僧若能對財物專一的執念用於佛道修行上，成佛成菩薩亦非難事，奈何竟把這般專注放在十兩金銀上，誠為可惜；〈白萍〉中，恩茂先評曰：「祖有德，而子孫發甲，固天所以報吉人，乃又斬厥祀，殊不可解。」（卷八，葉十七下），對於林澹先祖積德，保佑遭白萍報復始亂終棄之仇的林澹得徑南宮卻又斬其子嗣表不解。此則故事的評點是由恩茂先與閒齋對談組成，先是恩茂先掃出此疑問，閒齋提出自己的想法，最後茂先表認同「大笑叫絕」；〈請仙〉中，恩茂先評曰：「此記如善奏口技者，無不逼真。」（卷八，葉三十二上），是本書眾多評點中難得對描寫技巧有評價的一個，字數雖少，但卻肯定作者描寫故事的功力，以善口技者做貼切又生動的譬喻。

　　由於例子較少，僅有上述三個例子歸納出恩茂先在抒發閱讀感受時情緒較蘭岩緩和，內容簡單卻不失精闢，比較特殊的便是對於故事的描寫方式以鑑賞的方式呈現在評點中。

（二）對人物進行評價

　　蘭岩評點屬該類者如〈某倅〉、〈董如彪〉、〈倩霞〉等。〈某倅〉中，蘭岩評曰：「莊生生前好義，拯斂多人，死後復能規友以義，囑父留心於無主之魂，致能各歸鄉土，誠義人義舉也！五十而亡，終於諸生，天何報施之薄哉！」（卷三，葉十七上至葉十七下），蘭岩對於莊生的義舉給了極高的評價，也同時對於如此善良之人只有陽壽五十年而趕到可惜；〈董如彪〉中，蘭岩評曰：「董恃財自恣，棄子拒諫，可謂不慈矣。身死家敗，立見銷亡，非冥報乎？印兒從如彪於萬山中，歷涉危險，雖死不避，忠義可嘉，其獲佳麗於意外，不亦

宜哉？」（卷十二，葉十六上），蘭岩對於董父、印兒在故事中的行為分別給了褒貶，並認為各自的結局甚為合理；〈倩霞〉中，蘭岩評曰：「熱鬧場中，抽身遠避，士君子之所難也。倩霞以一女，見逆藩凶暴，遂知禍不旋踵，勸林勇退，何其識之精，行之決哉！吁！巾幗也，勝大丈夫矣！」（卷三，葉二十四上），蘭岩對於倩霞有遠見，勸丈夫一併急流勇退，是更勝大丈夫的女中豪傑，給了她極高的評價。

由上述三個例子蘭岩對人物進行評價的例子可以發現除了純粹褒貶人物之外，蘭岩評價人物的思路是會一併考慮到該人物的「結局」，並將之以因果報應合理化之，若無法合理化，便會表示慨嘆或質疑。

恩茂先評點屬該類者，於〈蘇仲芬〉中，恩茂先評曰：「無論是狐是鬼，仲芬儒衣儒冠而為人師表者，較此女為何如？」（卷二，葉六下），恩茂先雖未直接對蘇仲芬做出評價，但是卻以「儒衣儒冠而為人表」和該女相比，貶義不言而喻；〈梁生〉中，茂先評曰：「此狐大為貧友見侮於富豪者吐氣。」（卷三，葉十上）；〈三官保〉中，恩茂先評曰：「一跌輒悟，改過如決，若三官保，真勇者也。」（卷九，葉二十六下至葉二十七上），以上兩則都直接給予人物正面的評價。

這三則恩茂先品評人物的評點，特色同上所述，愛恨分明，簡潔明瞭。

（三）由小說或分析或引伸至現實，表達啟示或警世之意

評點屬該類者見於蘭岩評點，如〈趙媒婆〉、〈蘇仲芬〉、〈朱外委〉等。〈趙媒婆〉中，蘭岩評曰：

> 改業已久，仍復為利動，宜鬼物戲弄之也。每見世人，當痛遭窘辱時，未始不立志變計，悔心慚熾。一旦有重金以啖之者，遂致故態復萌，捨身不顧，名行墮喪，不可收拾。其不為鬼所侮弄，幾希矣。吁，可不見利思義哉！趙姥為媒多年，豈於日夕來往之地，有此大族，未之前聞耶？乃毫無疑慮，徒事跋涉，想亦利令智昏耳。（卷九，葉十九下至二十上）

蘭岩的評點是跟著故事情節進行的。從趙媒婆誤良家女被官痛懲後立志改業，後又為利所動，最後遭鬼戲弄，此為故事的三個轉折點，蘭岩將其分析出置於評點中，並在最後以感嘆、反詰凸顯自己的不恥態度，更以道出心中疑點以突破盲點，恰好強化趙媒婆貪利的形象，並寓警世、諷刺之意；〈蘇仲芬〉中，蘭岩評曰：「輕薄之口，見棄於狐，況於人哉。乃當聞言再拜之後，

復不自檢，褻瀆聖神，是自取罪戾也。讀書者可不以此爲戒歟？」（卷二，葉六下），此評點先是揭示故事要旨，再延伸到現實。希望讀書者引以爲戒；〈朱外委〉中，蘭巖評曰：「無制服之能，則貿然觸其怒，幾至粉身碎骨，何其愚哉！言願世之待惡人者，當以此爲戒也。」（卷四，葉三十八下），蘭巖以對朱外委在故事中的行爲延伸到現實，並呼籲世人當以此爲戒。

上述三個例子都有個共同點，就是蘭巖雖爲讀者、評者，但卻常「呼籲」，並以激問語氣再次與讀者進行互動，且句句直抒胸臆，個人風格十分明顯。蘭巖評點中，只有一則是故事的補述，附加形式是在評點後換行與評點齊平書寫，事件從何得知並未說明：

> 隱微事，夫誰知其怨所結者乎？鬼既能尋至闈中，而但示其形，使其驚狂奔避，抑之何故？
>
> 噫！異矣，乾隆丙子科，順天鄉試，有大書於卷面者，曰：「黃四姑娘開拆，見藍榜。」（卷六，葉十二下）

這是蘭巖 138 個評點中，唯一補述故事的一則，在此將其列出。該評點補述的事件與故事並沒有很明顯的關係，只知道同是發生在闈場的異聞，而藍榜是記錄因違規取消入場資格的公開名單，在此僅能推測或許故事中的舉了遭鬼嚇後狂叫「有鬼」而走，被取消入場資格，蘭巖將舉子遇鬼事件的後話附錄於此便不得而知了。

蘭巖是和邦額的好友，《夜譚隨錄》中幾乎篇篇都有「蘭巖曰」的評點，可見閱讀之精，而非走馬看花；身爲讀者，能進行主體思考並且提出質疑是最大的特色；評點中常流露自己當下的情緒，或讚賞或憤怒或惋惜或呼籲，性情中人的形象不言而喻。

（四）補述經驗或故事

評點屬於補述經驗者見恩茂先評點，如〈張五〉、〈霍筠〉，〈張五〉中。恩茂先評曰：「誠然，先大父亦嘗言之也。」（卷二，葉十七上）；〈霍筠〉中，恩茂先評曰：「雖不測其何妖，即其艷冶異常處，寫來紙上，自是尤物移人。予嘗聞此事於銳別山，繼見齋園此記，又小異而大同，終不知孰確，要其事則眞實不虛。」（卷九，葉十五上），這兩個補述經驗性質的評點都具有同樣的作用：「附和」。恩茂先把自己聽聞過的經驗於評點中提出來，以附和故事所述之不誣，無形中提高了故事的眞實性。

　　評點內容屬於補述故事者如〈詭黃〉、〈張老嘴〉、〈棘闈誌異八則〉之八、〈靳總兵〉。〈詭黃〉中，恩茂先於評點中認爲因果之說，人多不信，所以又花了將近五百字的篇幅敘述另個果報故事，希望讀者能信有其眞；〈張老嘴〉中，恩茂先的評點乃承接蘭岩評而下。蘭岩針對故事中張老嘴抓雞怪烹而食之，倘若有不測又奈何而提出疑問，恩茂先便於評點中述另一異聞：「有人早起，見床上有凝血一方，約六七斤。問諸家人，皆不知所自，其人乃碎切，炒而食之，味如豬血云。」（卷五，葉三十三上至葉三十三下），以回應蘭岩；〈棘闈誌異八則〉之八中，恩茂先的評點是一個與第八則有異曲同工之妙的故事，但是比較特殊的是格式爲恩茂先「言」而非「曰」。由〈棘闈誌異八則〉的體例來看，有明顯標出說故事者，開頭皆以「某某言」起，如「陳扶青夫子言」、「李伯瑟言」、「嚴十三言」，另外全書的評點均使用「曰」字；棘闈誌異系列篇名以「八則」訂之，細覽除了「恩茂先言」外，確有八則無誤，故在此將其視爲「評」；〈靳總兵〉中，恩茂先評點也是說了一位將官爲百姓向大自然與神祇挑戰，以求莊稼豐收，最後獲得父老愛戴的故事，與靳總兵爲民除黑魚怪雷同，兩位將官都非常有魄力且愛護百姓，而這位將官正是和邦額的祖父誠齋公，此事是由和邦額那間接得知，恩茂先將此書於評中，敬佩之意洋於行間。

　　12 則評點中，補述經驗或故事佔了大宗，可見恩茂先也與和邦額有著相同的嗜好，喜談狐說怪，除了可增添原故事的精彩度、可信度外，也樂於分享己所見聞。

四、其他評者評點

　　李伯瑟、李齋魚、福霽堂各有一則評點，其中李伯瑟應爲和邦額的親戚，因在〈棘闈誌異八則〉之序言有「予之親戚，往往有監試者，予以招神招鬼之事質之，亦云不妄，因舉所聞之尤異者記八則」之句，第四則就是李伯瑟所貢獻。李齋魚就是李高魚，也曾提供〈蘇仲芬〉這則故事，並且是〈龍化〉中的主角，也曾爲《一江風》進行校閱與評，詳見第二章第一節交游情形與第二節和邦額的其他著述作品部分，此不再贅述。福霽堂其人不詳。三位的評點都是換行後空兩格呈現，剛好都置於蘭岩評點後。

　　李伯瑟於〈戇子〉中評曰：「絕古今來，此三種人盡之，卻被一枝筆描寫無遺，樸者猶可恕，黠者直可誅，而戇者不朽矣。」（卷三，葉三十六下），

從故事內容及書寫技巧兩方面稱讚和邦額以此故事將古今人之質性一言蔽
之，是很高的讚賞；李齋魚於〈秀姑〉中評曰：「晉人以錢爲命，田之姑已縱
其女，而猶欲田作賈三倍，而後以女妻之。其貪利之心，更甚於愛女。無怪
碌碌者，白首行賈，不以妻女爲念也。」（卷十，葉十二下），李齋魚從「利」
的角度檢視故事，認爲晉人本貪財好利，田之姑縱女在先，又以田能作賈三
倍方以女妻之，以女爲幌，圖利爲眞，貶意明顯，並認爲確有許多商賈勞碌
終生，將親情擱置唯利是圖，正如田之姑；福霽堂於〈棘闈誌異八則〉之六
中評曰：

> 始而私之於己，既而篡之於人，致幽閨貞體，不啻裸游於五都市，
> 誠所謂玩人喪德者矣。夫瞽於目者，必先瞽於心也；高其名者，必
> 先高其品也。名教中自有樂地，一失足即蹈苦海，故君子必愼其獨
> 也。楊愼遠竄夷僰，猶傳《雜事秘辛》，宜其終身不齒，才人其鑒之
> 哉！（卷六，葉十四上）

是針對故事內容而發，故事述某監生偷窺閨女招致突然雙瞽繳白卷的報應，
福霽堂便以「偷窺」而發，呼籲君子宜愼獨，並舉楊愼爲例，雖爲一代文人，
後遭謫至雲南，竟還有《雜事秘辛》的創作傳出，實在很令人不齒，最後呼
籲有才能的人應明鑒自己的心。

　　以上各家評論都有自己的特色，或質疑或感嘆或呼籲或評論或補充，從
不同的角度替故事增加可讀性、思考性，一方面提出自己所詮釋的意涵，另
一方面又能寄託自己的情感及心志，而後世讀者也從這些評點中看見當代文
人對《夜譚隨錄》的看法，頗富時代價值。

第六章　結　論

　　和邦額，滿州鑲黃旗人，是是清代中期京城滿族作家群中的一員，撰《夜譚隨錄》一書，全書共分十二章，141 則故事，拆開總計 160 則，是繼《聊齋》帶動文言短篇小說創作風潮後出現之作品。本章據前各章節研究所得歸納其要義，探討《夜譚隨錄》所具有的獨特價值，並就其作者、版本、內容、藝術方面的研究成果，具體呈現《夜譚隨錄》的文學成就，並同時參照歷來對《夜譚隨錄》一書之評價看法，試圖探究其侷限與不足之處，最後以撰寫本論文歷程之回顧與未來展望作結。

　　本論文研究核心主要分為《夜譚隨錄》外延問題，包括作者、成書背景、版本，《夜譚隨錄》內容探析、《夜譚隨錄》寫作技巧、《夜譚隨錄》評點綜論四大部分。

　　首先是作者的部分：和邦額，字愉園、閒齋，號蛾術齋主人、霽園主人，隸屬滿州鑲黃旗，和邦額眞實姓氏應爲「鈕祜錄氏」，世系可能是葉赫人的機率極高。和邦額的生年目前學者均認爲是乾隆元年（1736），但近來出現新材料，可能往前推至康熙末年，此點仍待更多新材料出現佐證之，故本論文仍先暫採乾隆元年的說法。乾隆五十一年（1786）丙午稿有詩〈書和霽園邦額《蛾術齋詩稿》後〉一首，於永忠《延芬室詩集》可見，此後生平無可考。和邦額的祖父爲和明字蘊光，號誠齋，工詩文，撰有《淡寧齋詩鈔》，人稱「儒將」；和邦額的父親名號事蹟未見史籍記載，僅能從《夜譚隨錄》中的〈人同〉、〈請仙〉及〈梁氏女〉三篇得知。生平可略分爲四個階段，隨宦南北、在京學習、入仕爲官、晚年閑居。和邦額十七歲前隨宦祖父大江南北，十七歲入都後入咸安宮八旗子弟官學，並完成傳奇劇本《湘山月一江風》，有二卷三十六齣，演鄭梓和高靜女之事。和邦額是清朝北京滿族作家群之一，此文人集

團在人生觀和文學作品的藝術方面追求方面，有著許多相通性，又有較高的文學涵養，分別在詩歌與小說創作上取得不小的成就。其中與和邦額有較密切交游的當屬永忠、恭泰、雨窗三位，和邦額曾為永忠的〈延芬室詩集〉作眉批；恭泰即蘭岩，《夜譚隨錄》中署名蘭岩的評多達 135 個；雨窗即阿林保，在乾隆己酉刻本中有雨窗序及眉批形式的評點，多達 141 個，能點出藝術技巧，也為生難字釋音義，具有細緻入微的特色。

其次是成書背景與情形：乾隆年間出現了曹雪芹、和邦額與慶蘭三位滿族小說家，京城也有滿族作家群，實與政治與歷史脈絡有關。清初統治者的基本思想是「防止滿人漸習漢俗」，但又因需要「正統人才」，而存有矛盾心態，但在崇尚儒家教育，整理經史典籍並刊行之的宗旨下，無形中也間接成為創作小說的溫床。滿人喜讀小說也是原因之一，清初有非常多的滿人翻譯小說，乾嘉時期又是博學為尚的時代，乾嘉文言小說作者的閱讀視野自然也來的更加廣闊，為小說創作提供更多元的題材；時值文字獄大興，加上旗人家族見證了清朝由盛漸轉衰的過程，志怪以談時事，抒發人生遭遇也是促成滿族文人創作小說原因之一。《夜譚隨錄》的素材來源有「前代文學作品」、「模擬及改寫前人小說」、「改編或抄錄同代作品」及「親友」提供四種。

最後是版本的部分：本論文採用了新發現的乾隆五十六年（1791）辛亥年鐫刻的本衙藏板，目前藏於日本早稻田大學文學部，並於本論文中比較了己亥、己酉、辛亥本兩種，計四種刻本，發現辛亥衙藏板刻本最接近《霽園雜記》，並囊括了各種版本的特點。而《夜譚隨錄》的版本又可分足本與非足本兩種，差異在篇數、眉批、與潤飾內容與否這三個方面。「足本」全書有 141 篇，而「非足本」較之前者少了卷四〈紅衣婦人〉一則，並勘落了極大部分的評點與眉批，也對內容進行了刪改潤飾，不過文字訛誤較少，且少有脫漏，能與足本相互補足。目前可知的版本有《霽園雜記》、乾隆三十年（1765）乙酉本衙刻本、乾隆四十四年（1779）己亥本衙刻本、乾隆五十四年（1789）己酉本衙刊本、乾隆五十六年（1791）辛亥刻本及本論文所使用的辛亥年鐫刻的本衙藏板、同治六年（1867）丁卯成都刻本、光緒二年（1876）愛日堂刻本，關於原版本說法有二：一為乾隆己亥（1779）本衙刻本，二為乾隆己酉（1789）本衙藏版，筆者頗為贊同薛洪勣先生對於「自序署年並不等同初刊年」之觀點，故傾向於認同《夜譚隨錄》原版本應當於出現於乾隆己酉（1789）年間。

　　《夜譚隨錄》全書有篇名者計 141 則，若不論篇名之有無，實則多達 160
則，題材略顯龐雜，但若以故事最主要的敘述爲分類基準，可分爲：狐鬼精
怪之屬、仙道術士之屬、異聞奇景之屬、勸善懲惡之屬、朔方市井紀實之屬
五大類。首先是狐鬼精怪類型故事，佔了全書百分之五十四的比例，其中以
「狐」爲主體的故事爲最大宗，這些狐鬼精怪所呈現的型態又可細分爲協助、
求救、報恩、作祟、危害、復仇、其他七小類。實際上這些異類角色大部分
帶有人類的思維、性格及情感，富有和邦額用來伸張正義、寄託理想與馳騁
想像的色彩。

　　奇人之屬佔了全書百分之八的比例，主要有渡化成仙與幻術符籙類型的
故事，除了反應市井風貌外，應體認幻術符籙本爲中性性質，無所謂善惡之
分，端看施法者之意念，善念者可助人，惡念者若假借宗教名義，行訛騙、
好色，甚至害人性命之實，最後將會慘遭果報的反噬，這是和邦額所欲闡明
的觀念。

　　異聞軼事之屬占全書百分之十六的比例，分爲「前敘異聞軼事緣，後發
議論」的「言時事」與「著眼於奇物怪事本身的記錄」的「談虛無」兩種類
型。前者以現實事件爲基礎，此類共同特點是爲人津津樂道，佃均帶有批判
當代世風意味，符合和邦額的寫作態度「當求其理而不必求其怪」，也透露出
其對人世的關照；後者以敘述奇異事物本體爲主，有時以營造事物奇異氛圍
爲主，描寫簡練凝貶，甚惜筆墨，時有給予讀者想像空間的寫法，恰巧印證
自序中自述喜談鬼說狐的興趣。

　　勸善懲惡之屬占全書百分之十九的比例，是全書次多之類型，可分爲善
報、惡報、輪迴、單純勸誡數種故事類型，以因果報應觀的呈現賦予社會教
化功能，並具有消弭人間不完滿、宣洩人間不平、警策世人等功用。

　　朔方市井紀實之屬占全書比例百分之三，故事多爲複合型，因明顯帶有
滿族特色或異域風情而納入討論。本類型的故事具有民俗、歷史、地理等方
面的參考價值，涵蓋範圍包括邊陲異地的自然景觀及各地的市井風情兩大
類，其中最值得注意的是載有台灣、澎湖的地理景觀、風土人情，並且在記
錄的同時也能注意到文學性，替當代各地民情與滿漢文化交融的過程留下極
爲珍貴的史料，

　　《夜譚隨錄》寫作技巧首先是敘事時序以正敘爲主，採「過去──現在
──未來」的時序模式自然發展，有時也會打破時空限制，輔以倒敘、補敘

等，讓故事情節跌宕有致，增加閱讀性，並促使讀者思考事件發生的因果關係及背後深含的寓意。敘事角度部分，全書大部分以第三人稱全知觀點為主，並依著情節需要調整為限知觀點，由故事人物的立場觀照一切，達到讀者身歷其境的感受；簡而言之《夜譚隨錄》以超現實題材為大宗，屢屢使用了以全知敘事為主，限制敘事為輔的技巧，來營造各類奇幻事物的神秘感。敘述人稱多樣化也是本書藝術特色之一，可以增強故事真實感並吸引讀者目光，並滿足作者志怪錄奇的心理，營造出詭譎的氛圍，也顯出和邦額創作技巧的功力。

形象塑造部分：和邦額筆下各行各業的人物蒐羅豐富，對於這些人物的描寫不僅形成了一幅多采多姿的市井風情畫，並且也能夠對不同身份的人物運用符合其特點的外貌描繪、行為舉止和人物語言進行刻畫，主要特色有二，分別是「具有鮮明特色的概括性角色」與「人性、物性兼具的異類形象」，前者如和邦額依照人物的身份、職業，打造出合適的言行，創造出許多概括性角色，但是不乏性格又相當鮮明的人物形象；後者是以現實人生為藍本，先完成異類的「人形化」，再將各式的異類以他們原有的特性、特色，化成人形再來到人的世界，異類的形象便可獲得突出的效果，這些化為人形的異類與人類往來，最終仍有回歸本質的現象，化成人形多半是暫時性的，有其本身的需求及意圖。

形象塑造之技巧除了使用動、靜態描寫的正筆刻畫出人物的容貌、裝束、性格、背景、言行、心理狀態，也使用了視點轉移及背景襯托的側筆烘托間接豐富角色內涵。

情節結構部分：情節特色秉持「以奇為美」的審美觀，在情節上有意使之荒誕、曲折，變化莫測，除了引起讀者好奇的閱讀心理，也時常給讀者柳暗花明又一村的驚喜感；章法結構方面，由於《夜譚隨錄》中的故事大多屬短篇，結構單純，主要是以人物的縱向發展與事件的橫向連結交錯織成，以三分法運用最為廣泛，多依循「開端」、「發展」、「結尾」的模式，此為依時間順序所安排；四分法的結構模式也見於本書，依循「開端」、「發展」、「高潮」、「結局」的次序組織而成，比較特殊的是包孕式結構，極盡情節曲折之能事。除了部分篇幅較簡短如筆記條式的故事外，大部分故事情節結構尚屬完整。

語言藝術部分：和邦額個人特質與所運用的創作語言相互滲透，以文言文進行小說創作外，其中又夾雜各種文體，以敘述語言究之，大部分的故事

可見「史傳」筆法，常雜以對句或駢散相間，且以短句呈現，給人一氣呵成的緊湊感，並善於藉此勾勒出具體形象，另有藻飾文辭、以清詞麗句寫幽僻之境、擅用古奧駢儷文字營造出蕭條又幽邃的景致之特色；典故語言的運用也顯現出敘述者閱讀視野的廣度。人物語言具有個性化、形象化、生動化的特點，並符合人物的個性身份及情節發展，以「語言風格地域化」爲特色代表，並常藉人物語言顯其才識，詩詞、戲曲、小說、典故各種文體出現於故事中，達到貫串情節，收言簡意賅之效，不過也有徒增堆砌、逞才之缺點。

《夜譚隨錄》的評點有著古典小說評點中少見的作者與評者之間相互對話交流的情形，而評者間相互對的的現在也存於本書，我們可以從這樣的評點類型更加貼近的瞭解故事意涵，得知作者及其友人的想法，使得評點不只是一個評者自我獨立的闡釋系統，而是相互滲透交織的。《夜譚隨錄》的評論有作者自評及親友恭泰、恩茂先、李伯瑟、李齋魚、福霽堂等人評。小說評點文人性強是，表現出文友間自賞性及私人性。各家評論都有自己的特色，或質疑或感嘆或呼籲或評論或補充，從不同的角度替故事增加可讀性、思考性，一方面提出自己所詮釋的意涵，另一方面又能寄託自己的情感及心志，而後世讀者也從這些評點中看見當代文人對《夜譚隨錄》的看法，頗富時代價值。

《夜譚隨錄》在歷史上的評價可以說是毀譽參半，但經過筆者研究後發現雖然屬於《聊齋》擬作作品群之一，但仍舊有可看之處及其特殊價值，甚至也出現了以《夜譚隨錄》爲本進行創作的後起之作。盡管從本論文研究所得可知和邦額對於創作態度之嚴謹、認眞，但創作實難達到盡善盡美，故本節將先臚列出歷史上對《夜譚隨錄》之評價，再行檢視其創作缺失之處，以臻於完備。

本書在歷史上並沒有完全極端的評價，大部分是褒貶兼具，但清・悔堂老人卻給了完全正面的評價，實爲少有，在其爲《聽雨軒筆記》所作的跋中言：

> 故蒲柳泉《聊齋誌異》一出，即名噪東南，紙爲之貴，而接踵而起者，則有山左閑齋之《夜譚隨錄》，武林袁簡齋之《新齊諧》，稱説部之奇書，爲雅俗所共賞，然所敘述者，詭異是尚。[註1]

〔註 1〕清・清涼道人：《聽雨軒筆記》，收錄於《叢書集成三編》冊 66，台北：新文豐出版公司，1997 年，頁 417。

不僅說明了當時仿擬《聊齋》創作的盛況，也肯定了《夜譚隨錄》在清代文
言小說史的地位與成就。

　　清・趙曾望在《窆言》中言《聊齋》、《閱微》擬作迭出，並認為：「有《夜
譚隨錄》者，其書校諸家為差強，特非蒲、紀二氏比耳。斯之謂庸中之佼佼，
鐵中之錚錚。」〔註2〕，認為《夜譚隨錄》是擬作群中表現可圈可點的一本，
雖有貶意，但就反應社會現實層面來說，卻是值得讚許的；清・昭槤在《嘯
亭續錄》中言《夜譚隨錄》：

> 皆鬼怪不經之事，效《聊齋誌異》之轍，文筆粗獷，殊不及也。其
> 中有記與狐為友者云：『與若輩為友，終為所害。』用意已屬狂謬。
> 至陸生楠之事，直為悖逆之詞，指斥不法。乃敢公然行世，初無所
> 論劾者，亦僥倖之至矣。〔註3〕

蔣瑞藻在《花朝生筆記》中言除了認同昭槤的意見外，也認為：「然記陸生楠
之獄頗持直筆，無所隱諱，亦難能矣。出彼族人手，尤不易得」〔註4〕，昭槤
與蔣瑞藻的看法大同小異，對《夜譚隨錄》仍抱持著《聊齋》附庸作品的刻
板印象，但卻針對和邦額能突破族群侷限，對時事站在正義的一方進行創作，
誠屬難能可貴。

　　魯迅、孫楷第、錢鍾書三人則對於《夜譚隨錄》的藝術技巧、筆下風光
進行評價。魯迅認為：「詞氣亦時失之粗暴，記朔方景物及市井情形者特可觀」
〔註5〕；孫楷第謂：

> 其書多言鬼狐之事，與蒲松齡《聊齋誌異》之旨趣全同，蓋即效《聊
> 齋》而為書者。其文筆亦頗流暢，亦涉猥褻，稍嫌刻露。所記多京
> 師及河朔風物，以耳目切近，敘述描摹，往往得其似，其勝處亦自
> 有不可沒者。〔註6〕

錢鍾書「又按《隨錄》詞氣，作者必是滿人。……，此書模擬《聊齋》處，
筆致每不失為唐臨晉帖。」〔註7〕，由評價內容可發現這三位先生對於《夜譚

〔註2〕轉引自朱一玄：《明清小說資料選編》下冊，濟南：齊魯書社，1989 年，頁
　　　1243。
〔註3〕清・昭槤：《嘯亭雜錄》卷3，北京：中華書局，1997 年 12 月，頁 453。
〔註4〕蔣瑞藻：《小說考證》續編卷一，台北：河洛圖書，1979 年，頁 399。
〔註5〕魯迅：《中國小說史略》第二十二篇，上海：上海古籍出版社，2004 年 2 月，
　　　頁 149。
〔註6〕孫楷第：《戲曲小說書錄解題》，北京：人民文學出版社，1990 年，頁 49。
〔註7〕錢鍾書：《管錐編》冊5，北京：中華書局，1986 年 6 月，頁 63～64。

隨錄》的評價有逐漸提高的趨勢，並有一定程度的肯定。

總括而言，古今對於《夜譚隨錄》的評價可歸結下列四點：將之歸於《聊齋》附庸地位、筆致或詞氣粗獷，甚至直露、勇於揭露社會現實層面、對市井風物描繪記錄可觀又貼切；隨著時代推進，學者們對於《夜譚隨錄》更能以多面向角度審視之，並從中發掘其蘊含價值。

沒有作品是全然完美的，發現缺失並改進，才能臻於完美，因此本論文試圖從其他角度歸納出前人評價中所未述及的缺失，共三點：故事新意不足、婦女觀矛盾、筆記體立意不明。

故事新意不足方面：在本論文第二章曾探究《夜譚隨錄》的素材來源，其中有「模擬及改寫前人小說」的方式，並舉了許多例子比照佐證之，可發現有好幾篇故事是以該手法創作而成；仔細察之，這些故事模擬成分極高，不僅摹寫法相似、主要角色、故事調基皆相同，如〈周琰〉、〈修鱗〉者皆屬之，尤其〈修鱗〉更直言為「南柯之續」，雖說是「續」，但實際上是模擬之作，並無「延續」之處。另外，〈藕花〉是典型的才士遇花神（精）的故事，是中國古典小說中常見的主題，敘事模式所差不遠，並未開創新格局。

婦女觀、宗教觀矛盾部分：《夜譚隨錄》中有不少女性以色媚人，甚至以投以媚藥勾引之，與其為友、相好，極盡床笫樂事，最後終為所害的故事，如〈邵廷銓〉、〈閔預〉等，或中宣揚中國傳統一夫多妻、三從四德的守舊思想，可是又創造出一批率性、幹練的女性角色，如冷靜勇敢反擊惡鄰騷擾的〈護軍女〉、嚴懲負心漢的〈白萍〉、積極追愛的〈阿鳳〉等。而因果報應、僧道術士主題在本書中也屢見不鮮，發揮道德教化功能，卻又出現批判宗教人士的故事，詳參第三章第三節「談虛無」的部分，在此不再贅述。是以和邦額對於婦女觀及宗教觀的搖擺立場及矛盾態度糾結在整部《夜譚隨錄》中。

筆記體立意不明部分：《夜譚隨錄》兼傳奇、筆記二體，其中筆記體具有「雜記」、「隨筆」的性質，文學性較不需如傳奇體般強，但是書中的筆記體大部分僅純錄奇事異聞，在《夜譚隨錄》中淪為裝飾之感；綜觀目前研究《夜譚隨錄》內容資料發現討論目光幾乎集中在較長篇的傳奇體故事，此現象並非意味著筆記體沒有研究價值，如晉·干寶《搜神記》即為筆記體，研究者眾；究其原因「內容表淺」佔了一定程度的比重，如〈某僧〉敘述有人引誘上人弟子龍陽，弟子不拒，上人責之。弟子問有何不可？上人反詰之，並示意此地已容不下弟子。弟子問可否離去，上人允之。某天弟子房中寂然，視

之，已化去矣。由這個例子可以發現本文僅由對話一來一往組成，是很單純的事件記錄，其他如〈紙錢〉、〈紅衣婦人〉、〈盛紫川〉等篇，僅純粹記錄撞鬼、玄妙經驗，連評點都曰「不解」，故只能從藝術技巧上作討論，但卻難以作較深度的內容、思想探索。

　　儘管《夜譚隨錄》有著上述缺失，但作爲清代中期小說及滿族文學代表作品而言，仍具有不可磨滅的價值。

　　本論文試就《夜譚隨錄》全書作一深入的探討，在作者、版本、內容、形式、評點點上都有所收穫，並從滿族小說家、滿族小說作品的觀點探究，期能賦予該書更適當、貼切的評價，而不再侷限於《聊齋》擬作的附庸印象，唯筆者所學有限，加上資料取得有所困難，如《霽園雜記》或與邦額生年與五十一歲後的生平目前均未有資料傳世，且隨著新版本的發現，故《夜譚隨錄》的研究仍存有斷層。不過掌握目前可及之資料研究，已能瞭解和邦額才識之豐、寫作態度認眞等特質，《夜譚隨錄》展現了文化兼容並蓄的風貌；同時《聊齋》擬作品中，尙有不少佳作，未來若能以時間、同性質作品互爲經緯，作一縱橫面之宏觀研究，相信能對中國文言短篇小說發展史、志怪小說發展史的脈絡有更深層的瞭解，這些都是未來筆者可以努力的方向。

參考書目

（古籍按朝代順序排列，其次以作者筆畫排列；專書、期刊、論文均依作者筆畫排列，作者相同則以出版年代先後排序）

一、古籍

1. 東漢・許慎著、清・段玉裁注：《說文解字》，台北：萬卷樓圖書，2002年8月再版。

2. 東漢・鄭玄注、唐・孔穎達等正義：《禮記正義》，收錄於《十三經注疏》，台北：藝文印書館，1955年。

3. 南朝梁・劉勰著、范文瀾注：《文心雕龍注》，台北：台灣開明書店，1967年5月。

4. 北宋・李昉等編：《太平廣記》，台北：文史哲出版社，1987年11月。

5. 北宋・李昉等撰：《太平御覽》，上海：上海古籍出版社，2008年。

6. 金・韓道昭：《五音集韻》，收錄於《文淵閣四庫全書》，台北：台灣商務印書館，1983年。

7. 清：《欽定國子監則例》，收錄於《近代中國史料叢刊三編》，1987年，台北：文海出版社。

8. 清・鄂爾泰等：《八旗通志初集》，長春：東北師大出版社，1985年。

9. 清・丁仁：《八千卷樓書目》，台北：廣文書局，1970年。

10. 清・王猷、楊傑等纂修：《江西省樂平縣志・秩官志》，收錄於《中國方志叢書・華中地方》，台北：成文出版社。

11. 清・王椷：《秋燈叢話》，台北：廣文書局，1989年。

12. 清・王暉：《看花述異記》，收錄於《叢書集成續編》，台北：新文豐出版公司，1989年。

13. 清・李桓輯：《國朝耆獻類徵初編（三十）》，收錄於《清代傳記叢刊・綜錄類》，台北：明文書局，1985年。

14. 清・李象春：《樂平縣志・秩官志》，《山西府州縣志》，收錄於《故宮珍本叢刊》，2001 年 6 月。

15. 清・沈復：《浮生六記》，台南市：大夏出版社，1995 年。

16. 清・阮元校勘：《孟子注疏》，台北：藝文印書館，1976 年。

17. 清・阿桂等撰：《欽定八旗氏族通譜輯要》，收錄於《北京圖書館藏家譜叢刊・民族卷》，北京：北京圖書館，2003 年。

18. 清・昭槤：《嘯亭雜錄》，北京：中華書局，1997 年 12 月，。

19. 清・紀昀：《閱微堂筆記》，收錄於《續修四庫全書》，上海：上海古籍出版社， 2002 年。此爲依據北京圖書館所藏清嘉慶五年北平盛氏望益書屋刻本影印原書。

20. 清・袁枚：《子不語》，收錄於《筆記小說大觀 二編》，台北：新興書局，1988 年。

21. 清・張玉書、陳廷敬等撰：《康熙字典》，收錄於《文淵閣四庫全書》，台北：台灣商務印書館，1983 年。

22. 清・清涼道人：《聽雨軒筆記》，收錄於《叢書集成三編》，台北：新文豐出版公司，1997 年。

23. 清・喇沙里編：《大清世祖章皇帝實錄》，台灣：華文書局，1960 年。

24. 清・曾衍東：《小豆棚》，濟南：齊魯書社，2004 年 11 月。

25. 清・鄂爾泰等：《八旗通志初集》，長春：東北師大出版社，1985 年。

26. 清・愛新覺羅・永忠：《延芬室集》，上海：上海古籍出版社，1990 年。

27. 清・董萼榮、梅毓翰修；清・汪元祥、陳謨纂：《同治樂平縣志・職官志》，收錄於《中國地方志集成・江西地方府縣志輯》，南京：江蘇古籍出版社，1996 年。

28. 清・雍正十二年敕撰：《大清十朝聖訓・高宗純皇帝聖訓》，臺北：文海出版社，1965 年影印本。

29. 清・蒲松齡：《聊齋誌異》，濟南：齊魯書社，此爲二十四卷鈔本之版本。

30. 清・樂鈞：《耳食錄》，濟南：齊魯書社，2004 年 11 月。

31. 清・震鈞：《天咫偶聞》，北京：北京古籍出版社，1982 年。

32. 清・錢大昕：《恆言錄》，收錄於《續修四庫全書》，上海：上海古籍出版社，2002 年。此爲依據北京圖書館所藏清嘉慶五年北平盛氏望益書屋刻本影印原書。

33. 清・覺羅勒德洪等奉敕修：《大清太宗文皇帝實錄》，台北：華文書局，1964 年。

34. 清・覺羅勒德洪等奉敕修：《清實錄・高宗純皇帝實錄》，台北：華文書局，1964 年。

35. 清・鐵保等:《欽定八旗通志》,收錄於《文淵閣四庫全書》,台北:台灣商務印書館,1983 年。

36. 清・鐵保輯、趙志輝校點補:《熙朝雅頌集》,瀋陽:遼寧大學出版社,1992 年。

37. 清・齋園主人著:《夜譚隨錄》,乾隆辛亥年鐫,本衙藏板。

二、專書

1. 中國古代小說百科全書編輯委員會:《中國古代小說百科全書》,北京:北京中國大百科全書出版社,1993 年 4 月。

2. 中華書局編輯部:《古典小說十講》,北京:北京中華書局,1992 年。

3. 尹飛舟等著:《中國古代鬼神大觀》,南昌:百花洲文藝出版社,1992 年 5 月第 1 版。

4. 方正耀:《中國小說批評史略》,北京:中國社會科學出版社,1989 年。

5. 王平:《中國古代小說敘事研究》,石家莊:河北人民出版社,2003 年。

6. 王立:《中國古代復仇文學主題》,長春:東北師範大學出版社,1998 年 11 月。

7. 王利器撰:《顏氏家訓集解》(增補本),北京:中華書局,2002 年 8 月。

8. 王秋桂:《韓南中國古典小說論集》,台北:聯經出版社,1979 年。

9. 王秋桂:《中國民間傳說論集》,台北:聯經出版社,1984 年。

10. 王書奴:《中國娼妓史》,長沙,岳麓書社,1998 年 9 月。

11. 王國良:《魏晉南北朝志怪小說研究》,台北:文史哲出版社,1984 年。

12. 王國健:《明清小說思潮論稿》,廣州:廣州出版社,1993 年。

13. 王溢嘉:《不安的魂魄》,台北:野鵝出版社,1993 年 7 月初版。

14. 王溢嘉:《命運的奧義》,台北:野鵝出版社,1993 年 7 月初版。

15. 王溢嘉:《情色的圖譜》,新北:野鵝出版社,1995 年。

16. 占驍勇:《清代志怪小說集研究》,武漢:華中科技大學出版社,2003 年 6 月。

17. 石昌渝:《中國小說源流論》,北京:生活、讀書、新知三聯書店,1994 年。

18. 朱一玄:《明清小說資料選編・上下冊》,濟南:齊魯書社,1989 年。

19. 江蘇省社會科學院明清小說研究中心編:《中國通俗小說總目提要》,北京:中國文聯出版社,1990 年 2 月。

20. 艾斐:《小說審美意識》,北京:文化藝術出版社,1988 年。

21. 何滿子、李時人主編:《明清小說鑑賞辭典》,浙江:浙江古籍出版社,1992 年。

22. 吳士余：《中國小說美學論稿》，上海：復旦大學出版社，2006 年 8 月。

23. 吳功正：《小說美學》，北京：東方出版社，1991 年。

24. 吳聖昔：《明清小說與中國文化》，南京：南京大學出版社，1991 年。

25. 吳光正：《中國古代小說的原型與母題》，北京：社會科學文獻出版社，
　　2002 年。

26. 李希凡：《論中國古典小說的藝術形象》，上海：上海文藝出版社，1980
　　年。

27. 李零：《中國方術考》，北京：人民中國出版社，1993 年。

28. 李劍國：《唐五代志怪傳奇敘錄・上下冊》，天津：南開大學出版社，1993
　　年。

29. 李豐楙：《誤入與謫降：六朝隋唐道教文學論集》，台北：臺灣學生書局，
　　1996 年。

30. 汪玢玲：《鬼狐風情——〈聊齋誌異〉與民俗文化》，哈爾濱：黑龍江人
　　民出版社，2003 年。

31. 周中明：《中國的小說藝術》，廣西：廣西教育出版社，1992 年。

32. 林辰：《中國古代小說史十五講》，台北：木鐸出版社，1988 年。

33. 金健人：《小說結構美學》，台北：木鐸出版社，1988 年。

34. 金啟孮：《北京城區的滿族》，瀋陽：遼寧民族出版社，1998 年。

35. 阿英：《小說閒談》，上海：上海良友圖書印刷公司，1936 年 6 月。

36. 阿英：《小說閒談四種》，上海：上海古籍出版社，1985 年。

37. 侯忠義、劉世林：《中國文言小說史稿》，北京：北京大學出版社，1993
　　年 2 月初版。

38. 柳存仁：《明清中國通俗小說版本研究》，香港：孟氏圖書公司，1972 年。

39. 胡平：《敘事文學感染力研究》，天津，百花文藝出版社，1995 年。

40. 胡菊人：《小說技巧》，台北：遠景出版社，1979 年。

41. 范煙橋：《中國小說史》，台北：漢京出版社，1983 年 9 月。

42. 茅盾・傅憎享等著，張國星主編：《中國古代小說中的性描寫》，天津：
　　百花文藝出版社，1993 年。

43. 唐富齡：《文言小說高峰的回歸——〈聊齋誌異〉縱橫研究》，武漢：武
　　漢大學出版社，1990 年。

44. 孫琴安：《中國評點文學史》，上海：上海社會科學出版社，1999 年。

45. 孫楷第：《中國通俗小說書目》，北京：人民文學出版社，1982 年 12 月。

46. 孫楷第：《戲曲小說書錄解題》，北京：人民文學出版社，1990 年。

47. 孫殿起錄：《販書偶記續編》，上海：上海古籍出版社，1980 年 9 月。

48. 孫遜：《明清小說論稿》，上海：上海古籍出版社，1986 年。

49. 孫遜、孫菊園編：《中國古典小說美學資料匯粹》，台北：大安出版社，1991 年。

50. 徐君慧：《中國小說史》，廣西：廣西教育出版社，1991 年 2 月。

51. 徐世昌：《晚晴簃詩匯》，北京：中國書店，1989 年。

52. 徐岱：《小說型態學》，浙江：杭州大學出版社，1992 年。

53. 袁行霈、侯忠義：《中國文言小說書目》，北京：北京大學初版社，1981 年 11 月初版。

54. 馬幼垣：《中國小說史稿集稿》，台北：時報文化出版公司，1987 年。

55. 馬振方：《小說藝術論》，北京：北京大學出版社，2004 年。

56. 張菊玲：《清代滿族作家文學概論》，北京：中央民族學院出版社，1990 年 11 月。

57. 張稔穰：《中國古代小說藝術教程》，濟南：山東教育出版社，2003 年。

58. 莊一拂：《古典戲曲存目彙考》，上海：上海古籍出版社，1982 年。

59. 郭英德：《明清傳奇綜錄》，石家莊：河北教育出版社，1997 年。

60. 陳大康：《通俗小說的歷史軌跡》，湖南：湖南出版社，1993 年。

61. 陳文新：《中國小說源流派別研究》，武漢：武漢大學出版社，1993 年。

62. 陳文新：《文言小說審美發展史》，2002 年 10 月，武漢：武漢大學出版社。

63. 陳平原：《中國小說敘事模式的轉變》，北京：北京大學出版社，2003 年。

64. 陳志強、董文昌編：《耳食錄·夜譚隨錄》，哈爾濱：黑龍江人民出版社，1997 年 6 月。

65. 陳洪：《中國古代小說藝術論發微》，南開大學出版社，1987 年。

66. 陳炳熙：《古典短篇小說藝術新探》，上海：華東師大出版社，1991 年。

67. 陳謙豫：《中國小說理論批評史》，上海：華東師範大學出版社，1989 年。

68. 傅騰霄：《小說技巧》，北京：中國青年出版社，1992 年。

69. 湖士瑩：《話本小說概論》，北京：中華書局，1980 年 5 月。

70. 程毅中：《古小說簡目》，北京：中華書局，1986 年。

71. 黃岩柏：《公案小說史話》，瀋陽：遼寧教育出版社，1993 年。

72. 黃霖、韓同文：《中國歷代小說論著選》，南昌：江西人民出版社，2000 年。

73. 楊義：《中國敘事學》，北京：人民出版社，2004 年。

74. 葉德鈞：《戲曲小說叢考》，北京：北京中華書局，1979 年 5 月。

75. 葉慶炳：《談小說妖》，台北：洪範書局，1983 年 5 月。

76. 董乃斌：《中國古典小說的文體獨立》，北京：中國社會科學出版社，1994 年。

77. 賈文昭、徐召勛：《中國古典小說藝術欣賞》，台北：里仁書局，1983 年。

78. 寧稼雨：《中國文言小說總目提要》，濟南：齊魯書社出版社，1996 年 12 月。

79. 趙景深：《小說戲曲新考》，上海：世界書局，1939 年。

80. 趙綠綽編：《國立北平圖書館善本書目乙編續目》，北平圖書館鉛印本，收錄於《明清以來公藏書目匯刊》，北京：北京圖書館出版社，1937 年。

81. 劉修業：《古典小說戲曲叢考》，北京：作家出版社，1958 年 5 月。

82. 劉達臨：《中國古代性文化·上、下卷》，寧夏：寧夏人民出版社，1993 年。

83. 劉臨達：《性與中國文化》，北京：人民出版社，1999 年。

84. 歐陽健：《中國神怪小說通史》，江蘇：江蘇教育出版社，1997 年 8 月。

85. 蔣瑞藻：《小說考證》，台北：河洛圖書，1979 年。

86. 蔣瑞藻：《彙印小說考證》，台北：台灣商務書局，1975 年。

87. 鄭明娳：《古典小說藝術新探》，台北：時報文化出版社，1987 年。

88. 鄭振鐸：《西諦書話》，北京：三聯書店，1983 年 10 月。

89. 魯迅：《中國小說史略》，上海：上海古籍出版社，2004 年 2 月。

90. 黎運漢：《漢語風格探索》，北京：商務印書館，1990 年。

91. 蕭相愷、張虹合著：《中國古典通俗小說史論》，南京：南京出版社，1994 年。

92. 錢仲聯主編：《清詩紀事》，江蘇：江蘇古籍出版社，1987 年。

93. 錢靜方編：《小說叢考》，台北：長安出版社，1979 年 10 月。

94. 錢鍾書：《管錐編》，北京：中華書局，1986 年 6 月。

95. 薛洪勛：《傳奇小說史》，浙江：浙江古籍出版社，1998 年 12 月。

96. 謝昕、羊列容、周啓志：《中國通俗小說理論綱要》，台北：文津出版社，1992 年。

97. 韓錫鐸、王清源：《小說書坊錄》，瀋陽：春風文藝出版社，1987 年。

98. 顏慧琪：《六朝志怪小說異類姻緣故事研究》，台北：文津出版社，1994 年。

99. 魏秀梅：《清季職官表——附人物表》，收錄於《中央研究院近代史研究所史料叢刊》，台北：中央研究院近代史研究所，2002 年。

100. 羅去機：《江湖方術探密》，新疆：新疆大學出版社，1994 年。

101. 羅剛：《敘事學導論》，雲南：雲南人民出版社，1994 年 5 月 1 版。

102. 羅盤：《小說創作論》，台北：東大圖書公司，1980 年。

103. 譚正璧、譚尋：《古本稀見小說匯考》，浙江：文藝出版社，1984 年。

104. 譚帆：《中國小說評點研究》，上海：華東大學出版社，2001 年。

105. （日）大塚秀高：《增補中國通俗小說書目》，東京：汲古書院，1987 年 5 月。

106. （法）熱拉爾・熱奈特：《敘事話語・新敘事話語》，北京：中國社會科學出版社，1990 年。

107. （英）佛斯特著、李文彬譯：《小說面面觀》，台北：志文出版社，1980 年。

三、期刊論文

1. 方正耀：〈和邦額《夜譚隨錄》考析〉，收錄於《文學遺產》，1988 年第 3 期。

2. 王文松、葉林海：〈論小說語言的風格美及其形成與超越〉，收錄於《雲南師範大學學報》哲學社會科學版，卷 26 第 1 期，1994 年。

3. 王立：〈清代滿族小說報恩母題與滿漢文化交流〉，收錄於《民族文學研究》，2010 年 01 期。

4. 王光福：〈人化、自然化、異化——《聊齋誌異》人物塑造謅論〉，收錄於《蒲松齡研究》，2012 年 03 期。

5. 王同書：〈在頌揚和陶醉中滑坡——就《夜譚隨錄》三談《聊齋》和《閱微草堂筆記》的優劣〉，收錄於《明清小說研究》，1990 年第 3～4 期。

6. 王佑夫：〈清代滿族文學理論批評述略（二）〉，收錄於《昌吉學院學報》，新疆：昌吉學院，2003 年第 01 期。

7. 王明通：〈文章結構試探——以散文為主要考察對象〉，收錄於《文學新鑰》，嘉義：南華大學文學系，2010 年 12 月第 12 期。

8. 王林莉：〈志怪小說中狐男形象的嬗變及其成因探析〉，收錄於《河南師範大學學報》，2012 年 04 期。

9. 王建平：〈論《聊齋誌異》中的女性報恩作品〉，收錄於《時代文學》下半月，2009 年 08 期。

10. 亓群：〈論明清小說評點的三重影響〉，收錄於《齊齊哈爾大學學報》哲學社會科學版，2012 年 05 期。

11. 占驍勇：〈清末民初儓稗叢考〉，收錄於《文獻季刊》，2002 年 1 月第 1 期。

12. 吉朋輝：〈和邦額生平新考〉，收錄於《遼寧經濟職業技術學院學報》，2007 年第 2 期。

13. 吳承學：〈評點之興——文學評點的形成和南宋的詩文評點〉，收錄於《文學評論》1995 年 01 期。

14. 吳雪梅：〈論清代宗室詩人永忠的生平與創作〉，收錄於《滿族研究》，2006 年第 2 期。

15. 李芳〈和邦額一江風傳奇述略〉，收錄於《文學遺產》網絡版論文首刊，2010 年第 4 期，網址：http://wxyc.literature.org.cn/journals_article.aspx?id=1975。

16. 李紅雨：〈清代滿族作家和邦額與夜談隨錄〉，收錄於《滿族研究》，1986 年第 1 期 。

17. 李劍國：〈文言小説的理論研究與基礎研究——關於文言小説研究的幾點看法〉，收錄於《文學遺產》，1998 年第 2 期。

18. 李豐楙：〈煞：一個非常的宇宙現象〉，收錄於《歷史月刊》第 132 期，1999 年。

19. 周策縱：〈傳統中國小説觀念與宗教關懷〉，收錄於《文學遺產》，1996 年第 5 期。

20. 金官布：〈唐志怪小説「虎精」故事中變形母題探研〉，收錄於《青海社會科學》，2012 年 06 期。

21. 姚本玉：〈略《夜譚隨錄》的思想價值與藝術〉，收錄於《十堰大學學報》，1990 年第 2 期。

22. 柳依：〈淺論我國古代的公案小説〉，收錄於《學術月刊》，1998 年第 2 期。

23. 昝紅宇：〈清代八旗子弟書總目提要〉，收錄於《咸寧學院學報》，2011 年 05 期。

24. 段庸生：〈中國古代文言小説的流派論〉，收錄於《晉陽學刊》，2012 年 05 期。

25. 孫遜：〈古代小説中的民間宗教及其認識價值——以白蓮教、八卦教爲主要考察對象〉，收錄於《文學遺產》，2005 年 02 期。

26. 馬清福：〈清代的滿族小説理論〉，收錄於《社會科學輯刊》，1986 年第 1 期，總第 42 期。

27. 張成全：〈「回煞」考論〉，收錄於《武漢大學學報》（人文科學版）第 59 卷第 4 期，2006 年。

28. 張邦煒：〈兩宋時期的喪葬陋俗〉，收錄於《四川師範大學學報》第 24 卷第 3 期，1997 年 7 月。

29. 張佳生：〈滿族小説產生於清代中期的原因〉，收錄於《滿族研究》，1993 年第 1 期。

30. 張佳訊：〈論夜譚隨錄〉，收錄於《滿族研究》，1997 年第 4 期。

31. 張念穰〈論中國古代小說情節藝術的演進軌跡〉，收錄於《濟南師專學報》，1991 年 2 月。

32. 張菊玲、關紀新、李紅雨：〈略論清代滿族作家的詩詞創作〉，收錄於《中央民族學院學報》，1985 年第 1 期。

33. 許建平：〈從專題拓展多元交匯走向民族小說史學〉，收錄於《河北師範大學學報》，1998 年第 1 期。

34. 陳炳熙：〈論聊齋誌異對清代文言小說的影響〉，收錄於《蒲松齡研究》，1999 年第 1 期。

35. 陳惠琴：〈傳奇的世界──中國古代小說創作模式之一〉，收錄於《明清小說研究》，1997 年第 1 期。

36. 笳聲：〈和邦額與《夜譚隨錄》〉，收錄於《滿族研究》，2008 年第 2 期。

37. 閔永軍：〈小說因果報應模式對敘事及人物塑造的影響〉，收錄於《文藝評論》，2012 年第 12 期。

38. 黃振澤：〈清代中期的宗室詞人〉，收錄於《滿族研究》，2008 年 01 期。

39. 傳奇小說藝術傳統的繼承與發展〉，收錄於《文史哲》，1962 年第 3 期。

40. 葉慶炳：〈從我國古代小說觀念的演變到古代小說的歸類問題〉，收錄於《圖書館學刊》，1976 年 6 月。

41. 葉慶炳·〈六朝至唐代的他界結構小說〉，收錄於《台大中文學報》第 3 期，1989 年 12 月。

42. 詹頌：〈乾嘉文言小說作者閱讀視野與作品來源〉，收錄於《蒲松齡研究》，2003 年 01 期。

43. 詹頌：〈乾嘉文言小說作者閱讀視野與作品故事來源（續）〉，收錄於《蒲松齡研究》，2003 年 02 期。

44. 鄒曉春：〈《聊齋誌異》仿作中女性形象析論〉，收錄於《北方論叢》，2012 年 06 期。

45. 管嚴謹：〈《夜譚隨錄》對清中期京旗生活生活的描畫〉，收錄於《民族文學研究》。

46. 劉勇強：〈論古代小說因果報應觀念的藝術化過程與型態〉，收錄於《文學遺產》，2007 年 01 期。

47. 滕紹箴：〈論滿族文學興起的歷史背景〉，收錄於《中央民族大學學報》哲學社會科學版，1992 年 01 期。

48. 蔣宜芳：〈清代短篇小說中舉子遭鬼報故事內容探析〉，收錄於《靜宜人文社會學報》，第二卷第 1 期，2008 年 1 月。

49. 鄭憲春：〈筆記文的本色與流變〉，收錄於《中國文學研究》，1997 年第 1 期。

50. 盧秀滿：〈中國筆記小說所記載之「避煞」習俗及「煞神」形象探討〉，收錄於《師大學報：語言文學類》第 57 卷第 1 期，2012 年。

51. 蕭相愷：〈和邦額文言小說《霽園雜記》考論〉，收錄於《文學遺產》，2004 年第 3 期。

52. 蕭相愷：〈由《霽園雜記》到《夜譚隨錄》──論和邦額對作品的修改〉，收錄於《廈門教育學院學報》，第 8 卷第 3 期，2006 年 9 月。

53. 戴力芳：〈和邦額評傳〉，收錄於《廈門教育學報》，第 6 卷第 1 期，2004 年 3 月。

54. 薛洪勣：〈《夜譚隨錄》並沒有「己亥本」〉，收錄於《文學遺產》，1991 年 04 期。

55. 韓錫鋒、黃岩柏：〈阿林保與《夜譚隨錄》〉，收錄於《滿族研究》，1987 年 01 期。

56. 羅珍：〈薩滿文化研究評介〉，收錄於《民族史研究》，2011 年。

57. 關紀新：〈滿族文學研究漫筆〉，收錄於《滿族研究》，1985 年 01 期。

58. 關紀新：〈藉海揚帆──清代滿族文學漢文書寫之肇端〉，收錄於《北方民族大學學報》哲學社會科學版，2011 年 04 期。

59. 關紀新：〈杖底吼西風，秋林黃葉墜──清代滿州小說家和邦額與他的《夜譚隨錄》〉，收錄於《海南師範大學學報（社會科學版）》，2011 年第 5 期第 24 卷。

60. 關紀新：〈清代滿族文學家鐵保素描〉，收錄於《大理學院學報》，2011 年 11 期。

61. 顧希佳：〈清代筆記小說中的縊鬼受阻型故事〉，《民間文化》，1992 年 02 期。

四、學位論文

1. 王文華：《和邦額及其夜譚隨錄研究》，指導教授：馬冀，內蒙古大學，中國古典文學研究所碩士論文，2005 年 5 月。

2. 吉朋輝：《和邦額及其夜譚隨錄考論》，指導教授：陳桂聲，蘇州大學，中國文學系碩士論文，2007 年 7 月。

3. 余姒：《晚清短篇小說研究》，指導教授：李瑞騰，中央大學中文所碩士論文，2002 年 6 月。

4. 洪佳愉：《和邦額夜譚隨錄研究》，指導教授：游秀雲，台北：銘傳應用中文所碩士論文，2010 年。

5. 紀芳：《夜譚隨錄、螢窗異草報恩主題作品的文化闡釋》，指導教授：王立，遼寧師範大學，中國古典文學研究所碩士論文，2006 年 5 月。

6. 徐夢林：《螢窗異草研究》，指導教授：喬衍琯，台北：政大中文所碩士論文，1995 年。

7. 梁慧：《夜譚隨錄研究》，指導教授：王進駒，廣州：暨南大學，中國語言文學所碩士論文，2008 年 7 月。

8. 陳麗宇：《清中葉志怪類筆記小說研究》，指導教授：李豐楙，台北：師大國文所博士論文，1998 年 10 月。

9. 楊文欽：《聊齋誌異與其後的傳奇小說比較研究──以夜譚隨錄、諧鐸、螢窗異草、夜雨秋燈錄、夜雨秋燈續錄爲例》，指導教授：張稔穰，曲阜師範大學，中國古典文學研究所碩士論文，2006 年 4 月。

附錄一　本論文所採用之版本：乾隆辛亥年鐫 本衙藏板《夜譚隨錄》
書影

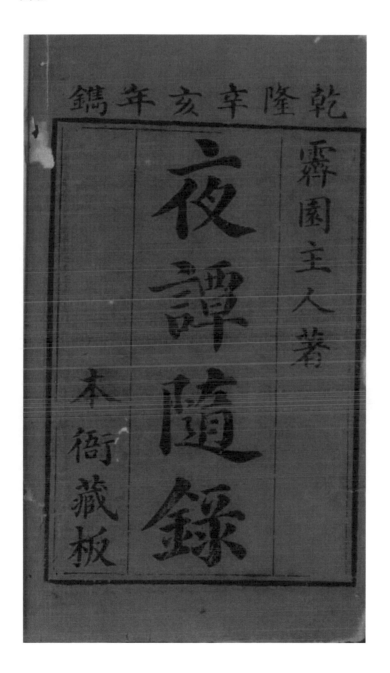

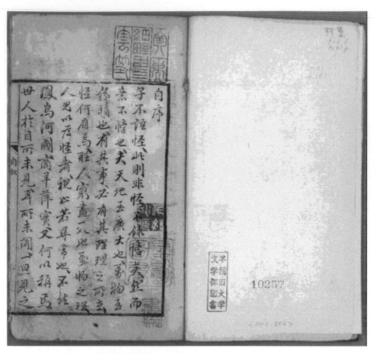

▲本書現藏於日本早稻田大學文學部。

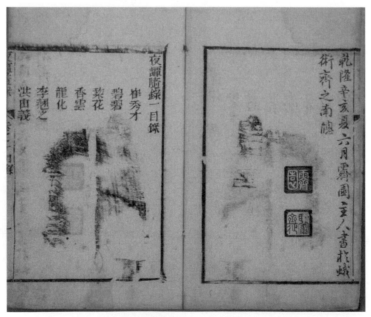

▲自序落款年代及目錄情形。自序落款後有「霽園」、「闌齋」
　各印一方,同己亥本衙刻本。

▲天頭有眉批，內文有行批、墨點。

附錄二　和邦額暨父祖年表 （以本論文研究所得之事件年代排序）

帝　　次	西元記年	事　　蹟
康熙五十六年	1717	和明由順天府歲共入國子監。
雍正元年	1723	和明中癸卯科武舉，同年又中武進士。
雍正五年	1750	和明任守備。
乾隆元年	1735	和邦額出生。
乾隆十五年	1750	四月和明調任福建汀鎮總兵，和邦額自三閩入七秦。
乾隆十七年	1752	二月和明病故，和邦額從家君扶祖櫬自閩入都，並入咸安宮官學就讀。
乾隆十九年	1754	郭浚甫為《一江風傳奇》作序。
乾隆三十六年	1771	《霽園雜記》自序落款年。推論和邦額父卒年可推至本年之前。
乾隆三十九年	1774	和邦額中舉，任山西樂平現知縣。（史籍無載，存疑）
乾隆四十四年	1779	己亥本衙刻本《夜譚隨錄》自序落款年。
乾隆五十一年	1786	永忠為和邦額《蛾術齋詩稿》作序。
乾隆五十四年	1789	阿林保為己酉本衙刊本《夜譚隨錄》作序。
嘉慶九年	1805	鐵保輯《熙朝雅頌集》，錄有和邦額詩作，由該書凡例「其人現存者，詩該不錄」解譚，和邦額已卒。

附錄三 《夜譚隨錄》故事類屬暨評點分布

（＊爲主屬性　★爲次屬性）

篇名	狐鬼精怪	仙道術士	軼聞異事	勸善懲惡	朔方市井紀實	閑齋評	蘭岩評	恩茂先評	其　他
崔秀才	＊					＊	＊		
碧碧	＊				★	＊	＊		
梨花			＊		★	＊	＊		
香雲	＊					＊	＊		
龍化			＊						無
李翹之			＊				＊		
洪由義	＊				★		＊		
某僧			＊		★		＊		
邵廷銓	＊						＊		
賣餅翁		＊					＊		
蘇仲芬				＊		＊	＊	＊	
紅姑娘	＊				★		＊		
陳寶祠	＊						＊		
張五				＊	★		＊	＊	
阿夙					★		＊		
婁芳華	＊					＊	＊		
噶雄	＊				★	＊	＊		
劉鍛工		＊			★		＊		
蜩精	＊						＊		
小手	＊						＊		
蠶氣					＊		＊		
清和民	＊								無
王京			＊				＊		
詭黃		＊			★		＊	＊	
梁生	＊				★		＊	＊	
某倅	＊					＊	＊		

倩霞	*				★		*		
落漈					*		*		
伊五		*			★		*		
段公子	*				★		*		
顐子				*	★		*		李齋魚、李伯瑟均評
某馬甲	*				★		*		
米薌老			*		★		*		
韓生				*			*		
修鱗				*		*	*		
人同					*		*		
雜記之一	*					*	*		
雜記之二	*					*	*		
雜記之三	*						*		
雜記之四	*						*		
雜記之五	*					*	*		
韓樾千	*						*		
永護軍	*						*		
朱外委	*						*		
鍋人	*				★		*		
某掌班	*								無
屍異				*			*		
紅衣婦人	*						*		
阿樨	*						*		
閔預				*		*	*		
章似	*				★	*	*		

麻林	*						*		
怪風					*		*		
張老嘴	*						*	*	
大眼睛			*						無
栢林寺僧			*				*	*	
薛奇				*			*		
塔校			*						無
呂琪			*				*		
高參領			*		★	*	*		
潘爛頭		*				*	*		
癲犬			*		★		*		
嵩梁篙	*						*		
獺賄	*				★	*	*		
烽子	*						*		
陳景之				*			*		
陳守備			*				*		
青衣女鬼	*						*		
汪越		*					*		
春秋樓		*			★				無
棘闈誌異之一				*	★		*		
棘闈誌異之二				*			*		
棘闈誌異之三	*						*		
棘闈誌異之四	*						*		
棘闈誌異之五	*						*		
棘闈誌異之六				*			*		福霽堂評

棘闈誌異之七				*			*	
棘闈誌異之八	*					*	*	*
回煞之一	*				★		*	
回煞之二	*				★		*	
夜星子之一			*		★		*	
夜星子之二			*		★		*	
屍變之一	*						*	
屍變之二	*						*	
貓怪之一				*		*	*	
貓怪之二	*						*	
貓怪之三	*						*	
驢				*			*	
異犬	*				★		*	
那步軍			*				*	
施二	*						*	
盛紫川	*						*	
邱生	*					*	*	
陸水部				*		*	*	
馮勰	*						*	
戴監生	*						*	
佟髑角	*	*			★		*	
譚九	*				★		*	
陸珪	*						*	

白萍	*				★	*	*	*	
劉大賓	*						*		
莊斸松	*				★		*		
額都司	*						*		
孝女				*			*		
請仙		*					*	*	
某太醫				*		*	*		
地震			*				*		
朱佩茝	*								無
紙錢			*				*		
三李明			*			*	*		
霍筠	*						*	*	
趙媒婆	*						*		
三官保				*	★		*	*	
倩兒	*						*		
褪襪	*								無
白衣怪	*						*		
某領催	*						*		
宋秀才		*				*	*		
護軍女				*		*	*		
秀姑	*						*		李齋魚評
玉公子	*					*	*		
螢火	*						*		
柴四				*		*	*		
吳喆	*						*		
周琰		*					*		
傻白	*						*		
孿生				*			*		
某王子				*		*	*		
再生				*			*		無

王侃	*						*		
台方伯	*						*		
瓦器			*				*		
梁氏女				*			*		
鐵公雞				*			*		
多前鋒	*						*		
骷髏	*						*		
姚慎之	*						*		
新安富人				*	★		*		
維揚生				*			*		
市煤人	*						*		
鼠狼	*						*		
巨人			*				*		
白蓮教		*					*		
鬼哭	*				★		*		
袁翁			*		★				無
堪輿		*			★	*	*		
龍大鼻	*						*		
董如彪	*						*		
某別駕	*					*	*		
雙髻道人		*					*		
阮龍光	*						*		
某太守	*					*	*		
鄧縣尹	*						*		
靳總兵	*						*	*	
藕花	*						*		
王塾師		*							無